KB089894

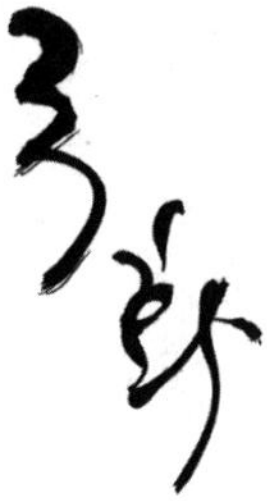

2015년 4월 30일 초판 발행

지은이   권봉녀

펴낸이   방경석

펴낸곳   미문커뮤니케이션

등 록   제301-2009-172호(2009. 9. 11.)

주 소   서울 중구 신당2동 403-5

전 화   010-3009-5738

ⓒ 미문커뮤니케이션 2015

Printed in Korea

ISBN 978-89-963302-5-7 03810

정 가 10,000원

# 국화

국화는 정신이 들었지만 너무나 따뜻하고 포근하여 눈을 뜨지 않고 있다.

눈을 감고 사람들의 말을 들어보니 죽지 않고 살아난 것 같아 한스럽다. 너무나 힘들고 고통스러운

세상에서 다시 살아야 한다니 걱정이 태산처럼 밀려온다. '아! 우리는 갈 곳도 없는데

왜 우리를 살려낸 것인가?'

| 권봉녀 |

MIMOON
미문커뮤니케이션

# 1부

## 불친절한 세상

———

    아궁이에서 시작한 불길은 아궁이 옆에 쌓아놓았던 솔가지들을 태우고 벽을 타고 올라가더니 순식간에 큰 기와집을 삼켜버렸다. 잠시 전만 해도 불 피우는 오빠 옆에서 재잘거리던 국화는 콜록거리며 오빠 손에 이끌려 정신없이 밖으로 나왔지만 눈앞에 보이는 광경에 넋을 잃었다. 그때 오빠가 갑자기 국화의 손을 잡고 언덕을 향해 도망치기 시작했다.

    집 옆 작은 언덕바지 위에 쌓아놓은 볏가리는 9살, 6살 남매의 은신처였다. 아버지도 어머니도, 심지어 4살짜리 동생도 모르는 남매만의 비밀의 방이었다. 이곳에서 그동안 얼마나 재미있게 놀았는지 모른다. 오빠는 이곳에 자기가 동네 아이들에게 딴 딱지며 구슬을 숨겨놓고 자랑하듯이 여동생에게만 관람을 허락했다.

가끔씩 기분 좋으면 과자를 4분의 1쯤 잘라서 주었다. 하지만 오늘은 머리는 타고 온 몸이 연기에 그을려 시커멓게 된 채로 볏가리 속에 숨어서 자기 집에 이어서 옆집 또 옆집이 시커먼 뼈대만 남기고 재로 변해가는 모습을 공포에 젖은 눈으로 바라보고 있을 뿐이다.

순식간에 번진 불로 동네는 아수라장이 되었다. 소리소리 지르며 이리 뛰고 저리 뛰며 물을 퍼붓는 사람에, 불을 피해 도망가는 사람, 멀찌감치 서서 불구경하는 사람까지 동네가 생긴 이래로 가장 많은 사람이 몰려들었다. 마침내 더 갈 곳이 없어진 불길은 모여 있던 네 집을 몽땅 태우고야 꺼졌다.

남매는 밤이 되도록 은신처에서 나오지 못했다. 국화는 무서워서 빨리 집에 가자고 졸랐지만 오빠는 얼굴이 하얗게 질린 채로 벌벌 떨면서 꼼짝도 하지 않았다. 마침내 컴컴해 지고 배고픔에 못 견딘 국화는 오빠를 혼자 두고 집이 몽땅 타버려서 어디론 가에 피해있을 식구들을 찾으러 동네를 울면서 돌아다녔다. 다시는 오빠를 만날 수 없다는 사실을 알지 못한 채...

동네에서는 말 그대로 난리가 났다. 캄캄한 밤에 머리카락이 타고 새까만데다 눈물자국으로 얼룩져서 우스꽝스러운 모습의 국화가 나타나자마자 너도나도 자초지종을 묻느라 아이가 얼마나 공포에 질렸는지를 살필 겨를이 없었다. 불을 낸 오빠는 도망가고 없으니 어린애지만 국화에게 물을 수밖에 없었던 것이다. 아버지도 뭐라고 하셨지만 국화는 아무런 말도 못하는 아이가 되어버렸다. 아무런 생각이 나지 않았다. 머릿속이 하얗게 되었다.

마치 꿈속에서처럼 시간이 흘러갔다. 나무 관속에 누워 있던 사람은 누구였을까? 엄마인가? 하얀 소복을 입고 슬퍼하던 사람들은 누구였을까? 꽃 상여를 메고 사람들이 논둑길을 따라 산 속으로 올라가고 아버지도 몹시 슬퍼하며 뒤따르던 모습이 눈에 들어오지만 너무나 큰 충격으로 정신을 놓은 국화는 그저 자기를 두고 떠난 오빠 대신 어린 동생 손을 꼭 붙잡고 우두커니 바라볼 뿐이었다.

국화네 집은 불난리에 모든 것을 잃고 재산도 모두 잿더미에 묻혀 버렸다. 넓은 기와집과 과수원, 유난히 마당에 국화꽃이 많이 피어 있어서 딸 이름도 국화라고 지었던 국화네 집이었는데 하루아침에 빈털터리가 되었다. 그 후 국화 아버지는 무엇을 어떻게 처리하고 정리하였는지 보따리 몇 개를 손에 들고 동생 봉이를 지게에 싣고 국화를 앞세워 마을을 떠났다. 국화는 돌아오지 않는 오빠를 두고 떠나는 것이 슬퍼서 몇 번이고 뒤를 돌아보고 또 돌아보다가 산기슭을 몇 번이고 돌다보니 이제는 어느 쪽으로 보아야 집인지 알 수가 없어 땅만 보고 걸어갔다.

정처 없이 가는 줄로만 알았는데 한참을 가다가 마을이 나오고 또 다시 산을 돌아서 가다가 새로운 마을이 나오자 아버지가 들어간 곳은 까만 기와집에 딸린 조그만 쪽방이었다. 이 집에서 아버지는 머슴살이를 시작 하였다.

부엌도 없는 아궁이가 있는 단칸방에서 살게 된 국화는 하는 일 없이 동생 봉이의 손을 잡고 집 언덕 위에 있는 기차 길을 따라 한참을 걷기도 하고 키가 커진 시금치가 빽빽한 녹색 언덕에 앉아서 하염없이 아빠를 기다렸다.

배가 너무 고팠다. 어둠이 산골짜기를 따라 내려오다가 논두렁에 까만 그림을 그리며 마을로 올 때쯤이면 아버지가 지게에다가 산만한 풀을 짊어지고 누렁이 소를 몰고 지친 모습으로 집으로 돌아오신다.

이제나 저제나 아버지 오기를 기다리고 있던 국화는 반가운 마음에 소를 우리에 넣고 마당에 있는 우물로 오는 아버지에게 매달리지만 아버지는 귀찮다는 듯이 밀어버리며 "배 많이 고프지. 밥 해 먹게 냄비 가져와라." 하고는 두레박에 물을 퍼서 벌컥벌컥 들이마신다.

아버지는 아궁이에서 불씨를 빼서 화로에 담아 냄비에 무언가를 넣고 물을 붓고 끓이다가 문틀에 턱을 괴고 쳐다보고 있는 두 딸을 힐끔 쳐다보고는 한 숨을 내쉰다.

"아빠 배고파. 빨리 좀 줘."

봉이가 칭얼대자. 아버지는 지친 목소리로 나지막이 말한다.

"이년들아 조금만 기다려"

아버지는 냄비에 든 것이 끓기 시작하자 밀가루를 넣고 휘휘 젓더니 간장을 넣고는 잠시 후에 들고 방으로 가지고 들어와 먹으라고 밀어놓는다.

두 자매는 밥상도 없이 바닥에 쪼그리고 앉아 먹기 시작했는데 봉이는 한 숟갈을 입에 넣더니 인상을 있는 대로 쓰며 숟가락을 던져 버린다. 국화가 먹여보려고 해봤지만 입을 꼭 다물고는 고개를 절레절레 흔들며 못 먹겠다고 칭얼댄다.

"굶어 죽지 않으려면 처먹어둬"

아버지는 기어코 소리를 지르며 밖으로 나가버리고 국화만 간장 냄새 나는 풀죽을 억지로 먹었다.

한 숟가락만 먹어도 토하고 마는 봉이에게 더 이상 억지로 먹이지 못하고 눈물만 흘리며 쓴 풀죽을 먹던 국화는 갑자기 엄마 생각이 났다. 그런데 엄마 얼굴이 생각나지 않았다. 꽃상여를 타고 산속으로 사라진 사람이 엄마일지도 모른다는 생각은 했지만 불타오르는 집을 바라보며 머릿속이 타버린 것처럼 하얗게 된 이후로는 전에 일어난 일들이 하나도 생각이 나지 않았다.

아버지는 다시 방으로 들어왔지만 봉이가 하나도 안 먹고 울고 있자 "굶어 죽으려면 처먹지 마" 하고 화를 내며 냄비를 가지고 다시 바깥으로 나갔다.

국화는 배고프다며 계속해서 칭얼대는 봉이를 더 이상 두고 볼 수가 없어서 주인 집 아주머니를 찾아가서 사정을 했다.

"아줌마 먹을 것 조금만 주세요. 동생이 너무너무 배고파해요."

"아버지가 조금 전에 먹을 것을 주지 않았니?"

"아버지가 만든 건 먹지를 못하고 토해요."

"이런 딱해서 어떻게 하니! 풀죽을 못 먹는 거야. 앞으로 어떻게 하면 좋으니?"

혀를 끌끌 차며 아주머니가 누룽지 모아놓은 것을 조금 주어 반가운 마음에 냉큼 받아서 방으로 들어가 보니 봉이는 배고픔에 지쳐서 쪼그려 앉은 채 졸고 있다.

"봉이야 자면 어떻게? 이거라도 조금 먹고자 응?"

봉이가 살며시 눈을 뜨고 입에 넣어주는 누룽지를 먹으려다가는 딱딱해서 못 먹겠다고 또 뱉어버린다. 국화는 할 수 없이 밖으로 나가서 누룽지를 냄비에 물과 함께 넣고 아궁이에서 꺼져가는 불씨를 모아서 "호호" 불어가며 불려서 봉이에게 먹였다.

마을에서 이장을 맡고 있는 주인집 아주머니가 준 담요 한 개를 둘둘 말아서 베개를 만들어 자고 있는 두 딸을 바라보는 아버지의 입에서는 한숨만 나온다. 이제 추위가 오면 먹고 살 일이 막막할 뿐이다. 철부지 두 딸은 아버지와 함께 있는 것만으로도 좋다고 하지만 아버지는 두 딸을 어루만지며 무슨 일이라도 해야겠다는 생각에 머리가 아파온다.

아버지는 그 다음날부터 엿을 받아다가 팔기 시작했다. 잠자는 시간을 쪼개 머슴일도 하면서 낮에는 많지도 않은 엿 몇 가락을 리어카에 싣고 고물이 있으면 줍고 엿으로 바꿔주면서 이 골목 저 골목을 돌아다녔다.

봉이를 리어카 앞자락에 태우고 국화는 종종걸음으로 쫓아가는데 따라가기가 쉽지 않다.

"고물 삽니다. 고물!"

하루 종일 목이 쉬도록 외치며 돌아다니다가 딸들이 배고플세라 국수집에 들어가 국수 한 그릇을 시켜서 둘이 먹게 하고는 아버지는 그저 물 한 사발 얻어 마시는 걸로 대신한다.

국물까지 싹싹 비우는 아이들이 불쌍해 보였는지 주인아줌마가 한 덩이를 더 말아주며 한마디 한다.

"쯧쯧 애들 엄마는 어디가고 어린 애들을 데리고 장사 하노?"

"입에 풀칠이라도 하려면 이렇게라도 살아야지요."

아버지는 한숨을 쉬며 말하고는 옷깃으로 입술까지 내려온 두 딸의 코를 닦아주며 국수집을 나와 저녁까지 돌아다니다가 몇 푼이라도 벌면 보리를 사다가 저녁을 지어 먹인다.

짠 간장에 꽁보리밥은 입안에서 이리저리 놀기만 하고 씹히지 않는다. 어린 봉이는 인상을 있는 대로 쓰며 투정이다. 큰 기와집에서 살 때 두 자매는 흰 쌀밥에 고기를 매일 먹었다. 그때 밥을 떠 먹여주던 사람은 누구였을까? 엄마였나? 그런데 "엄마"라고 불러본 기억이 없다. 엄마라는 이름이 낯설다. 왜 그럴까?

한 동안은 아버지를 열심히 따라다녔는데 다리만 아프고 재미가 하나도 없으니 이제는 아침에 아버지가 깨워도 들은 척도 않고 일어나지도 않자 아버지는 봉이가 일어나면 같이 밥 먹으라고 하며 그냥 나간다.

그때서야 국화는 아버지 뒤에다 대고 "응 많이 팔고 와." 하고는 "철컥철컥" 하는 아버지의 가위소리가 멀어질 때 까지 멍하니 앉아 있다.

저녁 늦게 돌아온 아버지는 오늘은 하나도 못 팔았는지 두 딸의 배고픔도 아랑곳 하지 않고 자리에 누워 버린다.

너무나도 지친 아버지의 모습을 보니 어린 마음에도 아버지가 불쌍하다. 그러나 어쩌랴! 배고픈 것은 참을 수가 없다. 아버지의 고물 리어카에 가서 엿가락을 가져와 방문 뒤에 숨어서 봉이와 함께 몰래 먹는다.

달콤한 엿가락은 아버지에게 혼나는 것을 잠시 잊게 할 만큼 맛있다. 내일 아침에 아버지에게 맞아 죽는 한이 있어도 당장은 그 유혹을 이겨낼 힘이 배고픈 두 자매에게는 없다. 야금야금 먹기 시작한 엿가락은 순식간에 아버지의 전 재산을 반 토막 내었다.

아버지가 여느 때와 마찬가지로 아침 일찍 일어나 밥상을 차려서 자매의 머리맡에 두고는 대문으로 가자 국화는 방문을 살짝 열고 아버지 눈치를 살핀다. 아버지는 리어카를 끌고 나가다 말고 방문 쪽을 휙 쳐다본다. 콩당콩당 뛰던 국화 가슴은 이제 배 밑으로 뚝 떨어지고 다리 까지 덩달아 풀렸지만 웬일인지 아버지는 한숨만 푹 내쉬고는 리어카를 끌고 힘없이 밖으로 나간다.

아버지에게 혼나지 않은 것이 신난 국화는 호들갑스럽게 봉이를 깨웠다.

"봉이야 아빠는 우리가 엿 훔쳐 먹은 걸 모르시나봐! 빨리 밥 먹고 기찻길로 소꿉놀이 하러 가자."

뚝방길을 따라 잔디가 곱게 깔려있고 노랑꽃은 벌써 시들시들하다. 제비꽃은 언제 피었다가 졌는지 포동포동 씨앗이 맺혀있다. 제비꽃 씨앗 터뜨려 밥을 짓고 푸른 잔디에 핀 클로버를 따다가 반찬을 만들어 돌 상위에 올려놓으면 봉이는 반찬투정 하지 않고 맛있게 먹는 시늉을 한다.

멀리서 기적 소리가 들리면 국화는 얼른 둑방 아래로 내려가서 봉이의 귀를 두 손으로 감싼다. 요란한 기적소리를 내지르며 기차가 지나가고 나서야 귀를 막았던 손을 풀어주고 두 자매는 기차 뒤 꽁지를 쫓아서 달린다.

저 기차 안에는 누가 타고 있을까? 기차 문에 매달려가던 사람이 꽁무니를 쫓아 달리는 아이들을 보고 손을 흔들어주자 국화도, 봉이도 작은 손을 흔들며 쫓아가다가 지치면 아무렇게나 누워서 하늘을 쳐다본다.

아무도 돌봐주지 않고 아무데도 갈 곳 없는 두 자매는 할 일 없어 그저 소꿉놀이를 해보지만 재미가 하나도 없어 소꿉놀이도 그만두고 둑 아래 묵묵히 앉아 있다가 소리를 지르며 달려가는 기차만 셀 뿐이다.

저녁노을이 지면 배가 고파온다. 저 멀리서 집 주인 아저씨, 아주머니가 밭일을 마치고 집으로 돌아오는 모습이 보이는데 아버지는 밤이 되어 별들이 나들이를 나와도 돌아오시질 않는다.

배고픔을 잊기 위해 저 별은 아빠 별, 저별은 봉이 별, 저별은 국화 별...

별을 세어보지만 별똥별만 떨어질 뿐 먹을 것은 생기지 않는다.

주인 집 이장 아주머니가 보다 못해 아이들을 부른다.

"국화야 아직 아버지 안 오셨니? 너희들 배가 많이 고프겠구나. 이리 와서 밥 좀 먹어라."

밥과 김치 밖에 없어도 자매가 부뚜막에 걸쳐 앉아 맛있게 먹고 나니 아버지가 고물 리어카를 끌고 집으로 들어온다. 힘이 하나도 없어 곧 쓰러질듯이 리어카를 한 쪽에 세워두고 들어오는 아버지를 보고 국화는 얼른 뛰어나가며

"아버지 우리 주인아주머니가 밥 주셔서 밥 먹었어." 하자 아버지는 눈살을 찌푸리더니 국화의 뺨을 때리며 왜 남의 집에서 밥을 얻어 먹느냐고 야단을 친다.

아주머니가 옆에서 역정을 든다.

"아이고 어린 것들을 왜 때리시우! 밤이 되어도 아이들이 먹을 게 하나도 없으니 얼마나 배가 고프겠소? 왜 이렇게 늦었어요. 그래?"

"오는 길에 어지러워서 잠깐 앉아있는데 어느 놈이 엿을 가지고 도망을 가서 쫓아 가다가 잡지도 못하고 돌아와 보니 남아있는 엿도 몽땅 가

저 갔더라구요. 사정사정해서 엿도 조금 더 받아오고 도둑놈 잡으러 돌아다니다 보니 많이 늦었네요."

"아이고 어떤 놈인지 벼룩의 간을 빼먹지. 어지러운 거는 좀 어떠시오. 이리 와서 밥이나 좀 드시오."

"생각 없습니다. 저까지 폐 끼치고 싶지 않습니다. 정말 고맙고 미안 합니다."

국화는 아버지가 주인아주머니와 이야기 하는 사이 더 맞지 않으려고 방으로 들어와 얼른 봉이를 끌어안고 자는 척을 한다.

아버지는 물 한잔을 들이키고는 방으로 들어와 두 딸을 바라보고는 긴 한숨을 내쉰다. 자고 있는 국화의 얼굴을 어루만지며 속삭이듯 말한다. "남의 집에서 얻어먹지는 말고 살아야 하는데 어떻게 하면 좋으냐? 미안하다 먹을 것도 주지 못하면서 때려서."

국화는 속으로 배고파 죽을 지경인데 얻어먹었다고 때린 아버지가 원망스러웠지만 미안하다고 껴안아 주는 아버지에게 어리광을 부린다.

"아버지, 아버지 나 엿 먹고 싶어요."

"안돼. 내일 그거라도 팔아야 쌀도 사고, 반찬도 사지. 조금만 더 참아."

아버지의 긴 한숨 소리는 하늘을 치솟는다. 매일 꽁보리밥에 풀대 죽을 먹고 시금치가 꽃 피워 누렇게 변할 때까지 시금치나물로 연명하며 살아가지만 형편이 나아지기는커녕 아버지는 점점 허약해지고 병이 깊어져 간다.

어느 날은 급기야 새벽같이 일어나 아이들 먹을 것 챙겨주고 나가던 아버지가 쓰러져 간신히 일어나 방으로 들어와 누웠다가 정신을 차리고 나가려고 해보았지만 일어나지도 못하고 끙끙대며 이마에서는 식은땀이 줄줄 흐른다.

국화는 아버지의 신음 소리에 놀라 아버지를 깨워보지만 정신을 차리지 못하자 놀라서 울음을 터뜨리고 봉이도 덩달아 울고불고 난리가 아니다.

아주머니가 아침 댓바람부터 들리는 울음소리에 놀라 방으로 들어오자 국화는 아주머니를 붙잡고 울면서 하소연 한다.

"아줌마 우리 아버지가 아파요. 안 일어나요."

"이런 국화야 빨리 가서 아저씨 오라 해라. 국화 아버지 정신 좀 차려봐요. 아이고  이 일을 어쩌냐."

주인아저씨가 일 하다말고 헐레벌떡 방으로 뛰어 들어와서는 "애들 아버지가 많이 아픈게로구만." 하고 혀를 끌끌 차며 밖으로 나가서 동네 한의사를 불러온다.

한의사는 영양실조에 빈혈이 심하니 병원에 가야겠지만 형편이 그러니 우선 약을 좀 먹고 쉬라고 하고는 갔다.

"정말 큰일이네 저 어린 것들을 두고. 무슨 수를 써야지 하루 이틀도 아니고 이거 가엾고 불쌍해서 볼 수가 있어야지"

아주머니, 아저씨는 누워있는 아버지와 울고 있는 두 아이들을 보고는 걱정이 태산이다.

잠시 후에 아버지는 깨어나서 두 딸 먹을 것부터 챙긴다.

"국화야 배고픈데 봉이하고 엿이라도 가져다가 먹어라."

철부지 국화는 아버지 말이 떨어지기가 무섭게 신이 나서 엿을 가져다가 봉이와 맛있게 먹는다. 엿을 아침 삼아 먹고 있는 딸들을 애처롭게 바라보던 아버지는 체념한 듯 국화에게 말한다.

"이대로는 도저히 안 되겠다. 내일은 다리 건너 삼촌에게 가보자."

아버지와 살면서 뚝방에서 둘이 재미없는 소꿉놀이만 하던 국화와 봉이는 신이 나서 "응" 하고 대답하며 좋아 한다.

자존심이 강한 아버지는 그 동안 아무도 만나지 않고 지내다가 이제는 자신의 몸이 견디지 못하자 할 수없이 정미소를 하는 삼촌에게 아이들을 데리고 갔다.

외삼촌인지 친삼촌인지 모르지만 아버지를 따라 다리를 건너 한참을 가 요란한 소리가 들려오는 정미소에 도착한 국화는 신이 났다. 그동안 꽁보리 밥 밖에 못 먹었는데 하얀 쌀이 넘쳐나니 흰 쌀을 얻어 가서 밥해 먹을 생각에 군침을 흘린다.

아버지는 삼촌이라는 사람에게 애원을 한다.

"모처럼 찾아와서 이런 부탁해서 미안한데 국화와 봉이를 잠시만 부탁한다."

"형님 그동안 대체 어디서 지내셨습니까? 연락도 안주시고, 몸이 많이 안 좋아 보이는데 병원에는 가보셨어요?"

삼촌이 걱정스러운 모습으로 말하자 아버지는 얼른 말을 받는다.

"그래 미안하다. 너에게 신세지지 않으려고 했는데 몸이 너무 안 좋아서 아이들을 데리고 살 수가 없구나. 아이들이 너무 가엽고 불쌍해서 같이 죽을 수도 없고"

"형님. 무슨 말씀을 그렇게 하십니까? 아무 걱정 마시고 몸이나 빨리 완쾌하십시오."

그런데 옆에서 아이들을 바라보는 여자의 눈초리가 매섭다.

"언제까지 데리고 있어야 하는데요? 우리 아이들도 둘이나 있는데..."

"죄송합니다. 조금만 돌봐주시면 곧 데리고 가겠습니다."

자신의 처지가 너무나 비참하게 느낀 아버지는 눈물이 나오려는 것을 억지로 참으려 연신 삼촌댁에게 굽신거린다.

"형님 오늘은 너무 늦었으니 여기서 주무시고 내일 아침에 가도록 하시죠."

"아니여 지금 갈 것이여." 아버지는 국화의 손을 잡고 당부한다.

"국화야 아버지 몸이 조금 나으면 데리러 올 것이니 동생 데리고 잘 있어라. 삼촌 말씀도 잘 듣고. 알았지?"

"아버지 그냥 같이 가. 아버지 말 잘 듣고 엿 몰래 먹지 않을게. 우리도 데려가. 응? 아버지."

국화가 아버지 소매 끝을 잡고 매달리지만 아버지는 말없이 두 딸을 안아주고는 흐르는 눈물을 닦으려고도 하지 않고 뒤돌아서서 가신다.

그 여자는 다시 한 번 매몰차게 말을 한다.

"아무튼 오래 데리고 있지는 못하니까. 몸이 조금이라도 좋아지면 데리고 가세요."

국화도 처량하게 돌아선 아버지의 한없이 작은 등판에 대고 소리 지른다.

"아버지 빨리 와야 돼. 우리 꼭 데리러 와야 돼."

국화는 이대로 영영 아버지와 헤어질 것만 같은 불안감에 몸을 떨면서 어둠 속으로 멀어져 가는 아버지를 하염없이 바라보고 있다.

숙모는 "야. 거기 우두커니 서 있지 말고 빨리 나를 따라와." 하고는 구석방에 아이들을 밀어 넣고 차갑게 돌아서 가고 남겨진 두 아이는 알몸으로 세상에 떨어진 밤톨 알갱이처럼 서먹서먹함과 허전함에 몸을 떨며 조용히 앉아있을 뿐이다.

삼촌은 인정 많고 다정한데 숙모는 차갑고 쌀쌀 맞기가 그지없고 언니와 오빠는 심술궂고 영악스럽기가 하늘을 찌른다. 자기 아버지가 두 자매가 애처로워 대화도 자주하고, 밖에 나갔다 들어올 때면 눈깔사탕도 사주곤 하는 것이 질투가 나서인지는 몰라도 아버지만 안계시면 두 자매를 못살게 하고 마구잡이로 때린다.

그래도 친척인데 거지라고 노골적으로 놀려대고 머리를 마구 때리는 악동들에게서 봉이를 보호하려다 보면 국화는 온통 시퍼렇게 피멍이 들고 입술은 터져 피투성이가 된다. 어떻게 어린 아이들이 그렇게 악할 수가 있는지 불과 며칠이 지나지 않아 국화 얼굴은 엉망이 되고 말았다.

저녁을 함께 먹던 삼촌이 깜짝 놀라서 "국화야 너 얼굴이 왜 그러냐? 어디 부딪혀 다친거냐? 누가 때린거냐? 이런 많이 아팠겠구나. 응!" 하며 빨간약을 발라준다.

봉이가 언니와 오빠를 손가락으로 가리키며 "언니하고 오빠가 때렸어요." 하고 냉큼 고자질을 하자 숙모가 얼른 "때리긴 누가 때려, 원 계집애가 거짓말도 잘하네." 하고 자식들 편을 든다. 눈치가 빠른 국화가 얼른 숙모의 눈치를 보며 "삼촌, 대문 앞에서 넘어졌어요." 하며 둘러댄다. 어린 나이에도 삼촌만 없으면 괴롭히는 언니와 오빠에게 나중에 당할 것이 두려워서 숨기고 지낸다. 세상은 국화에게 왜 그렇게 불친절한지 국화의 작은 가슴에는 온통 두려움으로 가득 차 있다.

그것은 아버지가 아니면 해결해 줄 수없는 것이었다. 삼촌이 조심하라고 하며 상처 난 국화의 얼굴을 어루만져주자 언니는 샘이 나서 자기 아빠에게 어리광을 부리며 달라붙는다.

숙모는 자기 아이들이 국화를 때리거나 괴롭혀도 전혀 신경 쓰지 않는다. 어쩌면 그래야 하루라도 빨리 자기 집을 떠날 것이라고 생각하는지 욕하고 때리는 모습을 보면 슬며시 일어나 나가 버린다.

아이들을 맡기고 간 아버지에게서 두 달이 넘도록 소식이 없자 숙모는 포악하게 국화 자매를 대하기 시작했다.

"밥값은 해야지 요년들아." 하며 새벽부터 밤늦게 까지 잠시도 놀지 못하게 집안일을 시켜댄다.

국화가 너무 힘들어 울기라도 하면 부지깽이로 입을 지져버린다고 하는 협박까지 해대는 통에 국화는 감옥 같은 이 집에서 울지도 못하고 불안과 초초함에 피지도 못하고 말라버린 시금치 같은 신세가 되고 말았다.

국화는 이제 더 이상 이 집에서 있다가는 죽을 것만 같아서 드디어 아버지를 찾아 이집에서 나가기로 결심했다.

"봉이야 더 이상 여기에 있으면 저 언니, 오빠에게 맞아 죽고 말거야. 우리 내일 새벽에 몰래 아버지를 찾아가자." 하고는 봉이의 두 손을 꼭 잡고 자리에 눕는다. 국화는 누워서 아버지와 함께 여기를 찾아 오던 길을 생각해내려고 애쓴다.

동이 트기도 전에 국화는 봉이의 손을 잡고 길을 나선다. 동네 이름도 모르고 그저 기찻길 둑 밑에 시금치가 자라는 까만 기와집을 찾아 정처없이 걸었다.

하루 종일 걸어도 끝이 없이 낯선 길만 나오자 국화는 겁이 나기 시작했다. 집을 나올 때만 해도 지옥 같은 그 집을 벗어나는 것만이 살 길이라 생각하여 용기 있게 나왔는데 어두움이 스멀스멀 내려앉자 국화도 앞이 캄캄해지며 무서움이 물밀듯이 밀려온다.

"아버지~, 아버지~"를 연신 불러대며 봉이를 끌어안고 엉엉 울어대지만 누구하나 돌아보지 않는 휑한 벌판이다.

봉이는 배고프다, 목마르다고 연실 칭얼대는데 어린 국화는 아무런 대책이 없다. 자기도 이제는 배고프고 목이 말라 죽을 지경이다. 늦은 가을밤은 쌀쌀하기가 한량없고 간신히 찾은 어느 집 지붕 밑에 봉이를 껴안고 지쳐 앉아있으니 개가 무섭게 짖어 댄다. 개 짖는 소리에 전염이라도 된 듯이 멀리서 가까이에서 개소리가 요란해 지자 당장 어둠을 뚫고 개가 뛰어들 것만 같은 공포감에 두 자매는 얼어붙은 듯 더욱 쪼그라든다. 그래도 짖어대는 개가 너무 무서워 살금살금 추위를 피해 여기저기 헤매다 보니 구부러진 굴뚝 하나가 따뜻한 온기를 품고 아이들을 반긴다. 굴뚝에 손과 발을 녹이고 봉이도 꽉 껴안고 있다 보니 어느새 잠이 들었는지 환한 빛이 시야에 들어온다. "봉이야 아침이야! 언니가 먹을 거 구해올 테니까. 여기서 꼼짝하지 말고 기다려."

하지만 봉이는 콜록거리며 머리가 아파 죽겠다고 부들부들 떨기만 할 뿐 일어서지를 못한다. 몸이 뜨겁고 곧 죽을 것 같은 생각이 들은 국화는 소리소리 지르며 사람들에게 도움을 청하지만 가끔씩 지나가는 사람들은 본체만체 한다. 거지가 동냥하려고 수쓴다고 하면서 그냥 가는 사람도 있고, 딱하다는 듯이 동생 살려 달라고 울부짖는 국화를 쳐다보다가 동전을 집어 던져주는 사람도 있다.

다급해진 국화는 길가는 아줌마 아저씨를 붙잡고 "내 동생이 아파요. 살려주세요." 하고 사정사정을 하는 데도 사람들은 뿌리치고 그냥 지나친다.

그때 지나가던 할아버지가 사람들을 붙잡고 애원하는 국화를 보고 있다가

"아니, 어린애들이 이렇게 울고불고 애원하는데 허수아비처럼 바라만 보고 있는 사람들이 어디 있냐?" 하며 사람들에게 야단을 치고는 지나가는 한 아저씨에게 봉이를 업게 해서 병원으로 데리고 갔다.

병원으로 가며, 사람들이 인정이 이렇게 메말라서 세상이 어떻게 될 거냐고 한탄하던 할아버지가 국화에게 "아가. 너희 집이 어디냐? 부모는 있는 것이냐? 어린 것들이 이 무슨 고생이란 말이냐?" 물어도 국화는 말라버린 눈물 자국으로 꾀죄죄한 얼굴을 들어 쳐다볼 뿐이다.

봉이는 몸살감기에 영양실조에 탈진까지 겹쳐 주사를 맞고야 겨우 몸을 추스렸다. 할아버지는 약을 지어 주시며 "애 꼬마야 너희 집이 어디냐? 내가 집까지 데려다 줄게." 하고 물으신다.

"우리는 집이 없어요."

의사 선생님도 묻는다. "꼬마야 그 동안 어디서 누구하고 살았니? 네 동생은 지금 많이 아프기 때문에 아저씨가 알아야해."

"아저씨 우린 지금 갈 곳이 없어요. 우리 아버지를 찾아서 삼촌 집에서 나왔어요."

할아버지는 진심으로 딱하다는 표정이다.

"아가, 할아버지가 삼촌 집에 데려다 줄게 같이 가자."

"싫어요. 할아버지 우리 아버지 좀 찾아주세요."

"어디에 사는지도 모르는데 어떻게 찾아준단 말이냐? 꼬마야 삼촌 집이 어딘지 말해봐라. 응? 내가 데려다 줄게."

"할아버지 삼촌 집은 제가 알아요. 안 데려다 주셔도 돼요. 고맙습니다. 제 동생을 살려주시고 돌봐주셔서요."

국화는 삼촌 집에 있어야 그래도 아버지를 만날 수 있겠다는 생각에 할 수 없이 다시 봉이 손을 잡고 터벅터벅 힘없이 삼촌 집을 향해 걸어갔다. 그때 어디선가 고물 팔라는 가위소리가 나자 국화는 얼른 그리로 뛰어가 보지만 아버지가 아니다.

하루 밤을 또 다른 집 처마 밑에서 자고 걷고 또 걷다 보니 삼촌 정미소가 보이기 시작한다.

삼촌 집이 가까워질수록 언니, 오빠를 볼 생각에 가슴은 콩당콩당 거리고 무섭고 불안해 진다.

저녁시간이 넘어 도착 했는데 삼촌은 없고 숙모와 아이들만 있다. 몰래 살며시 방문 열고 들어가려는데 숙모가 득달같이 달려와서는 미리 싸놓은 작은 보따리를 국화 앞에 던지며, 삼촌 눈에 코빼기도 보이지 말고 빨리 나가라고 소리친다.

"숙모. 봉이가 많이 아파요. 봉이 좀 살려주세요." 애원을 해보지만 숙모는 막무가내로 아이들을 밀어붙이면서 욕을 해댄다.

"이런 빌어먹을 년들. 나가려면 아주 가버리지 왜 또 나타난 거야. 꼴도 보기 싫으니 당장 나가. 삼촌 오기 전에 빨리 내 눈 앞에서 사라져."

국화는 필사적으로 숙모 허리를 붙잡고 살려달라고 매달려보지만 숙모는 국화 머리를 마구 때리며 엉덩이를 발로 차서 떨어뜨리고는 국화가 못 들어가게 방문도 자물통으로 잠가버리고는 자기 자식들만 데리고 어디론가 가버렸다.

국화는 이틀 동안 제대로 먹지 못해서 거의 탈진 상태에 이르고 추위에 온 몸을 덜덜덜 떨면서 누군가 와서 자기들을 돌보아주기를 간절히 바랐지만 밤이 깊었는데도 삼촌네 식구들은 아무도 돌아오지 않는다.

봉이는 얼굴이 새하얗게 되어 "언니 나 배 아프고 추워." 하며 온 몸을 부들부들 떤다.

"봉이야 조금만 참아. 곧 삼촌이 오실거야. 삼촌이 오면 따뜻한 방으로 들어가자." 국화는 봉이를 꼭 껴안고 달래지만 배고픔을 참을 길이 없어 부엌으로 들어가 짚단을 내려서 불을 때 보려고 하다가 문득 불을 냈던 생각에 몸서리치며 짚단을 내려놓는다.

이 모든 불행을 가져온 기억하기도 싫은 일이 생각난 것이다. 오빠와 함께 불을 낸 그날의 불타오르는 부엌을 생각하고는 불 피우기를 포기하고 한구석에 온 몸을 웅크리고 봉이를 끌어안고 앉아있다.

밤이 깊어서 삼촌 식구들이 들어오는 소리에 숙모에게 들켜 또 쫓겨날까봐 숨소리도 못 내고 죽은 듯이 숨어있는데 발자국이 부엌으로 온다.

온 몸이 녹아내리는 긴장 속에 있는데 부엌불이 켜지면서 삼촌이 들어온다.

"아니 너희들은 어디 갔다가 온 거야? 그리고 왜 지금 여기 이러고 있는 거야. 어서 방에 들어가자. 자세한 이야기는 내일 하자. 밥은 먹었니?"

"삼촌 봉이가 많이 아파요."

"어디보자. 어이구, 몸이 많이 얼었구나. 열도 많이 나는 것 같고. 어서 방으로 들어가자."

삼촌은 봉이를 안고 안방으로 들어갔다. 방에는 언제 왔는지 숙모가 앉아 있다가 아이들을 왜 여기로 데리고 오느냐고 신경질을 낸다.

"저 방은 불도 안 때서 냉골인데 어떻게 몸도 아픈 애를 거기서 재워. 오늘은 여기서 재우고 내일 애들 방에 불 좀 때고 보냅시다."

"에이! 벌써 몇 달 째야 조금만 데리고 있으면 온다더니 이거 너무하는 것 아닌가? 우리 생활도 넉넉지 못한데 언제까지 데리고 있어야 하는 거야? 정말 짜증나네." 숙모가 있는 대로 신경질을 내며 말하자 "조금만 더 기다려 봅시다. 곧 오겠지. 오죽하면 아이들을 보러 못 오겠소."

삼촌은 숙모를 달래며 눈치를 본다. 삼촌네 두 남매는 어디로 갔는지 보이지 않는다. 자리에 누운 봉이는 얼마나 아픈지 연신 끙끙대며 앓는다. 하지만 모처럼 따뜻한 방에 이불 펴고 푹신한데 누워있으니 너무나 포근하다. 국화는 이대로 시간이 정지했으면 좋겠다는 생각을 한다. 아침이 되면 숙모가 어떻게 변할지 뻔하다. 삼촌만 나가면 악마로 변하는 숙모가 무섭다.

"봉이야 좋지. 우리 매일 이렇게 살았으면 좋겠다. 그지?" 두 자매는 이불을 뒤집어 쓰고 속삭이지만 즐거움을 만끽할 시간도 없이 금방 잠이 들고 말았다.

수탉이 처절하게 울어대는 걸 보니 벌써 아침인가 보다. 삼촌은 새벽 같이 나가고 숙모가 이불을 확 들추며 소리를 지른다.

"처 자빠져서 잘 잤으면 빨리 나가서 마당 쓸어. 밥값은 해야 할 것 아냐. 요년들아."

자매는 점점 구박덩어리, 천덕꾸러기가 되어가고 있다. 국화는 숙모에게 더 야단맞을 까봐 춥고 머리가 아프다고 나가지 않으려는 봉이를 억지로 데리고 나가서 양지쪽에 앉혀놓고 마당을 쓸고 있는데 삼촌이 아침밥을 먹으러 집으로 들어오다가 국화를 보고 말한다.

"국화야 오늘은 날씨가 추우니 아픈 동생 데리고 밖에 나오지 말고 방에만 있어야 한다."

두 자매를 미워하고 폭언에 폭력까지 휘두르는 숙모와 달리 삼촌은 국화와 봉이를 따뜻하게 감싸주고 늘 걱정해준다.

삼촌이 나가자 국화는 숙모 눈치를 보며 얼른 불도 때지 않은 차디 찬 자기들 방으로 간다. 완전히 고양이 앞에 쥐 신세다. 숨도 제대로 쉴 수가 없다.

국화는 어리지만 눈칫밥을 먹어서 인지 눈치가 빠르다. 숙모에게 잘못 보이면 쫓겨날 수밖에 없다는 것을 알고 조심하지만 날이 갈수록 고통스럽기만 하다.

며칠이 지나 악동들이 돌아왔다. 아마 학교에서 수련회를 다녀온 것 같다. 숙모는 두 남매를 끌어안고 얼굴을 비벼대며 수련은 잘 했느냐, 재미는 있었느냐며 난리가 아니다. 아이들도 응석을 부리며 엄마에 찰싹 붙어 있는 대로 어리광을 부린다.

국화는 너무나 부럽다. 그리고 엄마 없는 서러움에 너무나 슬프다.

"어이구 내 새끼, 며칠 동안 못 보았더니 많이 큰 것 같네." 이산가족이 만난 듯이 호들갑을 떠는 숙모를 보니 내게도 엄마가 있었으면 얼마나 좋을까 생각한다.

한 번도 불러본 기억이 없는 "엄마" 라는 소리, 한 번도 들어보지 못한 엄마의 목소리! 국화의 어린 가슴에 너무나도 절절하게 슬픔이 밀려온다.

얼마동안 악동들이 없어서 좋았는데 또 다시 악몽이 시작되었다. 삼촌 하나 믿고 의지하며 살아가기에는 잠시도 쉬지 못하게 일 시키며 폭언을 일삼는 숙모와 두 남매의 폭력은 견디기 어렵다.

삼촌이 일 때문에 며칠 걸릴 것이라며 숙모에게 국화와 봉이를 잘 좀 대해주라고 신신당부하고 두 남매에게도 동생들과 사이좋게 놀라고 하고 떠났다.

남매는 아버지 앞에서는 잘 놀 거라고 순순히 대답을 해 놓고는 삼촌이 나가시자 본격적으로 두 남매를 괴롭히기 시작했다. 특히 언니라는 것이 더 심하다.

"야, 이 거지같은 년들아. 너네 집에 왜 안 가는데? 밥만 처먹는 거렁뱅이, 거지같은 년들아."

머리를 쥐어뜯고 막대로 팽이 치듯 여기저기 돌아가면서 때리다가 넘어지면 머리채를 잡아당겨 일으켜 세우고는 또 때린다. 남자아이도 덩달아 축구공 차듯이 발로 차고 주먹질이다.

말 안 듣고 고집피우는 황소 패듯이 후려치는 계집아이에게 맞아 여기저기 상처가 나고 눈을 맞아 피가 나, 두 아이가 비명을 지르며 울고불고 하여도 숙모는 내다보지도 않는 정말 잔인한 사람이다. 아니 짐승만도 못한 것들이다.

두 남매가 피투성이가 되어 방에서 이리저리 피하다가 마루까지 도망 나왔지만 소용이 없다. 한 움큼의 머리카락이 뜯겨져 마룻바닥에 흩어져 날린다.

국화는 눈을 맞아 앞이 잘 안 보이는 데도 봉이가 코피를 흘리며 입술이 터져 피투성이가 되자 정말 눈에 보이는 것이 없어지면서 오늘 우리가 맞아 죽는 날인가 하는 생각에 신발도 신지 못하고 봉이 손을 잡고 밖으로 뛰쳐나갔다.

자매가 울고불고 하는 것이 재미있는지 신나게 때리던 남매는 쫓아올 생각이 없는지 보이지 않는다.

이제는 그렇게 기다리던 아버지도 밉고 세상 모두가 원망스럽다. 어린 가슴에 피멍이 든다.

첫 눈이 내린다. 하늘에서 내리는 하얀 눈이 하염없이 맨발로 쫓겨난 갈 곳 없는 아이들의 앞길에 소복소복 쌓여간다.

매에 못 이겨 정신없이 뛰어나오느라 몰랐지만 정신을 차리고 보니 온 몸이 꽁꽁 얼었다. 맨발로 벌벌 떨고 있는 봉이를 보니 국화는 더 이상 살고 싶은 마음이 없어졌다. 차라리 어디로든 가서 얼어 죽어버리자는 생각이 강하게 국화의 머리를 가득 채운다. 희망도 없이 이렇게 고통스럽게 산다는 것은 더 이상 견딜 수가 없다.

흘러내리는 피는 멈출 줄 모르고 눈 위에 떨어져 빨간 꽃이 된다. 길옆에는 하얀 국화꽃이 시들은 채 눈을 맞으며 하얀 눈꽃이 되어 있다.

저 멀리 삼촌 집을 바라보니 피 흘리며 쫓겨 난 자기들을 찾을 생각도 없는지 이미 방의 불도 꺼져 귀신 소굴처럼 어둠 속에 웅크리고 있다. 이제는 모든 것이 끝이다. 아버지도 오지 않고 삼촌도 없고 숙모는 불쌍한 자기들을 버렸다. 어른들은 아무도 자기를 도와주지 않는다. 다시는 이 집을 찾지 않을 것이다. 숙모가 너무 너무 원망스럽다. 자기들을 때린 악동들 보다 백배나, 천배나 더 밉다.

하염없이 내리는 눈을 맞으며 벌판을 걷다가 보니 여기 저기 쌓아둔 짚가리가 보였다. 그래도 여기는 바람을 막아 따뜻할 것 같아 국화는 여기에서 영원히 잠들기로 결심했다.

봉이는 피로 얼룩진 얼굴을 찌푸리며 "언니 아파, 배고파"하며 국화를 의지한다.

"응, 봉이야 여기서 조금만 참아 여기서 잠자면 아픈 것도 배고픈 것도 다 없어질 거야."

국화는 짚단을 하나씩 끄집어내려 차곡차곡 정성스럽게 바닥에 깔았다. 봉이가 마지막 가는 길, 조금이라도 덜 춥게 보내고 싶다. 봉이를 바닥에 눕히고 그 위에 또 다시 짚을 잘 덮어주고 자기도 그 옆에 눕고 짚더미를 끌어안듯이 덮었다.

국화는 전에 살던 집에 오빠가 불을 낸 후 새벽안개를 헤치며 구슬픈 곡소리와 함께 논둑길을 따라 가다가 산 속으로 사라진 상여 속에 누워있던 것이 엄마라면 자기들이 여기서 잠들면 엄마를 만날 수 있지 않을까 하는 생각을 해본다.

넓고 넓은 들판을 채운 은빛 같은 하얀 눈이 두 자매를 덮어 잠을 재운다. 수북이 쌓인 눈은 자매에게 따뜻함을 주었다. 밤새도록 쌓인 눈 위로 아침 햇살이 흰 빛을 반사시킨다.

지나가던 행인은 눈 덮인 들녘 한 가운데 있는 눈더미 속에서 무엇인가 움찔거리자 깜짝 놀라 지나가는 사람들을 불러 모아 함께 눈 더미를 헤쳐 보니 그 속에서 아이 둘이 나오자 너무나 놀라 입이 다물어지지 않았다.

놀란 가슴을 진정시킨 사람들은 소리를 쳐서 동네 사람들을 불러 모았다. "도대체 누구네 애들인데 눈 속에서 나오는 거야? 그러고도 죽지 않았다니 희한한 일이야." 저마다 웅성웅성하는 사이 눈치 빠른 어른이 얼른 아이들을 업고 병원으로 달려갔다. 동네 사람들도 이 희한한 사태에 모두 사연이 궁금하여 우르르 병원으로 몰려갔다.

의사와 간호사는 몰려드는 사람들에 놀라 얼른 아이를 받아들고 진찰을 하고는 보호자를 찾는다.

"이 아이들의 보호자는 누구시오?"

"아무도 없어요. 눈 속에서 발견하였답니다."

"오랫동안 병원에서 치료 받아야 할 정도로 상태가 안 좋은데 어떻게 해야 하나. 어디서 온지도 모르고 부모가 있는지 없는지도 모르니, 참 딱합니다."

동네 사람들은 부모가 있다면 눈 속에서 짚단을 깔고 자겠느냐며 모두 딱하다는 듯

혀를 끌끌 찬다.

"이 아이들은 지금 영양실조에 불안정한 마음과 공포심으로 심신이 허약해져 있어서 장시간 치료해야 하는데 병원비도 병원비지만 보호자가 있어야 할 텐데 걱정입니다."

의사 선생님이 한숨을 쉬며 말하자 할머니가 어린 것들이 너무나 불쌍하다며 아이가 치료 받을 수 있게 조금씩이라도 도와주자며 자기가 끼고 있던 금반지를 의사선생에게 내 놓자 다른 사람들도 시계며 반지, 은 목걸이, 하다못해 털목도리까지 내놓는다. 어

떤 할머니는 부리나케 집으로 갔다 오더니 쌀을 머리에 이고 가지고 온다.

의사 선생님은 일단 아이들을 안정시키는 것이 중요하다고 하면서 아이들이 안정되면 부모를 찾아보도록 하자고 하고 사람들을 돌려보낸다.

국화는 정신이 들었지만 너무나 따뜻하고 포근하여 눈을 뜨지 않고 있다. 눈을 감고 사람들의 말을 들어보니 죽지 않고 살아난 것 같아 한스럽다. 너무나 힘들고 고통스러운 세상에서 다시 살아야 한다니 걱정이 태산처럼 밀려온다. '아! 우리는 갈 곳도 없는데 왜 우리를 살려낸 것인가?'

잠시 후에 봉이가 정신을 차리더니 언니를 찾는다.

"아가야 정신이 드니. 입술은 왜 이렇게 터진 것이냐. 많이 아팠겠네. 눈도 멍이 들고"

의사는 간호사를 불러서 먼저 따뜻한 물로 목욕시키고 치료를 잘해주라고 시킨 뒤에 국화 곁으로 와서는 국화 머리를 쓰다듬으며 말한다.

"이 꼬마 아가씨야 이제 일어나야지. 아까부터 정신 차린 것 다 알고 있어."

국화는 얼른 일어나 병원 문을 열고 봉이가 있는 데를 찾아간다. 병원 목욕탕에서 봉이가 목욕하는 것을 보고 자기도 옆에서 세수를 하려고 하니 간호원 언니가 "얘. 너도 이리와. 언니가 씻겨줄게." 하며 국화를 끌어당긴다.

"언니 살살 씻어 주세요. 너무 아파요. 봉이도요."

"너희들 왜 이렇게 상처가 많이 난거니? 누가 때렸어?"

"언니, 오빠가 막 때렸어요." 봉이가 냉큼 대답한다.

"언니. 오빠가 어디있는데?" 간호사 언니는 조심스럽게 묻는다.

국화는 대답 없이 배가 너무 고프니 먹을 것 좀 달라고 부탁한다.

"먹을 건 씻고 난 다음에 얼른 줄게. 너희들은 오랫동안 씻지 않고 살았나 보구나. 이렇게 때가 많이 나오는 걸 보니. 집에서 나온 지가 오래 되었나보네. 정말 가엾구나. 근데 언니, 오빠가 때렸다는 게 무슨 소리니?"

언니, 오빠라는 소리를 듣고 봉이가 벌벌 떨며 불안해하자 간호사 언니는 당황했다. "그래 알았어. 안 물어볼게. 미안해. 진정하고 얼른 씻고 밥 먹자."

국화와 봉이는 깨끗이 씻고 밥까지 먹어 배가 부르자 그렇게 상쾌할 수가 없다. 정말 날아갈 것만 같은 기분, 국화에게 최고의 날이다.

하지만 병원에서 마냥 아이들을 데리고 있을 수는 없는 일, 대책을 세울 수밖에 없었다. 의사선생님은 아이들에게 찬찬히 말을 꺼냈다.

"도대체 어린 너희들을 어떻게 하면 좋겠니? 너희들이 계속 여기 병원에 있을 수는 없어! 정말 갈 데가 아무데도 없는 거니?"

"아저씨 아무데도 갈 데가 없어요. 엄마는 없고 아버지는 데리러 온 다고 했는데 안와요. 삼촌 집에 있다가 도망 나왔는데 거기가면 우리는 매 맞아 죽을 거예요."

"삼촌집이 어디 있는데? 너희들 몸 상태가 너무 안 좋아서 치료를 제대로 해야 하는데 쫓겨 나왔다니 걱정이다. 어쩌면 좋으냐. 동생은 폐렴도 있는 것 같은데."

국화는 삼촌집이라는 말만 들어도 몸이 벌벌 떨린다.

"아저씨 삼촌 집에는 안 가요. 언니 오빠가 때려서 무서워요."

"아저씨가 너희들이 매 맞지 않게 해 줄 테니까 걱정하지 말고 삼촌 집이 어디 있는지 알려주렴. 너희들은 지금 치료를 받지 않으면 안 돼."

국화는 시치미를 떼고 삼촌집이 어딘지 모른다며 아버지를 찾아달라고 사정을 했지만 동네 이름도 모르는데 어떻게 찾을 수 있냐고 하시는 의사선생님의 말씀에 더 이상 떼를 쓸 수가 없었다.

"그러면 선생님이 너희를 고아원에 보내줄게. 거기가면 너희들이 떠돌아다니지 않아도 되고 배고플 일도 없을 거야."

국화는 고아원에 가면 다시는 아버지를 못 만난다는 생각에 할 수 없이 의사선생님에게 삼촌이 정미소를 한다고 말할 수밖에 없었다. 의사는 병원 직원에게 잘 말해 둘 테니 겁먹지 말고 삼촌 집으로 가라고 말하면서 국화와 봉이를 보냈다.

국화는 직원 아저씨와 삼촌 집으로 가면서 걱정이 이만저만이 아니다. 병원에서 일주일이나 있었으니 병원비도 주어야 하고 그 악동들을 볼 생각을 하니 공포감이 발걸음을 짓누른다.

삼촌 집에 도착하니 마침 삼촌이 쌀가마니를 트럭에 싣고 있다가 아이들을 보고 깜짝 놀라 한걸음에 뛰어와서 국화 손을 잡고 "너희들 어떻게 된 거니? 삼촌이 걱정 많이 했잖아." 하며 야단을 친다.

"지금 병원에서 오는 것이오. 이 아이들이 눈 속에서 얼어 죽을 뻔 한 것은 알고 계시오? 어쩌자고 어린 애들을 돌보지 않고 얼려 죽이려고 했소?"

병원 직원이 하는 말에 깜짝 놀란 삼촌은 말까지 더듬으며 국화를 보면서 묻는다.

"그게 무슨 말이오. 얼어 죽을 뻔 하다니요?"

"길가는 행인들이 아이들을 발견해서 병원에 데리고 왔기에 망정이지 아니면 이 꼬마들은 이 세상 사람이 아닐지도 모릅니다. 정말 가엾고 불쌍해서 못 보겠습디다. 사람들이 너무 불쌍하고 가엾다고 하면서 반지며 시계까지 다 풀어놓고 갔어요. 아니 그래 요런 꼬마들에게 얼마나 폭력을 썼으면 얼굴이 상처투성이입니까? 불쌍한 애들이니 잘 좀 해주시지요. 얼마나 가엾은지, 병원에 데리고 왔을 때 눈은 퉁퉁 부어있고 입술은 터져 피가 말라 비틀어져 있고 얼굴이 하도 맞아서 온통 부은 데다 신발도 없어서 맨발로 눈길을 걸어 아마 동상이 걸렸을 것이요. 간호사들이 신발도 사주고 사람들이 가엾어서 눈물까지 흘리며 치료해 달라고 사정했을 정도였으니까요. 남들도 이렇게 하는데 어떤 사연이 있는지는 모르나 아이들이 여기에 있는 동안은 신경 좀 써 달라고 의사 선생님이 신신당부를 하였습니다. 잘 좀 부탁해요."

삼촌은 날벼락이라도 맞은 표정이다. 아이들이 없어져 형님이 자기도 없는 사이에 아이들을 데리고 간 줄로만 알았는데 이런 상황이라니 기가 막히고 당황스럽다.

"그래 병원비는 얼마나 드리면 됩니까?"

"의사 선생님께서 어느 집에 얹혀산다는 이야기를 들으시고 치료비는 받지 말고 대신 몸이 많이 안 좋으니 잘 좀 대해주라는 부탁을 하라고 하셨습니다. 나중에 바쁘지 않으시면 인사나 한 번 하시지요."

병원 직원 아저씨는 국화와 봉이를 한번 안아주고는 손에 돈 몇 푼을 쥐어주고 떠났다.

남겨진 국화와 봉이는 삼촌의 눈치를 보며 엉거주춤하게 서있다. 삼촌은 눈물을 글썽이며 국화, 봉이의 얼굴을 어루만지며 말한다.

"미안하다. 삼촌이 좀 더 신경을 썼어야 하는데, 이런 일이 일어난 줄도 모르고, 정말 미안하다."

잠시 후 숙모가 시장에 갔다가 돌아오다가 두 자매가 삼촌과 함께 있는 것을 보고 소스라치게 놀란다. 삼촌은 너무나 화가 나서 말도 못하고 숙모가 들고 있는 시장바구니를 뺏어서 힘껏 처버린다.

숙모는 오히려 큰소리를 지른다.

"왜 그래? 왜 그러는데. 내가 쟤네들 하고 무슨 상관이야. 지들이 지발로 도망간 거를 내가 어쩌라고 나한테 이러는 거야?"

정말 악해도 이렇게 악할 수가 있을까? 자기 자식들에게 너무
나 맞아서 도망간 줄 뻔히 알고 있으면서 시치미를 뚝 뗀다.

"지나가는 사람들이 발견하지 못했으면 이 아이들이 얼어 죽었을 거라
는데, 어떻게 인간으로 이런 짓을 할 수가 있나?"

"죽는 것도 자기들 팔자고 사는 것도 팔자야. 그냥 운명대로 사는 거지.
그리고 살아 돌아왔으면 됐지 왜 나에게 성질내고 야단이야, 야단이."

삼촌은 온몸을 부르르 떨며 "너도 인간이야? 비정한 사람아. 눈물도
인정도 없는 사람아. 자기도 자식을 키우면서 그러면 못 쓴다. 비록 이 애
들이 지금 구박덩어리로 살고는 있지만 한때는 부유하게 살던 애들이야.
지금은 그 놈의 불 때문에 재산을 탕진하였지만 나도 형님의 도움으로 이
렇게 살고 있는데 형님이 몇 달 안 데리러 온다고 아이들을 죽음으로까지
내몰아야겠어? 아이들이 잘못되었으면 형님이 왔을 때 무슨 면목으로 형
님을 대해?"

삼촌은 생각만 해도 몸 소리 처지는 듯 숙모에게 화를 내지만
숙모는 코웃음 치며 더 바락바락 대든다.

"지금 현실이 문제지 과거가 무슨 소용이야? 나는 저 애들하고는 더 이
상 살고 싶지 않으니 빨리 해결 못하면 내가 나갈 테니 알아서해."

삼촌은 말이 안 통하는 숙모와 싸우다가 답답해 미치겠다며 성
질내고 나가버린다.

두 남매는 방안에서 엄마, 아빠가 싸우는 것을 듣고 있다가 삼
촌이 밖으로 나가는 것을 보고 "야 이 거지 같은 것들이 왜 다시 와서

엄마 아빠를 싸우게 해." 하며 빗자루를 들고 국화와 봉이에게 가자 삼촌은 나가다말고 다시 와서는 소리를 지른다. "이것들아. 어쩌면 니들도 어미와 똑같으냐? 인정머리 없는 것들 같으니라고. 앞으로 니네들 동생들 때리거나 나쁜 짓 하면 가만두지 않는다."

숙모는 삼촌과 싸운 후 삼촌과 말도 안하고 밥도 안차려준다. 자기 자식들만 챙기고 국화와 봉이는 거들떠보지도 않는다.

국화와 봉이는 삼촌이 차려주는 밥을 먹지만 마음이 편치 못하다. 삼촌은 하루도 마음이 편할 날이 없다며 신경질을 내다가 더 이상 아이들을 천덕꾸러기로 살게 할 수는 없다고 생각하고는 아이들을 고아원에 데려다 줄 결심을 한다.

국화도 고아원이 어떤 곳인지는 잘 모르지만 악마 같은 숙모와 언니, 오빠가 있는 이 집에서 눈치 밥 먹으며 공포에 떨며 사는 것보다는 차라리 고아원에 가는 것이 좋겠다는 생각을 한다.

삼촌은 어느 아주머니를 따라 고아원으로 가는 자매를 측은하게 바라보며 "미안하다. 삼촌이 잘 돌봐주지 못해서. 아빠가 오면 고아원으로 가서 너희 남매 다시 데리고 가시도록 할 테니 잘 지내고 있으라."고 말하고는 고개를 돌린다.

두 자매는 아주머니를 따라 삼촌이 건네준 작은 보따리 하나를 들고 종종걸음으로 쫓아간다.

차도 타지 않고 넓은 들판도 지나고 산비탈도 지나서 도착한 곳에서는 아이들이 우~ 하고 반긴다. 아주머니가 고아원 원장에게 아이들이 심성은 착하니 잘 부탁한다고 하며 두 자매의 얼굴 한 번 쳐다보고는 밭길 사이를 지나 산길로 멀어져 간다.

고아원에는 국화보다 큰 아이들이 많이 있다. 큰 방 하나에 모든 아이들이 옹기종기 모여 잔다. 앞마당에는 큰 검정개가 있어서 수시로 컹컹 짖어댄다. 검정개가 짖어댈 때마다 국화는 무섭다. 국화는 봉이와 둘이서 도망쳐 나와 밤에 개가 짖는 바람에 공포에 떨었던 기억 때문인지 방에 앉아 있어도 개소리만 들으면 심장 떨어지는 소리가 난다. 변소는 마당을 지나 으슥한 곳에 있다.

고아원에서 자는 첫 날, 봉이가 자다 말고 벌떡 일어나 엉덩이를 꼭 잡으며 "언니 똥 매려. 똥 매려. 어서 일어나." 하고 국화를 깨운다.

"이 밤중에 똥 매렵다고 하면 어떡해. 변소가 어딘지도 모르는데."

국화는 봉이를 데리고 변소를 찾으러 나섰다. 길에는 두 자매의 그림자가 갈 길 모르는 자매를 인도하고 별님 달님도 비추고 있다. 달님이 부끄러워 구름 뒤로 숨으면 컴컴해진 길이 더 무섭다.

봉이는 무서운 밤길에 참지 못하고 똥을 바지에 싸고 말았다. 저녁에 먹은 꽁보리밥을 소화 못 시키고 배 아파하더니 설사를 한 것이다.

옷도 없어 물을 찾아서 씻어야 방에 들어갈 텐데 어디가 어딘지 모르는 국화는 참 난감하다. 어그적 거리며 걷는 봉이와 여기저기 헤매다 보니 물 흐르는 소리가 들린다. 아! 개울이다. 맑은 개울 물에 달그림자가 하나 가득이다. 찬 개울물에 손을 호호 불며 봉이를 씻겨주고 옷에 묻은 똥도 개울물에 씻어 낸다.

추위하는 봉이에게 입고 있던 옷을 벗어 감싸주고 입을 힘이 없는 국화는 봉이 손을 잡고 끌다시피 하여 방으로 돌아오니 벌써 첫 닭이 울어댄다.

얼마나 헤매고 다닌 것인지 벌써 날이 밝은 것이다. 봉이는 잠에 취해 하품을 연방 해대더니 방 한구석에 쪼그린 채로 꾸벅꾸벅 졸고 있다. 국화도 잠시라도 자보려고 누웠는데 종소리가 땡그랑 땡땡 울린다. 종이 울리자 잠자던 고아원 아이들이 벌떡 일어나 후다닥 옷 주워 입고 뛰어 나간다.

국화에게 빨리 일어나서 세수하고 청소해야지 아침밥을 먹지, 늦으면 밥을 못 먹는다고 소리치며 나간다.

국화도 얼른 일어나 봉이를 깨우지만 봉이는 일어날 생각을 전혀 하지 않는다. 할 수 없이 혼자서 식당으로 들어가 밥을 달라 하니 벌써 밥이 없다고 한다. 아침밥도 얻지 못하고 뒤돌아 나오면서 봉이가 배가 많이 고플 텐데 점심 때 까지 어떻게 기다려야 하나 생각하니 걱정이다.

걸어오다 보니 식당아주머니가 개밥을 주려고 큰 바가지에 개밥을 담아서 갖고 온다. 개 밥그릇에 개밥을 담는 것을 보니 시커멓게 탄 누룽지다. 국화는 아주머니가 들어가자 얼른 개밥그릇에서 누룽지를 좀 덜어내려고 손을 댄다. 개가 자기 밥그릇을 지키려고 으르렁대자 국화는 긴 작대기를 가져와서 자기 앞으로 개밥

그릇을 끌고 와서는 누룽지 찌꺼기를 옷에다 덜어내고 개에게 밀어준다.

물이 흘러내리는 개밥을 봉이와 함께 손으로 주워 먹고 양지쪽에 앉아 햇볕을 쬐니 사르르 잠이 온다. 오빠들은 나무를 자르고 있고 언니들은 빨랫거리를 잔뜩 가지고 개울로 간다. 국화에게도 가자고 하여 졸졸 따라가 보니 어제 밤에 봉이를 씻겨준 그 개울이다. 물속에 퉁퉁 부운 채 가라앉은 꽁보리밥이 보인다.

"왠 보리밥이 여기에 있지"

한 언니의 말에 국화는 모른 척 눈을 돌린다.

저 언니는 무슨 사연으로 여기 왔을까? 우리처럼 아버질 기다리는 걸까? 나도 조금 더 크면 저 언니들처럼 빨래를 하고 있겠지. 새삼스레 여기까지 온 것이 꿈결처럼 아득하다.

고아원 생활은 단조롭다. 아직 어린 두 자매는 그저 서로를 의지하면서 특별히 하는 일 없이 지낼 뿐이다. 그러던 어느 날 저 멀리서 낯익은 사람이 걸어오고 있다. '아버지다!' 꿈에도 그리던 아버지가 고아원으로 들어오고 있다. 국화와 봉이는 뛰어가 품에 안긴다. 너무 너무 그리던 아버지, 보고픈 아버지의 품에 안겨 울고 웃는다. 쇠약해진 아버지는 국화와 봉이를 보고 목이 멘다.

"국화야, 봉이야 미안하다. 아버지가 몸이 많이 아프고 돈도 못 벌어서 너희를 데리러 못 왔단다. 너희가 보고 싶어서 빨리 오고 싶었는데 너희에게 해 줄 것이 아무것도 없어서 올 수가 없었어. 미안하다."

"아버지 우리 데리고 갈 거지. 이제 우리 아버지랑 사는 거지."

두 자매는 "아버지, 아버지."하며 아버지에게 붙어서 떨어질 줄을 모른다.

"이제 아버지가 병이 조금 나았으니 빨리 돈 벌어서 너희들 데리러 올게. 오늘은 너희들이 너무나 보고 싶어서 온 거야. 삼촌네 갔더니 여기에 있다고 해서 온 거야. 조금만 더 기다려 지금은 아버지가 아무것도 없어서 데리고 갈 수가 없으니까. 조금만 더 기다려라. 응."

국화는 아버지 바지를 꽉 쥐고는 아버지를 따라가겠다고 필사적으로 매달렸다. 국화와 봉이의 울음소리에 온 고아원이 떠나간다. 개도 덩달아 짖어대니 고아원 아이들이 귀를 막고 시끄럽다고 욕을 해댄다.

보고 있던 원장도 "이것 보시오. 국화 아버님. 아이들을 못 데려갈 거면 오질 말았어야지요. 이제 아이들을 안 데려가면 큰 상처가 됩니다. 여기에 오기 전에 이미 큰 상처를 입은 아이들인데 더 이상 상처를 주지 말고 데려가세요. 그냥 가면 아이들은 여기서 말라 죽을 것이요. 이곳에서 애가 타서 죽는 애들을 여럿 보았으니 그냥 데려가시오."

"죄송합니다. 제가 몸이 너무 안 좋아서 애들을 키울 수가 없습니다. 조금만 더 데리고 있어주세요."

아버지가 사정을 해보았지만 원장은 매몰차게 거절을 한다.

"아이들이 저렇게 울고불고 난리인데 우리는 감당할 수가 없으니 그럼 다른 고아원을 알아보시오."

아버지는 체념한 듯 고개를 푹 숙이고 생각에 잠겨 있다가 어쩔 수없이 두 자매를 데리고 가며 생각한다.

'그래 죽이든 밥이든 같이 살아보자. 설마 죽기야 하겠나.'

국화는 봉이를 업은 아버지를 혹여 놓칠세라 꽉 잡고 신이 나서 걸어간다.

"아버지. 국화가 얼른 커서 아버지 밥도 해드리고, 돈도 많이 벌어서 고기도 사줄게." 큰 소리까지 치는 국화다.

아버지를 따라 한참을 걷다보니 낯익은 거리다. 기찻길 지나 구멍가게가 있고 둑방이 보인다. 아! 여기를 찾기 위해 얼마나 헤매다 못 찾고 지옥 같은 삼촌 집으로 되돌아갔는가? 국화는 한 발을 들고 오줌을 싸며 영역 표시하는 강아지 마냥 머리속 깊이 길을 기억에 담는다. 빠른 발걸음으로 걷던 아버지는 힘이 드는지 봉이를 내려놓는다. 그리고는 날이 어둡기 전에 도착해야 한다며 빨리 걷자고 독촉한다.

종종 걸음으로 숨차게 걸으면서도 국화는 마냥 행복하다. 저녁 늦게 도착한 집은 전에 아버지와 살던 바로 그 집이다. 변한 것이 하나도 없다. 주인아저씨, 아주머니는 국화 식구를 반겨주며 저녁밥을 차려준다. 고기반찬에 미역국, 떡까지 오늘이 아저씨의 생일이라며 진수성찬을 차려주시는데 국화는 오늘이 자기의 생일 같다. 매일 같이 이렇게 먹고 살면 얼마나 좋을까? 아버지와 영원히 헤어지지 말고 살면 좋을 텐데. 행복하고 좋은데 눈물이 난다.

꿈에도 그리던 아버지도 만나고 맛있는 저녁을 먹고 한 방에 누워 잠을 자려고 하니 모든 것이 꿈만 같다. 이제 더 이상 바랄 게 없다.

아버지의 병은 무슨 병인지 너무 힘들어 한다. 하루 벌어 하루 먹고 사는 것도 힘들고 점점 아픔이 심해진다.

주인 아줌마는 늘 국화 아버지에게 이제 아이들 그만 고생 시키고 좋은 부모 만나 배곯지 않고 잘 자라도록 누구에게 보내라고 권하지만 아버지는 그때마다 "제가 아프지만 않아도 어떻게 살아 볼 수 있을 텐데 말입니다." 하고는 대답이 없다. 아주머니는 딱하다는 듯 내가 아이들 보낼 곳을 알아 볼 테니 국화 아버진 빨리 몸이나 추스르라고 한다.

국화는 그런 말을 들으면 또 언제 아버지와 헤어지게 될지 두렵고 불안하다. 왜 우리는 함께 살 수가 없는 것일까? 한꺼번에 크는 약이 있다면 그걸 먹고 빨리 커서 병든 아버지를 모시고 어린 동생을 자기가 키우며 살 텐데. 아버지와 헤어지는 것은 죽기보다도 싫다.

하루는 주인집 아주머니가 방에 들어와 국화에게 이야기를 건넨다. "국화야 아버지 많이 아프신 것 알지. 아버지가 계속 너희와 살 수는 없다는 걸 알지. 좋은 양부모 만나게 해 줄 테니 그리 알아라. 이렇게 병든 아버지와 살다가는 너희 식구 전부 굶어 죽어."

"아줌마, 나하고 봉이하고 아버지하고 아줌마 집에서 함께 살면 안돼요? 제가 이 담에 어른이 되면 돈 많이 벌어서 갚아 드릴게요. 아버지하고 같이 살게 해주세요. 네?"

"아줌마도 너희와 함께 살 수가 없어서 미안하다. 아줌마가 밥도 굶지 않고 잘사는 부자 집을 알아봐 줄 테니 고생하지 말고 가라. 알았지? 큰일이다. 아버지가 저렇게 병이 낫지 않으니. 병원에 갈 형편도 아니고."

멀리서 기적 소리가 울린다. 국화는 서글프다. 세상의 험난함을 알아버린 국화는 세상이 밉고 어른들이 밉다.

아버지 병은 더 깊어져 이젠 고물장사도 못하고 집에서 누워있다. 아버지는 거동하기 힘든 몸으로 어디론가 나가시고 떡 장수 아줌마가 오자 주인집 아주머니는 떡 장수 아주머니와 긴한 이야기를 주고받는 눈치다. 떡 장수 아주머니가 국화와 봉이를 보자고 하더니 떡 몇 개를 주면서 살핀다.

저녁 늦게 돌아오신 아버지는 국화 눈치를 살피더니 어렵게 입을 연다.

"국화야 아버지가 오늘 삼촌 집에 가서 너희들 좀 잘 돌봐 달라고 사정하고 왔으니 몇 달만 더 가 있으렴. 이제는 삼촌이 잘 돌봐 주실 거야."

"아버지, 삼촌 집에는 절대로 안가."

국화는 딱 잘라 거절하고는 아버지를 쳐다보지도 않고 돌아누워서 꿈적도 하지 않는다. 거기서 천덕꾸러기 취급당하고 맞아 죽을 뻔 했는데 또 가라니 차라리 다른 집에는 가도 거기는 죽어도 가지 않으리라 단단히 마음먹는 국화다.

며칠 후 아주머니가 아버지를 찾아서 오래 이야기를 나누신다. 국화는 온 신경이 거기로 쏠려서 몰래 아버지 모습을 살핀다. 아버지는 종종 고개를 떨구고 긴 한숨을 내쉬면서도 아주머니 말을 듣고 있다.

아버지가 말씀을 마치고 방으로 오는 것을 보고 국화는 얼른 자는 척을 했다. 아버지는 국화의 손을 잡아보고 봉이의 얼굴을 어루만지며 뜨거운 눈물을 흘린다.

뜨거운 눈물이 국화의 뺨에 떨어지자 국화는 더 이상 아버지와 함께 살 수 없다는 것을 알았다. 국화의 어린 가슴에도 피눈물이 흐른다. 아버지에게 들키지 않으려고 돌아누워서 국화는 밤새도록 울고 또 울었다.

떡장수 아주머니는 삼일 만에 다시 와서 주인집 아주머니에게 아이들을 키워줄 사람이 나타났다고 하면서 내일 데리러 온다고 하고 국화와 봉이에게도 아주 좋은 분들이 너희를 키워 준다고 하니까 이제는 배곯지 않고 잘 살 수 있을 것이라고 말한다.

아버지는 어디론가 나가시고 이 소식을 들은 국화는 어쩌면 다시는 여기를 못 올 수도 있다는 생각에 기찻길로 나갔다.

저녁노을을 따라 붉게 물든 뭉게구름이 어깨동무 하듯이 하늘에 펼쳐져 있다. 구름도 저렇게 뭉쳐서 사는데 국화네 가족은 왜 헤어져야 하는지 국화는 알 수가 없다. 오늘이 지나면 봉이와 소꿉놀이 하던 이곳도, 병든 아버지와도 이별이다. 영원히 만나지 못하는 것은 아닐까? 국화는 너무나 불안하다. 하지만 언젠가는 꼭 다시 올 것이라고 마음을 먹고 주위를 찬찬히 돌아보고 집으로 들어온다. 주인집 아주머니는 마음이 따뜻한 사람이다. 숙모가 여기 아주머니만 같아도 언제까지라도 아버지를 기다릴 수가 있을 텐데. 숙모만 생각하면 심장이 아랫배로 뚝 떨어지는 느낌에 몸서리쳐진다.

주인집 아주머니가 함께 저녁을 먹자고 해서 국화네 식구는 모두 주인집으로 갔다. 아주머니가 흰 쌀밥에 생선구이, 고깃국, 반찬 몇 가지를 내오신다. 두 자매를 떠나보내는 아주머니의 마음이리라.

아버지는 고맙고 미안한 마음에 "제가 몸이 좀 나으면 신세를 갚겠습니다." 하고는 슬픔을 참지 못하고 천정만 바라본다.

아주머니는 국화 손을 잡고 다짐하듯이 말한다.

"국화야 어디 가든지 동생 잘 돌봐라. 국화는 똑똑하니까 어디서든 잘 살 수 있을 거야. 마음이 맑고 깨끗하니까 나쁜 길로 안 갈 거라고 아줌마는 믿어. 아줌마 말 잘 기억하고 나중에 자라거든 꼭 아줌마 찾아오너라. 알겠지."

아버지는 옆에서 구들장이 꺼지도록 긴 한숨을 쉬며 한탄을 한다.

"어쩌다 우리 집이 이 지경이 되었는지 모르겠어요. 그 놈의 불만 나지 않았어도 하늘 아래 마지막 남은 이 피붙이들 하고 헤어지지 않아도 될 텐데. 하늘이 무심합니다."

"국화 아버지. 지난 날 생각하면 뭐 하겠소! 돌이킬 수 없는 세월인걸."

"제가 너무 부끄럽고 한심스러워서 그럽니다. 이 어린 것들을 보내야 한다니."

국화는 애처로운 아버지의 모습을 더 이상 볼 수가 없어 졸립다고 핑계를 대고 아버지를 따라 밖으로 나온다.

이 밤이 지나면 생이별을 해야 하는 국화와 아버지는 밤이 깊어도 잠을 이룰 수가 없다. 누구를 만날 것인가? 어떤 인생을 살게 될 것인가?

아버지는 국화와 봉이의 얼굴을 만지고 또 만지며 눈물을 흘리며 혼자서 중얼중얼 거리다가 깊은 한숨을 내쉰다. 이제 끝난 일인데 무슨 걱정이 저렇게 많으신가? 국화는 내심 알 수 없는 마음이 들었지만 자신도 모르는 문제이기에 그저 아무 말 없이 누워 있다가 잠이 들었다.

구슬픈 첫 기차의 기적 소리가 아침을 알린다. 국화네 형편을 아는 아주머니는 아침이라도 먹여 보내시려는지 일찍부터 밥을 지으신다.

굴뚝에서 하얀 연기가 피어오르며 구수한 밥 냄새가 마당을 건너 국화에게 찾아오니 아주 어릴 적에 집에서 국화의 코를 간질이던 냄새가 어렴풋이 생각난다.

아궁이에서 나오는 연기를 바라보니 불내고 행방불명된 오빠가 더욱 생각난다. 이름도 생각나지 않는 오빠는 지금 어디서 무엇을 하고 있을까? 언젠가는 우리를 찾아와 줄까? 아버지를 떠나야 한다고 생각하니 오빠가 더 보고 싶다.

"국화 아버지 아이들 데리고 와요. 아침 먹게." 아주머니의 다정한 목소리가 들려온다. 아버지는 거칠고 피폐해진 손으로 아이들의 얼굴을 씻겨 데리고 들어간다. 고마운 아주머니. 국화는 아주머니의 따뜻한 마음을 잊지 못할 것이다.

점심때가 되기 전에 떡 장수 아주머니가 오자 아버지는 조그만 보따리에 옷 몇 가지를 싸서 국화 손에 들려준다.

"국화야. 봉이야 잘 가거라. 어딜 가든 행복하게 잘 살아라." 주인집 아주머니는 두 자매의 얼굴을 어루만지며 쓸쓸하게 인사를 한다.

자매를 향해 손을 흔드는 아주머니를 뒤로 하고 아버지와 두 자매는 말없이 떡 장수 아주머니를 따라갔다. 아버지는 구멍가게 앞에서 자매에게 사과를 하나씩 사주고는 그저 "동생을 부탁한다." 는 말만 어렵게 하고 눈물을 흘리며 돌아서서 갔다.

종종 걸음으로 떡장수 아주머니를 따라가던 국화는 뒤돌아보고 또 돌아보다가 아버지가 보이지 않자 왈칵 울음을 터트린다. 아버지가 가슴 아플까봐 참고 참았던 눈물이 하염없이 국화의 얼굴 위로 흘러내린다.

빈방 안에서 끙끙대며 누워있을 아버지를 생각하니 국화의 어린 마음은 아프고도 서럽다.

떡장수 아주머니는 국화와 봉이를 데리고 차도 타지 않고 걸어서 어디론가 데리고 갔다. 국화는 우선 아버지와 아주 멀리 떨어진 곳이 아니어서 안심이 되었다.

어느 큰 기와집으로 들어갔는데 그곳에는 방이 많고, 붉은 전구 아래로 짙은 화장을 한 많은 여자들이 오고 간다. 여자들은 국화 자매를 신기한 듯이 힐긋힐긋 쳐다보며 바쁘게 움직이고 있다.

"왜! 예쁜 여자들이 많이 있네. 아줌마 여기가 어디에요? 예쁜 여자들이 막 나를 쳐다봐요."

"응. 여기가 너희들이 살 집이란다."

여기인가? 예쁜 여자들이 생전 처음 보는 코가 큰 아저씨와 까맣게 생긴 아저씨들 팔짱을 끼고 가는데 우리나라가 아닌 것 같다.

떡장수 아주머니가 어느 큰 방에 앞에서 "큰마님"하고 부르자 남자 같이 생긴 아줌마가 나오더니 "이 아이들인가?"하고 묻는다.

주변에 있던 여자들도 하나 둘씩 몰려오더니 두 자매를 이리저리 살피느라 정신이 없다. 그때 어떤 여자가 냉큼 다가와 히죽 웃으며 "니들 어디서 왔니? 나 알아? 모르지? 내가 언니니깐 언니라고 부르면 돼." 하고 아는 체를 하더니 아줌마에게 떡 좀 주고 가라고 너스레를 떤다.

"이 년아 넌 돈도 없으면서 매일 보기만 하면 떡을 달래니? 애란이 어디 갔어? 애란이가 안보이네."

"아줌마 가만있어 내가 애란이 언니 데리고 올게."

"아냐 오늘은 큰 마님만 보고 급히 가야하니 떡 만 좀 주고 갈테니까.

너 혼자 먹지 말고 얘들하고 같이 먹어. 잘 데리고 놀고."

"흥, 내가 돼진가? 혼자 다 먹게"

큰 마님이 수고했다고 하며 나중에 다시 들르라고 하자 떡 장수 아주머니는 돌아갔다. 국화와 봉이는 여자들 가운데 어찌할 줄 모르고 서 있다가 큰 마님이 어느 여자에게 깨끗이 씻기라 하고 방으로 들어가자 그 여자 손에 이끌려 마당 한쪽에 있는 목욕탕으로 갔다.

잠시 후에 국화와 봉이가 목욕을 하고 나오자 밥도 주고 빵을 주는데 처음 먹어보는 빵이다.

국화는 먹을 것이 많고 예쁜 언니들이 많은 이곳이 마음에 들었다. 화려한 이불에서 잠자니 마치 공주가 된 기분이었다. 언니들은 서로 국화와 봉이를 데리고 자려고 했다. 정이 그리운 언니들인지 몰라도 국화는 황홀할 뿐이다. 머리를 쓰다듬어 주고 팔베개를 해주는 언니에게서 나는 향기가 좋다.

떡 장수 아주머니를 따라서 종종 걸음으로 오느라 피곤했던 국화는 아침까지 꿀맛 같은 단잠을 자고는 일어나자마자 봉이를 찾아 이 방 저 방을 기웃거린다. 언니들도 벌써 다 일어나 있고 코큰 아저씨들이 한두 명씩 밖으로 나간다. 왜 아저씨들이 여기서 자고 갈까? 그저 신기하고 궁금할 뿐이다.

뒷방에서 하품을 하며 나오는 봉이를 발견한 국화는 얼른 봉이에게 뛰어간다.

"봉이야 잘 잤니. 여기 참 좋지. 응? 빵도 있고 초콜릿도 있고 사탕도 맘껏 먹을 수 있어서 난 너무 좋아."

"응. 언니 나도 좋아."

봉이는 국화만큼 좋은지는 몰라도 언니가 좋다고 하니까 덩달아 좋은지 이제야 얼굴에 웃음꽃이 핀다.

혹독하고 고통스러운 겨울이 지나고 봄이 되어 이곳에 온 국화를 마당에 핀 노랑 개나리꽃이 반긴다. 마치 담벼락처럼 나란히 줄지어 피어있는 개나리꽃 사이로 진달래꽃이 부끄러운 듯이 숨바꼭질 하듯 피어있다.

국화에게는 언니들이 하도 많아서 노랑저고리에 연분홍 치마를 곱게 차려입은 언니들이 뽐내고 서있는 것 같다.

어제 두 자매를 씻겨준 언니가 오라고 해서 가보니 큰 마루에 밥상이 차려져 있고 언니들이 모여 앉아 밥을 먹고 있는데, 옷차림이 가지각색이다. 가슴이 다 드러나도록 푹 파진 옷에 짧은 치마를 입어 팬티가 다 보이는 대도 아무렇지않게 다리를 벌리고 앉아서 밥을 먹고 있다.

어제 밤에 보이지 않던 언니들도 많이 나와서 밥을 먹는데 시끌시끌하여 국화는 정신이 하나도 없다. 흰 쌀밥에 반찬도 많아서 국화는 휘둥그레진 눈을 끔벅거리며 열심히 먹었다.

몇 달이 지나가니 이젠 국화도 여기 있는 언니들 이름도 다 안다. 그 중에서도 국화와 봉이를 가장 예뻐해 주는 언니가 희야 언니, 애란 언니, 초심 언니다.

세 명의 예쁜 언니들은 같이 놀러 다니고 옷도 사주면서 자매를 딸처럼 동생처럼 신경 써 주었다. 애란 언니는 예쁜 머리핀과 리본으로 머리도 예쁘게 만져주고 사랑을 주어 국화는 참 행복했다.

악몽과 같았던 날이 꿈이었나 싶을 정도로 국화는 아버지도 잊고 날마다 행복한 날을 보냈다.

애란 언니는 국화와 지내면서 국화가 어디로 갈지 걱정이 되어 큰 마님에게 물었지만 서울에서 동생이 내려오면 의논해 본다고 하고는 대답이 없어 불안하기 그지없다. 이제 정이 들어서 뗄 수가 없게 되었으니 자기가 데리고 있고 싶지만 자기 마음대로 할 수가 없어 속을 태운다. 희야 언니도 봉이를 좋아해서 봉이를 데리고 미국에 가고 싶은 마음이 있지만 큰 마님은 동생이 와봐야 한다면서 못 들은 척 한다.

"나는 어차피 아기를 낳을 수 없게 된 몸이니 제 딸로 삼아 키우게 해 주세요."

그래도 큰 마님은 좋지 않은 얼굴을 하고 대답을 하지 않아 희야 언니도 속이 탄다.

이곳에서 양색시들을 데리고 장사하는 큰 마님은 남자 같은 얼굴로 워낙 괄괄한 성격을 가지고 있어서 이겨먹는 사람이 없다. 모두가 큰 마님 눈치를 살살 보며 살고 있다.

의정부에 있는 미군들이 손님인데 희야 언니는 항상 까만 미국 사람과 함께 다닌다. 까만 아저씨는 봉이에게도 먹을 것도 많이 주고 잘 안아주고 예뻐해 주어서 국화도 무섭지만 싫지는 않다. 그런데 봉이는 너무 어려서 그런지 사람들을 잘 따르지 않는다. 항상 구석진 곳에서 혼자 있기 좋아하고 그저 국화 뒤만 졸졸 따라 다닌다. 희야 언니가 자기에게 그렇게 정성을 쏟는대도 마음의 문을 열지 않고 국화에게서 떨어지려고 하지 않는다. 그래도 희야 언니는 봉이를 미국에 데려가려고 많이 노력하고 있다.

나이가 많지만 조금 모자라는 초심 언니가 봉이와 놀고 있는 걸 보고 희야 언니가 말한다. "애란이가 국화 데리고 고전 무용실에 갔는데 우리도 시장 구경도 하고 국화에게 가보자. 초심 언니도 얼른 예쁜 옷 입고 나와. 같이 가자."

"와 신난다. 나는 도너츠가 먹고 싶었는데 잘됐다. 초심이는 봉이와 시장에 갑니다."

초심 언니는 신이 나서 노래를 부르며 화장을 하고 나왔는데 엉망이다. 희야 언니가 방으로 데려가서 다시 해주려고 해도 시장에 빨리 가고 싶은 마음에 괜찮다고 우겨대고 봉이도 국화에게 데려다 달라고 졸라대니 할 수 없이 시장으로 간다.

희야 언니는 마음이 천사같이 따뜻한 사람이다. 가엽고 불쌍한 사람이 있으면 그냥 지나치지 못한다. 남을 위해 살아가는 희야 언니는 날개 없는 천사다.

나이는 많아도 애기 같은 초심 언니는 조금 모자란 사람 같다.

"봉이야 넌 희야한테 노랑저고리 사 달라고 해. 알았지. 나도 노랑 치마 사달라고 할 거다."

시장에 온 초심 언니는 이것저것 구경 하느라 정신이 없고 오히려 봉이는 빨리 국화언니를 만나러 가자고 조른다.

희야 언니가 봉이에게 핑크색 원피스에 핑크색 모자를 차려 입히고 머리핀 까지 꽂아 주니 인형처럼 예쁜 봉이다.

그런데 봉이는 찡그린 얼굴을 풀지 않는다. 봉이의 어린 마음에 담기에는 너무 큰 고통이 빗장처럼 봉이의 마음을 닫고 있는 것이리라.

"난 왜 안 사주는데?" 초심 언니가 투덜댄다.

"언니는 다음에 사 줄게. 그리고 여기는 어른 모자가 없으니까 우선 도너츠를 사먹고 모자는 어른 모자 파는데 가서 사줄게."

"알았어! 봉이야 언니가 모자 한 번 써 볼게. 나도 이런 모자 사야지!"

초심 언니는 신이 나서 도너츠 가게를 찾아 가서 벌써 도너츠를 한 개 들고 먹기 시작한다. 희야 언니는 봉이에게도 도너츠를 한 개 집어 주고 찹쌀 도너츠 10개를 포장해서 국화가 있는 고전 무용소로 향한다. 무용소에서는 애란과 국화가 '쿵 당당 쿵쿵 당당 쿵' 장구 소리에 맞추어 열심히 춤을 추고 있다. 국화는 배운지 얼마 되지도 않았는데 몸놀림이 제법이다. 봉이를 보더니 더 신나게 춤을 춘다.

"여기까지 웬일이야?"

"응 봉이가 국화에게 가자고 졸라서. 언제 끝나는데?"

"금방 끝날 거야. 봉이야 국화언니 춤추는 거 구경하고 있어."

무용이 끝나고 무용선생이 국화는 소질도 있고 끼도 다분하다고 감탄을 한다. 잘 가르치면 고전무용가가 하나 탄생 할 거라고 칭찬한다.

"나 보다도 난 것 같아. 내가 봐도 정말 예쁘게 잘 추는 것 같아."

"그래 애란이 너도 잘하지만 국화도 참 예쁘게 춤을 잘 춘다. 오늘 내가 한턱 쏠 테니까 우리 갈비 먹으러 가자."

자기도 춤을 춘다고 무용실을 여기저기 뛰어 다니던 초심 언니는 갈비 소리에 득달같이 희야 언니에게 달려와서는 신이 나서 소리친다.

"와 맛있겠다. 오늘 내 생일인가? 많이 먹어도 되지?"

"국화야 얼른 옷 갈아입고 나오렴."

천사 같은 희야 언니는 초심 언니가 무슨 말을 해도 그저 환하게 웃으며 받아준다. 국화가 배고프다고 하자 우선 도너츠라도 먹으라며 싸온 도너츠를 한 개 손에 들려준다. 모두 손에 손을 잡고 갈빗집으로 들어가는데 초심 언니는 주인에게 공손히 인사한다.

"안녕하세요. 초심이가 희야랑, 애란이랑, 국화랑, 봉이랑 갈비 먹으러 왔습니다."

갈비집 주인은 두 자매를 보며 반긴다.

"아유 요 예쁘게 생긴 꼬마 아가씨들은 누구?"

애란 언니가 주인을 아는지 웃으며 대답한다.

"내 동생들이예요. 얘는 내 딸 이구요."

초심 언니도 얼른 따라한다.

"얘는 내 딸 이구요. 얘는 내 동생 이예요."

봉이가 국화에게 오줌이 마렵다고 하자 애란 언니가 얼른 데리고 화장실로 간다. 정말 엄마 같은 애란 언니다.

갈비가 지글지글 맛있게 구워지니 희야 언니는 갈비 한 점을 상추에 싸서 봉이에게 먹여주고 애란 언니는 국화 입에 넣어준다. 초심 언니는 자기도 달라고 입을 벌리고 있다. 초심 언니는 나이가 많아도 아이큐가 꼬마들 수준이다. 먼 친척 되는 희야 언니가 데리고 있으면서 돌봐준다. 그뿐만 아니라 희야 언니는 떡 장사 아주머니가 물어다주는 소식을 듣고 어려운 사람을 많이 도와준다.

곧 미국에서 온 까만 아저씨하고 결혼하기 위해 미국에 가는데 봉이를 양딸로 삼아 데려가고 싶어 한다. 그런데 봉이는 사람들을 아무도 따르지 않고 쌀쌀맞게 대하고 오로지 국화만 따라다닌다. 하지만 국화도 봉이와 절대 떨어지고 싶지 않아 멀리멀리에 있는 미국으로 데려간다는 희야 언니가 좋으면서도 싫다. 그래도 지금 이렇게 행복한 시간을 보내는 것이 너무 좋아 국화는 행복이 깨질까봐 그것이 두렵다.

서울에서 큰 마님의 동생이 돌아왔다. 언니들이 작은 마님이라고 부르며 모두 몰려가서 인사를 한다. 작은 마님은 오자마자 옷을 훌렁훌렁 벗어 던지고는 편한 옷으로 갈아입고 국화 자매를 보더니 이리오라고 손짓한다.

국화는 눈치 빠르게 얼른 가서 인사를 하였지만 봉이는 국화 뒤에 숨어 경계의 눈빛으로 쳐다보고만 있다. 자기를 데리러 오는 사람인줄 아는 모양이다. 하지만 작은 마님은 그러거나 말거나 별로 관심이 없는 듯 인사하는 국화를 한번 힐끗 보고는 방으로 들어간다. 작은 마님이 돌아오자 이번에는 큰 마님이 서울에 간다고 가버렸다.

애란 언니는 몸매도 좋고 얼굴도 예쁜데다 탐스런 긴 머리를 가지고 있어서 인기가 좋다. 애란 언니도 애인이 있는데 애인을 만나러 가면서 국화를 데리고 갔다.

"국화야 오늘 우리 아주 멋진데 놀러가자. 재미있는데 가서 신나게 놀고 오자."

"언니 봉이도 같이 가는 거예요?"

"아니. 봉이는 못가. 초심 언니랑 놀거야."

"나도 데려가. 예쁘게 화장하고 올게"

"안돼. 지난번처럼 바보라고 놀림 당하면 어쩌려고 집에서 봉이랑 소꿉장난하고 있어."

"왜? 국화는 데려가고 나는 안 데려가는데? 나두 가자 응. 애란아."

"안돼. 우리 자기가 국화만 데려오라고 했어. 앞으로 자기 딸 할 거라고 데려오라고 해서 같이 가야돼."

"나도 애란이 딸 하면 되잖아."

희야 언니가 가만히 듣고 있다가 애란 언니에게 한마디 한다.

"야, 가려면 몰래가지. 왜 언니를 놀리고 그러냐. 그러고 싶냐."

"알았어 미안해. 갔다 올게. 초심이는 내가 돈 줄게 봉이랑 맛있는 거 사먹고 놀고 있어."

희야 언니는 그래도 맘에 안 드는지 또 잔소리를 한다.

"국화는 왜 데리고 가는데. 거기가 뭐 좋은 데라고 그냥 집에서 봉이하고 놀게 놔두지."

"아냐 오늘은 우리 자기가 꼭 데려오라고 해서 가야돼. 봉이야 울지 말고 잘 놀고 있어."

국화는 봉이를 두고 가는 것이 마음에 안 들지만 애란 언니가 언제 사놓았는지 예쁜 노란 옷을 입혀서 데리고 나가자 쫄래쫄래 따라 나간다.

"애는 어디로 데리고 가는 거냐?"

언제 나왔는지 작은 마님이 애란 언니에게 묻는다.

"부대에 데리고 가려고요. 작은 마님 우리 국화 정말 귀엽고 예쁘죠?"

작은 마님은 말없이 고개만 끄덕인다.

택시를 타고 부대에 도착해서 애란 언니 손잡고 걸어 들어가는 데 할로 아저씨가 지프차를 타고 와서 국화를 얼른 안아서 뽀뽀를 해주고 차에 태운다. 알아듣지 못하는 말을 연신 하면서 부대를 한 바퀴 돌면서 구경을 시켜준다. 부대는 아주 넓고 컸는데 푸른 나무들이 무성하게 자라나 있고 꽃들도 많이 피어있다.

여기는 온통 코 큰 할로 아저씨들 천지다. PX에 데리고 들어가서 장난감도 사주고 예쁜 모자도 사주었는데 애란 언니는 꼭 봉이 것도 챙겨서 같이 사주었다. 할로 아저씨는 이번에는 음악 소리가 요란하게 들리는 곳으로 데리고 가더니 국화에게 들어가고 싶으냐고 묻는 듯이 쳐다본다. 국화가 신이 나서 고개를 끄덕이자 애란 언니와 국화를 데리고 들어가면서 장난스럽게 국화를 보며 온 몸과 손발까지 흔들어 댄다.

안에는 음악에 맞추어 춤추는 사람들로 가득하다.

찬란한 오색 불빛 아래에서 할로 아저씨들과 언니들이 몸을 흔들어대며 정신없이 춤을 추고 있다. 쿵짝쿵짝 드럼 소리, 밴드 소리에 국화는 귀가 멍멍해 져서 손으로 귀를 막아도 소용이 없다. 그런데 한참 듣고 있으니까 별로 시끄럽지 않은 것 같아서 국화도 손을 내리고 음악에 맞추어 고개를 까딱까딱 해 본다.

애란 언니는 여기서 인기가 만점이다. 무대에 올라가 마이크 잡고 노래하고 춤추자 모든 사람이 소리를 지르고 열광한다. 애란 언니가 국화를 무대에 올려놓으니 꼬마 아가씨가 올라왔다고 박수를 치고 환호를 보낸다.

국화는 어디서 그런 용기가 났는지 고전 무용실에서 배운 춤을 밴드에 맞추어 추는데 얼마나 앙증맞게 추는지 모든 사람이 홀이 떠나가도록 박수를 쳐주고 뽀뽀해 주고 용돈까지 주는 아저씨도 있다.

애란 언니는 몇 달 동안 가르친 보람이 있다며 국화를 껴안아 준다. 그런데 다른 할로 아저씨들까지 안아주니 국화는 술 냄새가 나고 가슴이 답답해서 별로 마음에 안 든다.

애란 언니가 술에 취해서 무대에서 내려올 줄 모르고 계속 춤을 추자 국화도 이제는 고전 무용이 아니라 온몸을 흔들어대며 같이 춤을 춘다. 흔들고 또 흔들고 정신없이 돌다보니 국화도 술에 취한 것처럼 정신이 하나도 없다.

춤도 잘 추고 매력적인 애란 언니와 같이 춤추려고 할로 아저씨들이 애를 태우고 있다. 이제는 국화도 지치고 애란 언니 애인 할로 아저씨도 지쳐서 술 먹고 춤만 추는 애란 언니는 내버려두고 국화를 안고 식당으로 가서 먹을 것을 사주었는데 국화 입맛에는 맞지 않다. 국화가 먹지 않고 있으니까 할로 아저씨가 다른 것을 사주었는데 국물 있는 오뎅이었다. 국화 입맛에도 맞는다.

연신 건배를 하며 춤을 추는 애란 언니를 보며 국화는 언제 저 건배가 끝나는지 궁금하다. 홀 구석구석을 비추는 휘황찬란한 불빛 사이로 자욱한 담배연기가 흩날린다. 국화는 기침을 하며 담배를 꼬나문 여자를 노려보지만 술 취한 그 여자의 끈적끈적한 시선은 오로지 할로 아저씨들에게만 가있다.

할로 아저씨는 앉아서 졸고 있는 국화를 보더니 애란 언니를 데리고 와서 지프차에 태워 집으로 데려다 주었다.

국화는 집에 오자마자 봉이를 찾았지만 보이지 않아서 도둑고양이처럼 이 방 저 방을 살며시 열어보며 다니다 보니 큰 방에서 작은 마님이 봉이를 안고 잔다. 국화도 살짝 봉이 옆으로 기어 들어가서 이불 속으로 들어간다.

봉이 옆에 누우니 이제야 안심이 된다. 하루 종일 봉이를 못 보고 지내니 허전하다. 잠시는 재미있었지만 별로 재미없는 그곳에는 다시 안 따라가겠다고 다짐을 하며 잠이 들었다.

새벽닭이 운다. 벌써 이곳에 온지 여러 달이 지났다. 국화는 이제 아버지 생각을 하지 않기로 했다. 벌써 몇 번이나 자기를 버린 아버지가 아닌가? 세상사를 알 수 없는 국화의 어린 마음에는 아버지가 자기들을 버린 것이라고 이해 할 수밖에 없었다. 그리고 무엇보다 여기 생활이 맘에 들어서일 것이다. 예쁜 옷에 맛있는 것 많이 사주고 배고플 일이 없으니 더 이상 바랄게 없다. 항상 배고프고 두들겨 맞고 천대를 당하던 시절을 생각하니 이곳은 천국 같았다.

며칠 후에 애란 언니가 산으로 소풍 가자고 하자 희야 언니도 찬성이다.

"그래 김밥도 싸고 맛있는 거 사가지고 가서 우리 애기들 하고 재미있게 놀자. 초심 언니도 바지 입고 나와. 산에 가면 풀잎에 벨 수도 있으니까."

"희야야 나 바지 없어. 치마만 있어. 예쁜 바지가 없어."

초심 언니는 냉큼 희야 언니 방으로 들어가서는 옷장 문을 열고 이것저것을 끄집어 내 입어본다.

"초심 언니 내 옷이 언니한테 맞는 것이 어디 있다고 다 끄집어 내놓으면 어떡해."

"넌 예쁜 바지 많잖아. 내 건 없단 말이야. 예쁜 거 하나만 주라. 응?"

희야 언니는 할 수 없이 어디서 구해왔는지 바지를 가지고 와서 초심 언니에게 입혔다. 국화는 노랑바지에 노란 리본, 봉이는 빨강 바지에 빨간 모자로 치장하고 산으로 향했다.

국화가 이곳에 왔을 때는 봄이었는데 벌써 가을이다. 낙엽 지는 가을이면 꼭 가는 산인데 올해는 국화와 봉이가 함께 하니 가족 같은 기분이 든다고 기분 좋아한다. 그런데 희야 언니의 얼굴에 쓸쓸한 미소가 어린다. 무슨 사연이 있는 것일까?

산으로 가는 오솔길에는 싱그러운 풀냄새가 가득하다. 이곳저곳에 피어있는 노란 들국화는 햇살이 간지러운 듯 활짝 웃음꽃을 피우고 키 자랑이 한창이다. 끊임없이 이어지는 들국화 길을 따라 한참을 올라가다 보니 개울물이 흐르는 계곡이다.

산도 붉고 물도 붉고 종종 걸음으로 따라 올라가는 국화 얼굴도 붉다. 태양도 따뜻한 미소를 보내며 국화 일행을 반긴다.

"국화야 이리와 봐 참 좋지 언니는 여기에 오면 마음이 편해 꼭 엄마 냄새가 나는 것 같아서 좋아."

희야 언니가 웃는 얼굴로 말하는데 눈가에 이슬이 맺혀있다.

"애란아 정말 세월 빠르다. 어렸을 때 고아원에서 만나서 헤어지지 않고 지금까지 같이 지내고 있으니 이것도 운명이겠지? 비록 양공주 신세지만 서로 위로하면서 살 수 있으니 다행이다. 이것도 팔자거니 하고 누구를 원망하지 말고 살자고 다짐하고 마음이 외롭고 힘들 때면 여기를 찾아와 다시 힘을 얻어가곤 했는데 이제는 예쁜 애기들까지 데려왔으니 힘을 내야지. 내가 미국으로 가더라도 잘 살아"

"그래. 힘을 내야지. 어릴 때 새아버지가 하도 때려서 어느 날은 매 맞아 기절한 나를 엄마가 고아원에 데려다 주고 얼마 후에 엄마도 화병으로 돌아가셨다는 이야기를 원장 선생님에게 듣고 얼마나 울었는지 지금도 생생하네. 난 한국 사람이 싫고 한국도 싫어 미국으로 가려고 여기에 왔는데 니가 먼저 가네. 나도 미국으로 갈 거야 국화 데리고."

"국화야 여긴 우리 아버지 무덤이야. 무덤은 없어도 여기에 아버지 유골을 뿌렸으니까. 그래서 여기에 오는 거야."

애란 언니는 사연이 많은 눈물을 한참이나 흘리면서 나무를 쓰다듬었다.

희야 언니와 애란 언니는 국화와 봉이를 보며 어릴 때 자기들처럼 이리저리로 끌려 다니는 것이 애처롭고 안타까워 정을 주는 것 같다.

"얘네들이 이렇게 어린 나이에 버려졌으니 어떻게 세상을 살아갈 수 있을까? 애란아 넌 꼭 국화 데리고 미국에 와라. 난 봉이 데리고 먼저 갈 테니까. 이 가엾은 아이들을 우리가 꼭 데리고 살자. 미국에서도 함께 뭉쳐서 살면 얼마나 좋을까? 초심 언니도 데리고 가야 할 텐데. 불쌍한 초심 언니를 어떻게 하니?"

"희야야 마님들이 국화와 봉이를 자기들이 키우려고 데려온 건데 우리들 마음대로 될까? 얘네들을 잘 키울 것 같지도 않은데. 돈에 눈먼 사람들이 무슨 짓을 할지도 모르고. 지금 까지도 국화와 봉이에게 해준 것이 하나도 없잖아. 우리가 속옷부터 겉옷까지 전부 사서 입히며 돌보았는데 자기네 양딸이라고 하면서 못 데려가게 해도 어쩔 수 없으니 정말 억울하다."

두 언니가 국화와 봉이를 바라보며 이런저런 이야기를 하다 보니 벌써 점심때가 되었다. 국화와 봉이를 데리고 뛰어 다니며 놀던 초심이가 배고프다고 아우성이다.


돗자리를 펴고 앉아서 먹는 김밥은 정말 꿀맛이다. 희야 언니가 봉이에게 김밥을 먹여주려고 입을 벌리라고 하자 봉이는 그 자그마한 입을 힘껏 벌린다.

"어머 어머 애란아 봉이 입 벌린 것 좀 봐. 너무 이쁘다."

"나도 이뻐. 아. 나도 김밥 먹여줘."

"초심이는 입 벌리니까. 꼭 고릴라 같다. 흐흐흐."

"애란아 초심 언니 놀리지마. 초심 언니! 언니 입도 예뻐."

국화는 행복하다. 처음으로 소풍을 가서 맛있는 거 먹으며 놀고 있으니 따뜻한 마음이 아픈 상처를 감싼다. 천사 같은 언니들이 고맙고 한없이 좋다. 그렇지만 세상에서 제일 좋은 언니들에게 뭐라고 표현하기 부끄러워 그냥 붙어서 앉을 뿐이다.

"깊은 산속 옹달샘 누가 와서 먹나요."

"엄마야 누나야 강변 살자. 들에는 반짝이는 금 모래 빛"

초심 언니가 노래를 부르자 언니들이 손뼉을 치며 함께 합창을 시작하였다. 노래를 따라 부르던 국화는 산새들도 여기저기서 지저귀는 것이 합창하는 것 같다는 생각을 한다.

나뭇가지 사이로 비추던 태양이 긴 그림자를 만들자 아쉬운 마음을 뒤로하고 산을 내려오기 전 애란 언니는 아버지에게 다시 오겠다고 인사를 했다. 희야 언니, 초심 언니도 머리를 숙여 절하는 모습에 국화도 잠깐 동안 아버지가 생각났지만 그리움으로 가슴이 아프지는 않았다.

집에 돌아오니 큰 마님이 인상을 쓰며 어디 갔다가 이제야 오느냐고 한 마디 하자 옆에 있던 작은 마님이 그것도 모르냐는 듯 대꾸를 해준다.

"계집애들 데리고 놀러 갔다 오지 않소."

"그렇잖아도 그 계집아이들 문제로 이야기 하려고 했는데 잘되었다. 잠깐 들어와 봐라."

큰 마님이 말하자 희야 언니는 기다렸다는 듯이 봉이를 데리고 미국에 가고 싶다고 하였지만 작은 마님이 국화와 봉이는 자기들이 키우려고 데려온 아이니 더 이상 그 문제는 말하지 말라고 일

언지하에 거절을 하였다.

희야 언니는 얼굴이 노랗게 변할 정도로 실망을 하였지만 막무가내로 거절을 하는 마님들에게 뭐라고 대꾸 할 형편이 못되었다. 그동안 몸이 허약해진 봉이를 위해 보약까지 해먹이며 입히고 키울 때는 아무소리 안 하고 있다가 이제는 자신들의 권리를 주장하니 억울하기가 한량없었지만 어찌 할 바가 없는 노릇이었다.

희야 언니가 미국으로 떠나는 날이다.

"애란아 내가 가더라도 국화와 봉이를 잘 돌봐줘. 저 두 사람은 말만 하지 우리 애기들에게 아무것도 해주지 않을 텐데. 애기들 가엾어서 어떡하니. 초심 언니는 내가 미국에 가면 수속을 밟아 데리고 갈거니까, 그때 까지만 부탁한다. 초심 언니는 애란이가 돌봐주지 않으면 며칠도 안가서 거지꼴이 될 거야. 미안하지만 잘 부탁해."

"그래 내가 한국에 머물 동안은 잘 돌볼 테니까 걱정하지 말고 미국에 가서라도 잘 살아라."

희야 언니는 봉이를 안고는 얼굴을 쓰다듬으며 슬픈 목소리로 말했다.

"봉이야 너하고의 인연은 여기까지 인가 보구나. 어디를 가도 언니는 너를 잊지 않을 거야. 봉이도 언니를 잊지마."

"응! 어디가? 또 산에가? 나도 같이 가."

희야 언니는 봉이의 말에 아무 대꾸도 없이 봉이와 국화, 초심 언니를 한 번씩 껴안아 주고는 큰 가방을 지프차에 싣고 할로 아저씨와 떠났다.

봉이는 그동안 자기를 지극히 아껴주던 희야 언니가 떠나는 데도 아무것도 모른 채 희야 언니가 차를 타고 떠나는 모습을 멀뚱멀뚱 바라보고 있고 국화는 봉이를 안 데리고 가서 다행이라는 생각을 하고 있다.

떠난 희야 언니의 방문을 열어보니 텅 빈 방안에 호화스러운 침실에 이부자리만 덩그러니 주인이 떠난 줄도 모르고 깔려있다. 들어가서 이불위에 벌러덩 누우니 푹신푹신 한 것이 느낌이 좋다.

"얘. 국화야 거기 들어가서 뭐하니? 이리로 나와"

집을 세내어 포주 노릇을 하는 큰 마님은 얼굴도 무섭게 생겼지만 성격도 별나 언니들이 모두 좋아하지 않는다. 그나마 동업을 하는 작은 마님은 언니들이 조금 낫다고 하는 이야기를 들었지만 국화는 둘 다 마음에 들지 않는다.

희야 언니가 떠난 후 초심 언니는 풀이 죽어서 매일 같이 미국 타령만 하고 있다.

희야가 미국에 데리고 간다고는 하였지만 그것이 쉽지 않은 일인 것을 애란은 알고 있기에 걱정이 태산이다.

초심은 애란에게 자기를 미국에 데려가 달라고 조르고 있다. 미국이 얼마나 넓은지 모르는 초심은 미국에 가면 희야를 만날 수 있다고 생각한다.

이제 애란 언니도 국화 곁을 떠날 때가 되었다. 국화를 키우고 싶었지만 마님들이 허락을 하지 않아 더욱 정이 떨어져 버린 마님들에게서 빨리 떠나고 싶은 애란이기에 서둘러 수속을 밟아 미국으로 가게 된 것이다.

국화는 너무 너무 슬펐다. 지금까지 살아오면서 이렇게 자기에게 잘해준 사람이 애란 언니 외에 누가 있었는가?

애란 언니는 국화를 데리고 시장에 가서 빨강 구두와 하얀 레이스가 달린 원피스를 사주며 국화를 데리고 여기저기를 돌아다녔다. 맛있는 것도 먹고 한국에서의 마지막 날들을 국화와 함께 보내고 있었다. 가족이라고는 아무도 없고 오직 국화만을 친동생처럼, 친딸처럼 생각하고 있는 애란 언니는 국화를 두고 떠날 생각에 목이 메었지만 국화에게는 따뜻한 웃음을 보이며 두 손을 꼭 잡고 돌아다녔다.

애란 언니는 국화를 데리고 마지막으로 잡초들 사이에 화려하게 피어있는 들국화가 가득한 들길을 따라 추억의 산으로 갔다. 저녁노을이 질 때까지 산토끼처럼 깡충거리며 뛰어 노는 국화와 봉이 그리고 초심을 바라보는 애란 언니에게서 진하디 진한 아쉬움의 눈물이 흘러나왔다. 태어나서 아무에게도 주지 못한 정을 담뿍 준 국화를 데리고 가지 못하는 아픔의 눈물이었다.

국화가 놀다가 지쳐서 애란 언니의 팔베개를 하고 누웠을 때 애란 언니는 국화에게 우리 서로 영원히 잊지 말자고 다짐 또 다짐을 하였다.

# 2부

## 양 엄마

────────

희야 언니, 애란 언니가 떠나고 어느 날부터 다른 양공주 언니들도 하나 둘씩 떠나 큰 기와집의 빈방이 늘어나자 두 마님은 가게를 정리하고 서울로 떠날 준비를 하였다.

국화를 데려다준 떡 장수 아줌마가 오더니 국화와 봉이 문제를 마님들과 이야기하는 눈치였지만 국화는 애란 언니가 떠난 후 아버지에게도, 다른 아무데도 가고 싶지 않았다. 즐겁고 행복했던 애란 언니와 왜 헤어져야 하는지, 왜 항상 이렇게 버려져야 하는지 받아들이기에는 너무 어린 국화였다.

마님들을 만나고난 떡장수 아주머니는 국화의 머리를 쓰다듬으며 말했다.

"국화야, 아버지는 잘 계시니 어디가든지 건강하게 잘 지내라."

이제는 아버지도, 떡 장수 아주머니도, 초심 언니도 이곳에서의 즐거웠던 추억도 모두 안녕이다.

마님들과 의정부 고동골을 떠나 도착한 곳은 김포비행장 근처였다. 비행기 나는 소리가 천둥처럼 들리는 이곳은 작은 마님의 집이었는데 그 집에는 남편과 두 아들이 있었다. 봉이를 양녀로 삼겠다는 작은 마님의 말에도 남편은 별 반응이 없이 그저 유심히 바라볼 뿐이었지만 두 아들은 계집아이가 와서 반가운지 봉이를 힐긋힐긋 쳐다보면서 반가운듯 손을 만진다. 하지만 봉이는 냉정하게 손을 뿌리치고는 작은 마님 뒤로 숨는다. 하지만 이제는 봉이도 자기가 이 집에서 살아야 하는지 아는 듯 더 이상 국화에게 매달리지 않는다. 국화도 특별히 봉이와 헤어진다는 생각이 없이 큰 마님을 따라 나섰다.

큰 마님의 집은 김포에서 조금 떨어진 마을이었는데 국화가 걸어가기에는 먼 길이었다. 하지만 국화는 걸어가는 내내 힘든 가운데에서도 가는 길을 익혀두느라 작고 동글동글한 눈을 이리저리 굴리며 머리에 담았다. 봉이를 만나려면 언제든지 찾아올 수 있어야 한다고 생각했기 때문이다.

"이 아이인가. 데려온다던 아이가? 똑똑하게 생겼네."

큰마님의 남편은 문을 열어주며 미소를 띠고 국화와 큰 마님을 반겼다.

그런데 큰 마님의 남편은 이제부터 널 키워줄 부모이니 큰 마님에게는 엄마라고 하라고 하면서도 자기에게는 아저씨라고 부르라고 시켰다.

국화는 말없이 고개만 끄덕인다.

큰 마루에 방 두 개. 기와집은 아니지만 큰 초가집에 마당도 넓은 이 집에서 과연 행복하게 살 수 있을 것인지. 너무나 당연한 어린 날의 행복이 국화에게는 그저 운이 좋아야 주어지는 운명일 뿐이다. 이 사람 저 사람으로 옮겨지는 자신의 처지를 국화는 그저 따를 수밖에 없다는 것을 일찍 알아버렸다. 한 동안 좋은 언니들을 만나 행복하게 지냈는데 또 그런 순간들이 올지 아무 힘이 없는 국화는 조용히 기다릴 뿐이다.

큰 마님은 아저씨와 자지 않고 국화를 데리고 안방에서 잤다. 아침에 일어나면 아저씨가 아궁이에 불을 때 놓고 커다란 솥단지에 물을 하나 가득 끓여놓고 밥 하라고 양 엄마를 깨운다.

아저씨는 인자하고 자상한 것 같은데 양 엄마는 자꾸 아저씨에게 어디론가 가라고 하며 냉정하게 군다. 그래도 아저씨는 별로 상관 안하고 오히려 국화에게 빨리 엄마라고 부르라고 시킨다. 국화가 엄마라고 부르게 해서 양 엄마에게 좋은 소리라도 듣고 싶은 것 같은데 국화는 어색하여 엄마라는 말이 나오지 않는다. 아버지, 이모, 삼촌 이라는 말은 입에서 자연스럽게 나오는데 이상하게 엄마라는 말은 한 번도 불러본 적이 없는 듯이 목에 걸려 나오지 않는다.

모든 것이 서먹서먹한 상태로 몇 달이 지나자 국화는 봉이가 너무너무 보고 싶어졌다. 이 세상에 하나 밖에 없는 피붙이라서 인가? 작은 마님이 잘해주는지도 걱정이 되어 웃음을 잃어버렸다.

그래서인지 양 엄마가 동생 집으로 봉이를 보러 가자고 하자 국화는 신이 나서 모처럼 얼굴이 밝아졌다. 애란 언니가 사준 원피스를 입고 빨강 구두를 신고 기분이 좋아 양 엄마의 손까지 잡고 가는 국화다.

논과 밭 사이 좁은 길을 지나고 빨강다리도 지나 한참을 걸어 작은 마님 집에 도착하니 전에처럼 비행기가 '쉑' 하고 지나가는 소리에 귀가 멍멍해 진다.

하늘을 올려다보며 비행기의 꽁무니를 쫓아가던 국화는 문이 열리기가 무섭게 봉이가 있는 방으로 달려가 방문을 열어젖히고 는 봉이를 부둥켜안고 "봉이야, 봉이야" 하며 눈물을 흘린다.

양 엄마는 이모라고 부르라고 하지만 국화는 어색하게 고개 숙이며 인사할 뿐이다. 한참동안 같이 있었어도 애란 언니나 희야 언니라면 몰라도 마님들에게는 마음을 열지 못한 국화이기에 입이 벌어지지 않는다.

작은 마님은 국화가 이모라고 부르지 않고 쭈뼛거리자 냉랭해 진 말투로 말한다.

"성, 국화는 성을 잘 따라요? 봉이 이 기집애는 아직도 사람을 멀리하고 도통 따르지를 않아. 먹는 것도 눈치를 보면서 먹어서 영 정이 안가. 국화는 그래도 붙임성은 있는 것 같은데. 임서방도 봉이가 별로 인가봐. 아들만 있어서 양녀로 삼아 키워 보려고 했더니 앞으로 걱정이야."

"그래도 희야가 미국에 데려가려고 했던 아인데 이왕 데려온 김에 잘 키워봐."

"하기야 국화도 애란이가 탐내던 계집애고 봉이는 희야가 못 데려가게 한다고 성질이 나서 떠날 때 말도 없이 떠나버렸는데. 우리가 잘 키워봐야지."

모처럼 만난 자매는 골목길에 앉아서 소꿉놀이를 하며 낄낄 거리고 있다가 빵 먹으러 들어오라는 소리에 집으로 들어온다.

밀가루에 막걸리를 넣어 만든 술 빵은 별 맛은 없다. 도너츠를 즐겨먹던 국화와 봉이는 조금씩 떼어 입에 넣고만 있었는데도 여관집 주인아줌마를 비롯하여 동네 아줌마들이 함께 모여 앉아서 수다를 떨면서 먹다보니 큰 양푼 그릇에 가득 담긴 빵이 금방 없어진다.

"애들이 누구야? 예쁘네."

"그런데 아직도 형님에게 엄마라고 부르지 않네. 형님이 잘해주지 않는 거 아뇨?"

"세월이 가면 언젠가 부르겠지."

"아니 쇠뿔도 단김에 빼라고. 얘. 너 엄마라고 해봐. 나에게 이모라고 하고. 빨리. 빨리."

아줌마들의 등쌀에 결국 국화는 엄마라고 부를 수밖에 없었다.

양 엄마는 국화가 "엄마"라고 부르자 기분이 좋은지 싱글벙글 웃으며 국화 머리를 쓰다듬어 주었다.

"국화야 이만 가자. 가면서 시장에 들러서 반찬도 조금 사고."

국화는 봉이와 헤어져야 하는 아쉬움에 봉이 손을 놓지 못하고 밖으로 나오니 봉이는 가지 말라고 울먹인다.

"봉이야 언니 또 올 거야. 잘 있어. 오빠들도 안녕. 안녕히 계세요."

"언니 안녕."

이제는 말도 별로 더듬지 않고 제법 잘하는 봉이다.

시장에 들러서 튀김도 사먹고 반찬도 사고 집으로 가는 길은 어린 국화가 가기에 먼 길이다. 하지만 달리 차편이 없기에 천천히 여유롭게 걸어서 갔다.

대부뚝의 물은 바닥을 드러내고 조금 남은 물에서 동네 사람들이 고기를 잡고 있었는데 제법 큰 물고기가 잡혔는지 환호성이 난다. 벌써 한 잔을 걸쳤는지 발그스름한 얼굴로 돌다리를 조심스럽게 건너는 국화를 향해 손을 흔든다. 양 엄마가 국화 대신 대꾸한다.

"고기는 많이 잡았소. 최씨!"

"아이고 오늘 제법 많이 나오네요. 한잔하러 오이소."

국화는 아차 잘못하면 물에 빠져 신발이 젖을세라. 주고받는 소리를 듣고도 조그만 돌다리만 쳐다보며 살금살금 건넌다.

징검다리를 건너면 임씨 아저씨가 자전거를 가지고 와서 국화를 태우고 집에 데리고 간다. 양 엄마 보다 몇 살 아래인 아저씨는 국화에게 잘해주었는데 국화가 오고 나서 얼마 후에 그곳을 떠나고 양 엄마와 단 둘이 살게 되었다.

양 엄마는 논, 밭이 많아서 비교적 풍족한 생활을 하고 있었다. 가을이 되어 초가집 마당에는 핑크색 과꽃이 만발하였고 닭장에는 닭들이 계란을 넘치게 낳았다. 국화는 마당을 뛰어다니는 하얀 개, 흰돌이와도 이제는 친해져 친구 하나 없는 이 집에서의 생활도 그럭저럭 지낼 만 했고 양 엄마와 단둘만 있게 되면서 정이 조금씩 들어갔다.

국화가 벌써 여기에 온지 1년. 뜰 안에 핀 노란 꽃들이 양철로 만든 담장 너머로 고개를 내밀고 아지랑이가 손짓하는 봄날에 국화는 봉이가 보고 싶은 마음을 참을 수가 없어 양 엄마가 논에 간 사이에 허락도 없이 집을 나섰다.

마을길을 넘어서니 대부뚝이다. 논에 물대는 사람만 멀리에 있을 뿐 아무도 없는 길이라서 국화 혼자 물이 찰랑찰랑 넘칠 것만 같은 돌다리를 건너야 하지만 봉이를 보고 싶은 마음에 용감하게 돌다리에 발을 디디고 선다. 바람만 불어도 날아가서 물속으로 들어가 버릴 것만 같은 국화이지만 용기를 꺾지 않는다. 간신히 대부뚝 다리를 건넜지만 가는 길도 결코 만만치 않다. 길 위로 지나가는 벌레며 심지어 뱀까지 국화를 놀라게 하여도 그동안 몇 차례의 죽을 고비를 넘기며 제법 강해진 국화는 포기하지 않고 봉이에게 가려고 눈여겨 봐 두었던 길을 따라 기어코 비행기가 머리 위로 날아다니는 공항 이모 집에 도착했다.

집으로 들어오는 국화의 모습에 깜짝 놀란 이모는 급하게 묻는다.

"얘, 너 혼자 왔니. 어떻게 여기까지 온 거야? 엄마는?"

"엄마는 안 오고 나 혼자 왔어요. 봉이는요?

"봉이는 지금 옆집 아이들과 놀고 있을 테니 골목길로 가봐라."

국화는 골목길에서 몇몇 여자 아이들과 놀고 있는 봉이에게 다가가서 와락 껴안으며 볼을 비벼댄다.

"봉이야, 봉이야."

이모라는 사람이 뒤 따라와서 물끄러미 쳐다보면서 차마 뭐라고 말도 못하고 뒤돌아선다.

'얼마나 지 동생이 보고 싶으면 이 먼 길을 저 어린 걸음으로 찾아왔을까.'

자매간의 상봉도 잠깐, 그동안 혼자서만 외롭게 놀던 국화도 곧 봉이와 함께 동네 아이들과 어울려 소꿉놀이에 빠져 들었다.

저녁노을이 벌판을 붉게 물들이고 골목길에 어둠이 찾아오고 있어도 아이들이 돌아올줄 모르자 이모가 부른다.

"국화야, 너 집에 안 갈거니. 엄마가 여기 온 것 아니?"

"아니요. 엄마가 논에 가서 말 안하고 왔어요. 지금 집으로 갈게요."

"아니 저녁때가 되었는데 언제 집에 간다고 하니. 니 엄마가 걱정 할 텐데 큰일이다. 여기서 봉이와 자고 내일 아침 일찍 가라."

국화는 엄마에게 혼날 것이 걱정 되었지만 그보다는 동생과 모처럼 같이 잘 수 있다는 것이 기쁠 뿐이다.

하지만 국화는 날이 밝자마자 집에 오지 않는 국화 걱정에 밤잠을 제대로 자지도 못하고 혹시나 하고 택시를 타고 동생 집으로 달려온 양 엄마에게 봉변을 당하고야 말았다.

양 엄마는 씩씩 거리며 집안으로 들어오자마자 국화를 발견하고는 그 큰 손바닥으로 냅다 국화의 뺨을 때렸다. 얼굴에 빨갛게 손자국이 난 국화가 울음을 터뜨리자 봉이도 따라서 울다가 한차례 뺨을 얻어맞는다. 이모 큰 아들이 그만 때리라고 앞을 가로막았다가 큰오빠도 등짝을 냅다 얻어맞고 밀려나고 이모가 그만 하라고 화를 내어도 양 엄마는 눈에 보이는 게 없는지 국화에게 손찌검을 한다. 국화가 어지러워 쓰려지려고 하자 더 이상은 안 되겠는지 이모가 언니를 밀치며 소리를 지른다.

"그만, 그만! 언니 미쳤어요. 그만 때려요."

이모는 얼른 국화를 데리고 방으로 피해 와서 양 엄마가 들으라는 듯 큰 소리로 야단을 친다.

"왜 엄마에게 말도 하지 않고 와서 이런 난리가 나게 만들어. 너 때문에 봉이도 맞고 오빠도 맞았잖아. 엄마가 얼마나 무서운지 잘 알고 있으면서 왜 그랬어. 빨리 엄마에게 잘못했다고 빌어."

하지만 방으로 쫓아 들어온 양 엄마는 그래도 분이 안 풀렸는지 국화와 봉이를 완전히 홀딱 벗겨서 벌거숭이로 만들어 집 바깥으로 내쫓았다.

국화와 봉이는 홀딱 벗은 채로 김포 여관 골목길에 웅크리고 앉아서 훌쩍 거리고 있지만 지나가는 사람들은 어느 누구 하나 관심을 기울이는 사람이 없다.

그저 힐끔 거리거나. 혀를 끌끌 차는 사람, 기가막힌 듯 헛웃음을 지으며 지나가는 사람이 있을 뿐이다.

국화는 창피해서 얼굴을 가리고 웅크리고 있지만 쌀쌀한 봄 날씨에 점점 추워지는 것을 견디기가 어려워 봉이를 끌어안고 서러운 눈물만 흘린다.

몇 시간이 지나도 옷 하나 걸쳐주거나 따뜻한 말 한마디 해주는 사람도 없이 골목길에서 추위에 떨고 있는 불쌍한 자매에게 그나마 이모라는 사람이 나와서 손짓하며 부른다.

"국화야, 봉이야 얼른 와서 엄마에게 잘못했다고 빌어라. 다시는 여기에 혼자 오지 않겠다고 해 알았지. 봉이가 보고 싶으면 엄마에게 데려다 달라고 하고."

'국화는 봉이가 많이 보고 싶은데 엄마가 데리고 오질 않잖아요.'

국화는 차마 이 말을 하지 못했다. 아무 힘도 없는 자기가 어른에게 무슨 말을 할 것인가? 훌쩍거리며 머리를 끄덕일 뿐이다.

한바탕 난리를 치루고 난 후 조금 마음이 풀어졌는지 아무 말 없이 국화를 데리고 시장으로 간 양 엄마는 고기와 반찬거리를 사서 집으로 가기 위해 택시를 탔다.

집으로 돌아오는 국화의 마음은 한없이 서럽고 아프다. 양 엄마에게 맞은 얼굴이 아프기도 하지만 무엇보다 마음의 상처를 또다시 깊게 입은 국화는 봉이와 인사도 제대로 못하고 온 것이 슬프다. 엄마, 아빠에게 사랑을 받지 못한 국화이기에 누군가에게 사랑을 받지 못하는 것에 대해서는 크게 슬퍼할 것이 없지만 이세상에 하나밖에 없는 동생에 대한 정이 극진한 국화에게 오늘 일은 아픔을 넘어 큰 상처로 남아 양 엄마에 대한 정이 떨어져 버렸다.

집으로 돌아오는 길에 만나는 다리는 세 개나 된다. 처음 다리는 노름에 다리 다음은 빨강다리 세 번째는 첫과해 다리이다.

대부뚝 물은 넘칠듯 넘칠듯 찰랑거리면서도 넘치지 않는다. 물이 많아 돌다리는 보이지 않는다.

국화가 돌아오는 소리에 앞마당에서 놀던 흰돌이가 먼저 반긴다. 꼬리를 흔들며 달려드는 흰돌이의 머리를 쓰다듬는 국화를 향해 양 엄마가 한마디 더 한다.

"국화야 오면서 대부뚝 물이 넘치는 것 봤지. 이제 너 혼자 절대로 김포에 가지 마라. 아무도 없는데서 대부뚝에 빠져 죽으면 어쩌려고 그래. 조막만한 것이 간도 크다. 그곳이 어디라고 혼자가. 대부뚝에 빠져 죽은 사람이 많아서 귀신이 나온다는데. 절대 혼자서는 가지 마라."

양 엄마는 때린 것이 미안했는지 말투가 조용해졌다. 국화는 말없이 고개를 끄덕이고는 이불 속으로 들어간다.

여기저기 아프기도 하고 마음도 많이 상해 빨리 잠이나 자고 싶은 국화다. 하지만 양 엄마는 아직 초저녁인데 저녁이나 먹고 자라고 하며 안쓰러운 듯 국화의 얼굴을 만져준다. 7살 밖에 안 된 아이를 무지막지하게 때린 것이 못내 마음에 걸린 것인가? 별로 따뜻하지 않은 손길이어도 국화에게는 지금 과분할 따름이다.

저녁 먹을 때가 다 되었을 때 조그만 아이를 데리고 온 친척이라는 아주머니가 와서 국화를 보더니 웃으며 한마디 한다.

"이 아이인가? 야물딱지게 생겼네. 엄마 말씀 잘 듣고 우리 집에도 놀러 와라."

빨강다리 건너에 산다는 친척 아주머니는 저녁을 먹고 나서 내일 일찍 오겠다고 하며 돌아가고 국화도 이불 속으로 들어가 이불을 푹 뒤집어쓴다.

자려고 누웠지만 잠이 오지 않는다. 아침에 매 맞은 일, 봉이 생각, 이 생각 저 생각이 자그만 머릿속에서 뱅뱅 돌고 까닭 모를 슬픔에 눈물이 나려고 한다. 언제나 봉이와 헤어지지 않고 함께 살 수 있을 것인지를 생각하니 봉이가 눈앞에 어른거려 뒤척이는 사이에 언제 잠이 들었는지 새벽 닭 소리가 들려 일어나 보니 벌써 아침이다.

밖에 나가보니 양 엄마는 아궁이에 불을 때고 있다. 오늘은 논에 모 심는 날이어서 일군들 아침 준비가 한참이다. 어저께 왔던 친척 아주머니도 아들을 데리고 아침 일찍 와서 돕고 계셨다. 그

동안 키우던 닭도 몇 마리가 잡혀서 가마솥 안으로 들어가고 김포에서 시장 봐온 것으로 반찬을 만드느라 정신이 없다.

자기 엄마가 부엌일을 돕는 사이에 남자 아이는 국화 옆에 와서 앉으며 씩 웃는다.

지저분한 얼굴에 누런 코가 들락거리다가 소매로 쓱 문지르자 잠깐 동안 없어지더니 금방 다시 코 속을 들락거린다. 국화가 신문지를 싹싹 비벼서 부드럽게 해서 주자 훌쩍이던 콧물을 쓱 닦고는 또 씩 웃는다.

밥을 푸고 난 후에 가마솥에 누룽지가 하나 가득이다. 일하던 여자들이 저마다 손에 한 움큼씩 쥐고 나가자 국화도 냉큼 한 움큼 쥐고 남자아이를 주더니 자기는 먹을 생각도 안하고 한 움큼을 다시 쥐고는 어디 숨겨놓을 곳을 찾는다. 언제 가게 될 지도 모르는데 봉이를 주려는 마음이 들 때마다 자연스럽게 이런 행동을 하게 된다. 혼자서 봉이를 만나러 갔다가 양 엄마에게 혼이 난 후라 언제나 만날 수 있을까 기대해보지만 언제일지 하염없는 일이다.

친구도 없이 양 엄마와 둘이서 심심하게 지내던 국화에게 동네에 사는 아주머니가 예쁜 여자아이를 데리고 놀러 왔다. 여자아이의 이름은 정숙이었다. 둘이는 닭장에 들어가 금방 낳은 따끈따끈한 달걀을 깨먹으며 놀았다.

"야, 이 달걀 먹었다고 혼나는 거 아니니?"

"아니 아직도 많이 남았으니까. 엄마가 모르실거야."

"니네 엄마 디게 무서운 사람이래. 우리 엄마가 그러는데 니네 엄마 이 동네에서 까불 사람이 하나도 없데."

국화에게도 이제 친구가 생겼다. 앞 집 정숙이, 두부 장수 집 딸 영숙이, 코찔찔이 공칠이까지, 국화는 친구들과 똘똘 뭉쳐 다니면서 돌아다니는 맛에 행복하기가 그지없었다. 비로소 아이다운 생활을 하게 된 것이다. 정숙이가 사는 큰 기와집은 먹을 것이 많아 친구들 사이에서 최고 인기가 있었다. 마당 앞뜰과 뒤뜰에는 꽃이 많이 피어있어서 꽃을 좋아하는 국화는 자기 집처럼 정숙이네 집을 돌아다닌다.

특히 가을이 되면 국화가 마당 가득히 피어나 국화의 상처 난 마음을 어루만져 주었다. 이 세상에 꽃이 없었더라면 국화의 마음은 황량해져서 평생토록 고통스럽게 살았을 것이다. 특히 국화는 국화꽃을 유별나게 좋아하였다. 꽃을 바라보고 있으면 봉이를 보고 싶은 마음도 위로 받을 수 있었고 아주 어릴 적에 받았던 상처들도 다 아무는 느낌이었다. 유난히 꽃이 많았던 정숙이네 집에서 보낸 몇 년간의 시절은 국화의 인생에 있어 단비 같은 시절이었다. 모처럼 친구들과 마음껏 뛰어놀다가 꽃밭에서 마냥 꽃을 바라보며 하루 종일 신나게 놀았다. 비교적 잘 살았던 정숙이네 식구들도 모두 국화를 예뻐해 주니 국화는 집보다 더 좋아했다.

공칠이는 자기는 따돌리고 여자애들끼리만 논다고 투덜거리면서도 꽁무니를 열심히 쫓아 다니며 동네 개구쟁이들이 지 친구들을 괴롭히면 막대기로 개구쟁이들을 몰아내는 의리의 사나이였다.

양 엄마가 모처럼 김포 이모 집에 간다는 말에 국화는 봉이를 만날 생각에 설레는 마음을 진정할 수가 없어서 펄쩍펄쩍 뛰며 양 엄마 뒤를 신나게 따라갔다.

이제는 김포까지 가는 버스가 생겨서 버스를 타고 이모 집에 도착하자마자 봉이를 찾아보았지만 보이지 않는다.

"언니, 어서 와요. 정말 오랜만에 오셨구려. 국화도 같이 왔구나."

"봉이는 어딨어요. 소꿉놀이하러 옆집에 갔어요?"

"봉이는 없다. 아주 멀리 보냈어. 무슨 기집에가 벌써 여기 온지가 1년이 넘었는데도 국화만 찾고 밥도 안 먹고, 식구들도 따르지 않아. 의정부 떡장수 아줌마가 다시 데려갔어. 다른 좋은데 보냈을 거야."

국화는 하늘이 노래지고 숨이 막혀왔다. 울음도 나오지 않을 정도로 놀라서 주저앉고 말았다.

양 엄마가 국화 눈치를 보며 어디를 보내더라도 국화는 한번 보게 하고 보내지 왜 그냥 보냈느냐고 하자 이모는 오히려 더 큰 소리를 치며 변명을 하였다.

"오죽하면. 그랬겠어요. 애가 4살이 넘어 5살이 되어도 똥오줌도 못 가려. 애들 잠자는 머리 위에다 설사를 해서 온 집안이 난리가 아니었다니까요. 거기다가 얼마나 쌀쌀맞은지 어떻게 1년 이상을 키워 주어도 사람을 따르지 않으니 어쩌겠어. 식구들이 못 견뎌 해서 어쩔 수가 없었어요."

인간의 정이라고는 없는 인간이다. 단 하나 뿐인 혈육을 생이별 시킨 사람치고는 너무 떳떳하게 하는 말이지만 양 엄마도 똑같은 사람, 가타부타 말이 없다.

국화는 이모가 원망스러워서 미칠 것만 같았다. 아무 말도 못하고 뛰어나가서 골목길로 가보니 아무도 없다. 여기저기 찾아보았지만 찾지 못하고 돌아오는 국화의 눈에서는 한없이 눈물이 흐르고 있었다. 소리 내서 울지도 못하고 눈물만 하염없이 흘리는 참으로 진한 통곡을 하는 국화다.

아! 어른들은 왜 이다지도 자기 마음대로인가? 자기도 자식을 둘이나 키우는 이모라는 사람은 정말 잔인한 사람이다.

아버지와 친절한 이장 집 아주머니가 동생과 절대 헤어지지 말고 잘 돌보아주라고 했는데 이제 그 약속도 지킬 수가 없으니 국화에게 평생동안 후회하고 고통스러운 일이 벌어진 것이다.

집으로 돌아오는 내내 눈물만 흘리던 국화는 집으로 돌아오자마자 방으로 들어가 통곡의 눈물을 흘렸다.

밤새도록 이불을 뒤집어쓰고 서럽게 우는 국화에게 양 엄마는 오히려 재수 없게 청승스럽게 운다고 야단이다.

"야, 이년아. 누가 죽었어. 울긴 왜 그렇게 밤새도록 울어. 어디 가서 잘 살겠지. 그만 뚝하고 자."

하지만 국화는 하나 밖에 없는 동생 봉이가 자기 곁에서 떠났다고 생각하니 숨이 막히고 죽을 것만 같았다. 어려서부터 부모와 헤어져서 이집 저집 다니면서 죽을 고생을 하였지만 봉이와 함께 있었기 때문에 참을 수가 있었는데 이제 혼자라고 생각하니 새삼스럽게 서러워서 눈물을 그칠 수가 없었다.

국화는 봉이와 헤어진 충격으로 많이 고통스러워 했지만 세 친구들 때문에 그나마 조금은 위로를 받을 수 있었다.

국화가 동갑내기 정숙, 영숙, 공칠이와 함께 초등학교에 입학하였다. 공칠이는 자기가 국화를 데리고 다닐 거라고 큰소리 치고 다닌다.

국화가 학교에 갈 준비를 한 것은 친척 아주머니가 학교 잘 다니라고 공책 몇 권 사준 것이 다. 양 엄마는 가방만 하나 달랑 사주고는 관심도 없다. 도대체 이 자매는 무식하고 잔인하기가 그지없다. 그나마 가방도 없이 보자기로 책을 싸서 다니는 아이들도 많을 때이니 그나마 자기 할 도리는 다했다고 생각하는 양 엄마이다.

국화가 학교에 가려면 제일 먼저 정숙이네를 들러서 어깨동무를 하고 영숙이네를 가지만 영숙이는 늦잠을 자서 아침밥도 먹지 못하고 허겁지겁 보랏빛 보자기에 책과 필통을 싸서 허리에 차고는 뛰어나온다.

빵집을 지나갈 때면 정숙이에게 빵을 사달라고 조른다. 정숙이는 마지못해 사주면서도 한마디씩 하는 것을 잊지 않는다.

"좀 일찍 일어나서 세수도 하고 밥도 먹고 그러지. 꼭 굴뚝 소지하는 사람 같아. 이 기집애야."

영숙이는 빵 하나 얻어먹고 잔소리를 들어도 그 다음 날이면 또 눈꼽도 제대로 못 떼고 뛰어나온다.

마지막으로 공칠이까지 만나면 긴 등교 길이 시작된다. 공칠이는 국화와 정숙이의 책가방까지 자기가 메고 씩씩하게 걸어간다. 남자애들이 그걸 그냥 두고 볼일이 아니다. 장난꾸러기들이 공칠이를 놀리며 책가방을 뺏어서 뚝 아래로 휙 집어던지면 공칠이는 냅다 달려들어 서로 뒹굴거리며 싸우고 말괄량이 영숙이도 가세하여 한판 싸움이 벌어진다. 키도 크고 덩치가 좋은 영숙이가 마구잡이로 휘두르는 주먹에 남자애들이 나가 떨어지면 그걸로 싸움 끝이다.

씩씩 거리며 가방을 찾아 온 공칠이가 영숙이에게 "넌 여자애가 뭐가 그렇게 힘이 세냐?"고 하면서 손을 툭툭 털면서 앞장을 서면 세 명의 여자애들이 뒤를 따른다.

단짝 친구들과의 즐겁던 시절도 국화가 2학년이 되었을 때 김포로 이사 오면서 끝이 났다.

정숙이는 국화가 탐내던 빨강 리본을 머리에 꽂아주며 헤어짐을 아쉬워했다. 영숙이도 자기가 만든 것이라며 파란색 복주머니를 선물로 주었다. 잊지 말고 꼭 놀러오라는 인사를 뒤로 하고 김포로 이사를 왔다.

양 엄마는 혼자 농사짓는 것이 힘들었던지 김포에 몇 번 왔다

갔다 하더니 집을 얻어 공항동으로 이사 와서는 노름에 빠져들었다.

논, 밭을 판 돈으로 노름하는 사람들 뒷돈도 대주고 같이 노름하느라 집에 안 들어오기 일쑤였다. 준비물 때문에 할 수없이 찾아가보면 아침부터 벌써 담배연기가 꽉 찬 방안에 아줌마들과 모여 앉아서 화투를 치다가 국화가 들어와도 본체만체한다. 돈을 잃은 날은 뭐하러 왔느냐고 욕하기 때문에 국화는 돈 달라는 소리도 못하고 눈치만 보고 기웃거리면 돈 딴 아줌마들이 몇 푼 던져준다. 그러면 그 돈으로 준비물도 사고 학용품도 샀다.

전학을 간 국화는 친구도 아는 사람도 없는데서 혼자 모든 것을 다 해야 했다. 누구하나 돌봐주는 사람이 없으니 학교생활은 엉망이 되었지만 영리한 국화였기에 그럭저럭 학교를 다닐 수 있었다. 담임선생님도 국화의 형편을 알고는 준비물도 사주고 할 수 있는 한 도움을 주려고 애썼다. 2학년 3반 김경득 여자 선생님! 국화 인생에 또 한 분의 천사 역할을 한 좋은 선생님이다.

국화는 애란 언니와 함께 무용을 배워서인지 고전 무용을 뛰어나게 잘해서 학교 행사 때마다 솜씨를 뽐냈다. 양 엄마는 한 번도 학교에 찾아오지도 않고 신경도 써주지 않았지만 학교 선생님들의 예쁨을 받아, 학교 가는 재미로 살았다.

양 엄마는 점점 성격이 이상하게 변하고 괴팍해져서 국화에게 불안감을 주었다. 과연 계속 이렇게 학교에 다닐 수가 있을 런지 걱정이 되는 국화다. 이럴 것이면 왜 양딸로 데리고 왔는지, 국화는 점점 애란 언니와 희야 언니, 그리고 초심 언니가 보고 싶어졌다. '과연 언니들은 어디서 무얼 하며 살고 있을까? 내 생각은 할까?'

국화 담임선생님은 국화의 형편을 어느 정도 알고 있지만 다른 선생님들은 국화가 부잣집 외동딸로 입양되어 잘 살고 있는 줄로 알고 있다. 국화가 밖에서는 조용하고 얌전한 아이였기에 모두가 그렇게 생각하는 것이다.

어느 날은 학교에서 개화산에 있는 미군 부대로 위문 공연을 가는데 국화가 뽑혔다. 색동옷에 족두리를 쓴 국화의 모습은 참으로 예뻐서 학교 아이들이 너무나 부러워하였다. 김경득 선생님이 양 엄마 대신 옷부터 버선까지 챙겨 국화를 예쁘게 단장 시켜 주었다.

옛날 고동골에서 많이 보았던 할로 아저씨들이 앙증맞게 춤추는 국화를 보고 환호를 보내며 예뻐해 주었다. 아저씨들이 서로 안고 사진을 찍으려고 해서 국화는 담임선생님에 의해 구출 되었다. 선생님은 국화 머리를 쓰다듬어 주며 흐뭇해 하셨다. 고마운 김경득 담임선생님!

집에 돌아오면 국화는 외로운 한 마리의 새였다. 아무도 없는 집. 먹을 것도 별로 없고 따뜻한 말 한마디 해주는 사람이 없는 집에서 국화는 봉이 생각에 외롭고 쓸쓸하게 살았다. 누가 감히 짐작이나 할 수 있을 것인가? 어린 국화의 어깨에 짊어진 삶의 무게를...

양 엄마네 쪽방에는 명희네 일곱 식구가 세 들어 살았다. 국화
는 명희랑 친구가 되어 쌀도 몰래 갖다 주고 때로는 장롱에 감춰
놓은 돈도 갖다 주었다. 아빠도 없이 혼자 식당에서 일하면서 일
곱 식구가 한 방에서 거지나 다름없는 생활을 했던 명희 엄마는
몰래 갖다 주는 것인지 알면서도 고맙게 받았다. 그러다 들키면
발가벗겨 쫓겨났다. 국화가 집밖에서 벌거벗은 체 울고 있으면 명
희가 웃옷을 가지고 와서 덮어주고는 옆에서 같이 울었다. 매를
맞으면서도 명희네 집에 주었다고 말하지 않았는데 결국 양 엄마
에게 들켜서 양 엄마가 명희네 집에 쳐들어가서 한바탕 난리를 치
고는 쫓아내 버렸다. 국화도 소극적으로 복수한다고 방에 모여서
화투를 치는 아줌마들의 신발을 몽땅 가져다가 똥뚜깐에 집어 던
져서 그 벌로 하루 종일 먹지도 못하고 매를 맞고 쫓겨나 있어야
했다.

도박하다가 걸려서 공항시장에서 김포공항 입구에 있는 파출소
까지 밧줄에 묶여 잡혀가는 모습을 보고는 학교 친구들이 볼까봐
창피해서 눈물을 흘리며 도망치듯이 집으로 와서 아무도 없는 빈
집에 혼자서 며칠 동안 지내야만 했다. 그래도 양 엄마는 유치장
에서 나온지 한 달이 못되어 도박하러 또 돌아다녔다.

양 엄마는 이제 하다하다 별짓을 다했다. 나이도 어린, 아들 같
은 남자를 데리고 오기 시작한 것이다. 노름판에서 만난 그 남자

를 데리고 와서는 국화에게는 한 번도 사주지 않았던 음식들을 챙겨 먹이며 좋은 옷도 사주고 한없이 잘해주는 모습에 국화는 속상해서 견딜 수가 없었다. 밤이 되어도 가지 않고 이상한 짓을 해대는 둘을 보고 국화는 얼굴이 화끈거려 잠자는 척 할 수밖에 없었다.

얼굴도 잘 생기고 멋지게 생긴 그 남자는 국화네 집을 자기 집처럼 드나들면서 양 엄마와 미친 사랑을 나누었다. 두 사람이 하는 행동도 천하기 그지없어 국화는 끔찍하고 소름이 끼치지만 양 엄마에게 뭐라고 할 수 없어서 점점 집에 가는 것이 무서워졌다.

국화가 인상을 쓰건 말건 양 엄마는 오로지 그 젊은 남자에게 푹 빠져서 국화는 거들떠보지도 않고 심부름 시킬 때만 찾는다.

"야, 이년아 인상 쓰지 말고 가게 가서 담배나 사와."

"무슨 담배요?"

"장씨, 무슨 담배 피지?"

"담배는 내가 사 올 테니 누이는 이불이나 깔아 노쇼."

아직도 초저녁인데 아이 앞에서 사랑 타령하는 짐승 같은 남자다.

"저 아저씨 오늘도 집에 안가고 자고 가는 거예요?"

"그건 니가 왜 물어. 이 년아! 넌 니 방에 가서 자빠져 자."

잠시 후 장씨는 소주와 오징어를 사가지고 들어오면서 양 엄마에게 수작을 건다.

"누이 오징어 좀 구워 와요. 술 한 잔 하고 오늘 밤은 죽여줄 테니까. 아주 까무러치게 말이유."

"아유, 얼마나 죽여줄 건지 봐야지."

양 엄마가 히죽거리며 뭐가 그리 좋은지 입이 다물어 지지 않는다.

자기보다 한참이나 나이가 많은 여자를 좋다고 시간만 나면 시시덕거리며 붙어있는 장씨가 이해되지도 않고 천박해서 너무나 싫다.

장씨 덕분에 양 엄마가 전에는 한 번도 사주지 않았던 소갈비며 여러 가지 맛있는 것들을 얻어먹는 재미는 있었지만 그 아저씨만큼은 절대로 좋아 할 수 없는 국화는 양 엄마 몰래 인상을 찌푸리며 혀를 날름거리면서 욕을 한다.

"바보. 멍청이."

장씨 아저씨가 집에 들락거리기 시작하면서 양 엄마의 재산은 점점 사라져 갔다. 노름판에서 뒷돈을 대주다가 코가 꿰서 육체적인 관계를 맺는데 까지 간 양 엄마는 미친 사람처럼 장씨 아저씨를 탐했다.

그 많던 논, 밭을 다 날렸는지 일 년에 한 번씩 농사가 끝나면 오던 쌀가마니들도 오지 않았다. 그나마 큰 기와집도 날려버리고 거의 빈털터리가 되도록 양 엄마의 미친 짓은 계속되었다.

장씨 아저씨는 양 엄마 돈으로 도박을 하다가 그나마 조금 이라도 딴 돈은 자기 집 생활 하는데 보태고, 젊은 육체를 미끼로 양 엄마의 돈을 뜯어가는 천하의 악당이었다. 입에는 항상 거칠고 천한 욕을 달고 살면서도 양 엄마에게는 누이, 누이 해가며 좋아하는 척 하는 가증스런 모습에 속아 양 엄마는 빈털터리가 되도록 헤어 나오질 못했다. 한 번만 제대로 하면 다 찾을 수 있다면서 꼬셔대는 장씨의 말은 진정 악마의 속삭임이었다.

결국 빈털터리가 되어 살던 집에서 쫓겨나 쪽방으로 이사한 양 엄마는 비로소 자기가 어떤 형편에 처했는지 알고는 모든 것을 체념한 듯 힘이 하나도 없는 목소리로 국화를 부르더니 약국에 가서 쥐약 세 개를 사오라고 시켰다.

국화가 약국에 가서 쥐약 세 개를 달라고 하자 약사가 한 개 밖에 안판다고 해서 한 개만 사서 집으로 돌아왔다.

"약국에서 한 개 밖에 안준대요."

"기집애야. 약국이 하나 밖에 없니? 다른데 가서 두 개 더 사와."

국화가 다른 약국에 가서 두 개를 더 사오니 양 엄마는 컵에다가 쥐약 세 개를 붓더니 쭉 들이키며 숨 넘어 가는 목소리로 말했다.

"국화야 미안하다. 너한테 못할 짓 하고 떠나는구나. 정말 미안하다."

국화는 갑자기 쥐약을 먹고 쓰러져 버둥대며 괴로워하는 양 엄마를 보고 너무 놀라서 밖으로 나와서 울면서 소리쳤다.

"아줌마, 엄마가 이상해요. 빨리 나와 보세요."

주인이 쫓아 나와서 거품을 흘리며 버둥대는 양 엄마를 보고 급하게 세 들어 사는 아저씨를 부르니 아저씨가 아줌마를 업고 병원으로 달려갔다.

국화는 엄마가 도박하러 잘 가는 집으로 가서 노름하고 있는 장씨 아저씨에게 울면서 말했다.

"아저씨. 큰 일 났어요. 엄마가 아파서 쓰러졌어요. 빨리 가보세요."

"이년아. 여기가 어디라고 와서 엄마 타령이야. 빨리 꺼지지 못해?"

도박집 주인이 "너희 엄마가 누군데?" 하고 물어도 장씨는 "아 됐어요. 재수가 없어. 오늘도 다 털렸네." 하며 밖으로 나가 버렸다.

국화가 쫓아가면서 "아저씨. 엄마 병원에 갔어요. 빨리 병원에 가 봐요." 하고 소리를 질러도 장씨 아저씨는 뒤도 안돌아보고 어디론가 가버린다. 이런 인간쓰레기 같은 나쁜 인간이 뭐가 좋다고 시시덕거리며 붙어 다니면서 돈을 빼앗긴 양 엄마가 불쌍하다.

도박에 미친 사람들은 인간이기를 포기한 사람들 같다. 자기만 망가지는 것이 아니라 다른 사람까지 죽음으로 몰아넣는 도박의 세계에 빠진 사람을 과연 불쌍하다고 할 수 있을지 모르겠다.

다행히 양 엄마는 빨리 조치를 취한 덕택에 목숨에는 지장이 없이 속만 상했다. 소식을 듣고 이모가 병원으로 왔다. 국화에게는 원수 같은 이모는 양 엄마가 새파랗게 젊은 장씨와 놀아난다는 소리를 듣고 그 동안 소식을 끊고 지내다가 병원에서 연락을 받고 온 것이다.

"국화야 도대체 어떻게 된거야."

"엄마가 쥐약 먹고 쓰러져서 저렇게 됐어요."

"아니 쥐약이 어디서 나서 쥐약을 먹어. 한 두병으로는 죽지도 않을텐데."

"엄마가 쥐약 사오라고 해서 제가 세 개 사다 주었어요."

"야. 이년아. 아무리 어린아이지만 쥐약을 사오란다고 사오니?"

"그럼 어떻게 해요. 엄마가 안 사오면 화내는데."

엄마는 시끄러운 소리에 정신이 드는지 깨자마자 신세 한탄을 한다.

"왜 살렸어. 죽게 내버려두지."

"그럼 쥐약 먹지 말고 양잿물이나 독약을 먹지 그랬어. 죽긴 왜 죽어."

이모의 반응이 쌀쌀맞다.

"국화야. 물 좀 줘라. 목이 많이 탄다."

이모가 물을 따라서 주며 병실을 두리번거리더니 묻는다.

"장씨란 놈은 안 온 거야?"

"아까 내가 찾아 가서 엄마 병원에 있다고 했는데 화만 내요."

"못된 놈 이 모양 이 꼴인데도 안 와봐. 이런 쳐 죽일 놈."

이모가 화가 잔뜩 난 목소리로 소리를 지른다. 그러자 양 엄마가 변명을 한다.

"그 사람 욕하지 마라. 모두 내가 바보짓 해서 생긴 일인데 누굴 탓하겠니."

이모는 이 상황에서도 그놈을 두둔하느냐며 화를 벌컥 내더니 병원비를 계산해 주고 집으로 가버렸다.

양 엄마가 빈털터리가 되었지만 국화는 그 전과 별로 달라질 것도 없었다. 혼자나 마찬가지로 학교를 다녔던 국화는 이제 초등학교를 졸업했다.

다른 아이들이 중학교에 간다고 들떠있지만 국화는 중학교에 갈 꿈도 못 꿀 형편이다. 하얀 카라를 단 교복을 입고 싶은 국화였지만 양 엄마는 보낼 생각조차 없었다. 그 동안 사랑으로 키워주지는 못했어도 도박에 빠지지 않았다면 중학교는 보내주었을지도 모를텐데 국화가 초등학교를 졸업하자마자 변두리에 볼품없는 작은 방하나 얻어서 이사를 가더니 또 다시 돌아만 다니고 집에 오지도 않는다.

국화는 달랑 집이 두 채 밖에 없는 으슥한 동네로 와서 무서워 밖으로 나가지도 못할 형편이었다. 산은 없어도 작은 길을 따라 아무도 없는 길을 돌고 돌아가야 사람들이 사는 동네가 나오고 그나마 길옆에 무덤까지 있어서 국화는 돌아다닐 생각도 못하고 혼자 사는 주인 할머니 방에서 같이 지내다가 가끔 양 엄마가 오면 그때서야 자기 방으로 건너온다.

초등학교를 졸업하고 하는 일 없이 빈둥거리는 국화에게 양 엄마는 노름 빚 대신 국화를 식모로 보내기로 하고는 모처럼 집에 와서 국화에게 말을 건넨다.

"국화야 너 아줌마네 집에 가서 일 좀 도와주고 있어. 이집도 방세를 못 내어 나가야 돼. 그러니 한동안 떨어져 살자. 내가 곧 데리러 가마."

"가는 곳이 어딘데요?"

국화는 차라리 양 엄마와 떨어지고 싶은 마음이 간절했다. 관심도 없이 물건처럼 취급하는 양 엄마가 너무 역겨워 빨리 헤어지고 싶었다. 자기를 데려다가 초등학교만 간신히 보내주고 사람 대접 한 번 못 받고 살았던 국화이기에 정이 들 리가 없으니 빨리 지옥 같은 곳에서 벗어나고 싶었다.

가끔씩 보이는 장씨 아저씨도 국화가 양 엄마에게 정 떨어지는 데 한 몫을 톡톡히 했다. 양 엄마가 쥐약 먹고 죽으려고 했을 때는 못 본 척 하더니 그 사이에 무슨 일이 있었는지 가끔씩 양 엄마와 함께 집에 와서 국화가 있든지 없든지 양 엄마와 육체관계를 한다. 이제는 국화도 알 것 모를 것 어느 정도 아는 나이 인데도 신경도 안 쓰고 한 방에서 짐승 같은 짓을 하는 두 사람은 정신병자 같다.

애초에 양 엄마라는 사람이 자기를 데려온 것이 과연 자식을 키우기 위해서가 아니라 심부름 시키고 키워서 일을 시키기 위해서라는 것을 어설프게 깨닫고 있는 국화다. 아마 계속해서 양공주 장사를 했다면 국화도 양공주가 되었을 것이다. 국화는 차라리 잘된 일이라고 생각하며 양 엄마의 빚 청산을 위해 서울의 장충동에 있는 집으로 식모살이를 갔다.

국화가 간 집에는 아저씨, 아줌마, 어린 여자애 둘이 있었다. 아저씨는 무명 작곡가이고 아줌마가 을지로에서 큰 음식점을 하는데 국화는 두 여자애들을 돌보아주는 일을 하였다.

방은 넓은 방 하나 뿐인데 아줌마는 잘 오지 않고 아저씨도 가끔씩만 오니 항상 아이들 둘 밖에 없어서 국화가 5살, 4살인 아이들을 돌보며 같이 살았다.

다행히 국화를 잘 따라주고 봉이 생각도 나서 국화는 아이들에게 잘해주었다. 국화가 매일 아침 마다 아줌마 가게에 가서 반찬이며 밥을 가져다가 먹이는 것으로 하루 일과가 시작되는데 꼬마들이 어디를 가든지 쫓아다니는 것이 힘이 든다. 호기심이 많은 나이라 금방 데려다 놓으면 또 없어지는 바람에 정신이 하나도 없이 하루가 간다. 조금이라도 지저분한 모습을 보면 아줌마에게 욕을 먹기 때문에 소꿉놀이를 하는 중에도 아줌마가 올까봐 신경이 쓰인다. 특별히 힘든 일은 없지만 잠시라도 딴 일을 하다가 아이라도 없어져 아줌마에게 전화하면 헐떡거리며 쫓아와서는 국화 따귀를 냅다 갈기며 아이를 어떻게 봤기에 아이를 잃어버리느냐고 혼을 낸다.

국화가 빨래를 너는 사이에 없어진 아이를 찾아 사방을 뛰어다니다가 돌아와 보니 자기 집에서 자고 있는 아이를 발견한 옆집 아줌마가 아이를 안고 와서 "아까부터 자고 있었나본데 몰랐네." 하며 건네준다. 아줌마는 그때야 "어디 가서 처자빠져서 놀지 말고 애들 잘 봐라." 하고 얼른 가게로 돌아간다.

아이들 돌보고 아줌마 잔심부름, 집안 청소에 빨래까지, 사는 것이 너무 힘들어 이렇게 살다보면 빚 청산이 다 되는 건지 궁금해지는 국화이지만 시키는 대로 하는 것 밖에는 도리가 없기에 고된 몸을 움직여 또 아이들을 쫓아다닌다.

3개월여를 아이들 꽁무니를 쫓아 다니고 잔심부름까지 하느라 잠시도 쉬지 못하니 신발이 잘 안 들어 갈 정도로 발이 퉁퉁 부어서 신발을 꾸겨 신고 다니는 국화에게 아줌마가 식당에 와서 지내라고 한다. 애들을 잘 못 보는 것 같아 아예 아이들도 같이 식당에 데려다 놓고 감시하려는 것이다. 국화는 이제 식당 심부름 까지 하는 신세가 되었다.

다행히 얼마 있다가 빚 청산이 다 끝난 모양인지 양 엄마가 식당으로 국화를 데리러 왔다. 몸은 힘들어도 데리러온 양 엄마가 하나도 반갑지가 않다. 이제 빚 청산이 끝났으면 조금씩이라도 돈을 줄 텐데. 차라리 이곳에 남아있고 싶은 심정이다.

주인아주머니도 국화가 심부름도 잘하고 아이들과도 잘 어울려 놀고 있으니 월급을 주며 저금이라도 해서 장래에 독립하도록 해주겠다고 했지만 양 엄마가 펄쩍 뛰며 반대를 한다.

국화는 양 엄마에게 따라가지 않고 이집에서 일 하겠다고 했지만 양 엄마는 기어코 데리고 가겠다고 고집을 부린다.

"무슨 소리야. 빚 청산도 끝났는데 니가 왜 여기에 있어?"

"애 앞에서 빚 청산했다는 것이 무슨 자랑이야. 친딸 같으면 그러겠어. 국화야 저 여자 따라가지 마라. 여기서 돈이나 벌어. 이젠 니 장래도 생각해야지."

두 사람이 급기야 서로 손가락질을 하고 몸싸움까지 해가며 싸우자 주방 아저씨가 나와서 말리는 형편이 되었다.

"어른들이 무슨 짓이요. 아이 앞에서 흥정하지 말고 본인 말을 먼저 들어봐야지 않겠어요?"

저녁장사를 하려면 빨리 가부간 결정을 내리고 조용히 하라며 아저씨가 주방으로 들어가자 국화는 양 엄마에게 싸우지 말고 집으로 가라고 했지만 양 엄마는 요지부동이다.

국화는 할 수 없이 양 엄마를 따라 그 집에서 나왔다. 그래도 자기를 키워준 사람을 배신 할 수는 없는 일, 조금만 더 참고 살다보면 자기도 어른이 될 거니까. 그때는 내 맘대로 살 거라고 결심을 굳게 하고 주인아주머니에게 그동안 감사했다고 인사를 하였다.

"그래. 잘 가라 그동안 고생이 많았다. 언제든지 생각이 바뀌면 다시 와라. 저 억세 빠진 여자와 함께 있으면 너 평생 고생이다. 월급 줄 테니까. 꼭 와라."

아줌마는 양 엄마가 들릴까봐 조용히 국화에게 말하였다.

국화는 집으로 가는 줄로 알고 따라 나섰지만 양 엄마가 데리고 간 곳은 공항동에 있는 어떤 집이었다. 양 엄마는 국화를 데리고 나와 다른 곳에 또 식모살이로 팔아넘긴 것이다. 그러면서 국화에게는 당장 집이 없으니 이집에서 잠시 일을 도와주고 있으면 방을 얻는 대로 데리러 온다고 말하였다.

정말 야비하고 비굴한 사람이다. 국화도 이젠 어린애가 아닌데 자기를 또 돈 받고 이곳에 보냈다는 것을 모를 리가 없지만 말도 하고 싶지 않은 사람이라 말없이 고개를 숙이며 외면을 하였다.

큰 정원이 있는 부잣집에는 병든 아주머니와 딸 하나에 가정부가 있었다. 양 엄마는 가버리고 국화가 거실로 들어가자 얼굴이 하얀 아가씨가 반갑게 맞았다.

"너 이름이 뭐야? 난 인애야."

"국화예요."

"반가워. 넌 우리 엄마 시중만 들면 돼. 우리 엄마가 많이 아프거든. 몸을 움직이지 못하시니까. 니가 시중을 들어 드려야 해."

국화는 인사를 시켜준다는 인애 아가씨를 따라 방으로 들어갔다. 방에는 깨끗한 이부자리에 창백한 얼굴의 아주머니가 누워있었다.

"엄마. 이제 부터는 이 아이가 엄마 시중을 들 거예요. 이 아이는 어리니까. 엄마가 화난다고 막하면 안돼요."

인애 아가씨는 국화를 남겨두고 자기 방으로 돌아간다. 무엇하나 부러울 것이 없을 것 같은 부자 집인데 아주머니는 어디가 아픈 것일까?

잠시 후에 가정부와 함께 먹을 것을 가지고 들어온 인애 아가씨는 국화에게 다가와서 설명을 한다.

"국화야 지금부터 내 이야기를 잘 들어. 우리 엄마가 기침 할 때는 이걸 입에 대 드리고 기침이 멎으면 깨끗이 닦아 드리고 난 후에 이 약을 먹여 드려. 할 수 있겠지."

"네. 근데 아주머니가 계속 잠만 자는데요."

"약을 먹어서 그러시니까 신경 쓰지 마."

나중에 알게 된 사실이지만 폐병에 걸린 아주머니를 국화에게 맡긴 것이었다. 누구도 아주머니 주위로 오지 않았다. 노름에 미치고 장씨에게 미친 양 엄마는 많은 돈을 받고 아무도 하지 않으려는 일을 국화에게 시키고 자기가 그 많은 돈을 다 가로챈 것이었다. 국화는 다시는 양 엄마의 얼굴을 보지 않을 것이라고 맹세를 하였다. 눈물도 메말라 나오지 않았다. 금수만도 못한 양 엄마를 이제는 자기의 머리에서 지워야 살 것 같았다.

국화는 폐병에 걸려 누워있는 아주머니가 불쌍해서 지극정성으로 간호를 하였다. 아주머니가 붉은 피를 토하며 괴로워하는 모습을 보고 안타까워 울면서 그 피를 다 닦아주었다. 때로는 그 피가 국화 옷을 적시고 아줌마가 괴로움을 참지 못해 국화의 머리채를 잡고 흔들어도 국화는 아주머니를 모질게 대하지 않았다.

하지만 국화는 너무 외로웠다. 아무도 찾아주는 사람도 없는 방안에서 오직 처절하게 고통당하는 환자와 단 둘이 지낸다는 것이 고통스러웠다. 때로 아주머니의 괴롭힘이 너무 심할 때는 도망갈까도 생각해 보았지만 갈 데도 없을뿐더러 아줌마가 불쌍해서 차마 발걸음이 떨어지질 않았다.

참고 견딘 세월이 2년이 지난 어느 날 아주머니가 국화를 오라고 손짓하더니 국화가 다가가자 힘없이 껴안아 주더니 살며시 손을 잡아 주고는 비상벨을 울렸다.

인애 아가씨가 가정부를 데리고 급히 들어와서 "왜 숨이 막혀? 많이 아퍼?" 하며

엄마의 손을 잡는다. 아주머니는 인애와 국화를 자기 곁으로 오라고 손짓한다.

"엄마. 갑자기 왜 그래. 국화가 엄마에게 해코지라도 했어?"

아주머니는 고개를 저으며 국화 손을 잡고 "고맙다. 고맙다." 하면서 하얀 종이를 인애에게 건네주고는 눈을 감았다. 결국 아주머니는 눈을 뜨지 못하고 돌아가셨다.

인애는 죽은 엄마의 얼굴을 어루만지며 "엄마. 엄마."를 외쳐 부르면서 한없이 울었다. 눈물이 메말라 다시는 눈물이 나오지 않을 것만 같았던 국화의 눈에도 눈물이 흘러내렸다.

아주머니가 돌아가셨다는 소식이 전해지자 그동안 사람이 하나도 찾지 않았던 집에 많은 사람이 몰려왔다.

미국에 산다는 아주머니의 남편인 회장님도 오고 회장님의 작은 마누라도 아들과 함께 왔다. 돌아가신 아주머니는 지난 2년간 한 번도 찾아주지 않는 남편을 얼마나 그리워하고 원망하며 지냈을까?

어디에 살고 있었는지 가끔씩 집에 와서는 아픈 엄마를 보지도

않고 자기 방에 들어갔다가 다음날이면 또 훌쩍 떠나곤 했던 아주머니의 친아들 인철도 아주머니의 영정 사진 앞에서 하염없이 눈물을 흘렸다.

"엄마. 미안해요. 정말 미안해요. 용서해 주세요."

인철은 그 동안 삐딱하게 살면서 병든 엄마의 마음을 아프게 한 것을 후회하며 용서를 구했지만 아주머니는 이미 이 세상에 없다.

아주머니가 야산에 묻히던 날 인애 아가씨는 땅 속으로 내려가는 관을 붙잡고 잠깐만 기다리라고 하며 보낼 수 없는 안타까움에 울부짖다가 기절해서 승용차에 옮겨지고 인철은 하늘을 향해 "엄마. 미안해."를 계속 부르짖으며 우는 바람에 침통한 분위기 속에서 장례식을 마쳤다.

장례식이 마치자마자 모두가 떠나 버리고 인애 아가씨와 국화, 가정부 아줌마만 남겨진 넓은 집은 숨소리가 들릴 정도로 적막하고 쓸쓸했다. 국화도 이제 아무 할 일이 없어 아주머니도 없는 텅 빈 방에서 넋을 놓고 앉아있었다.

그동안 아주머니와 함께 살면서 아픔과 화병이 도질 때 마다 곤욕을 치루며 홀로 괴롭힘을 당했지만 평소에 잘해주었기 때문에 아주머니가 결코 밉지 않았다. 더구나 돌아가시기 전에 자기의 손을 꼭 잡고 "고맙다. 고맙다." 하던 아주머니가 생각이 나서 누워있던 자리를 물끄러미 쳐다보게 되는 국화다.

이제는 이곳을 떠날 때가 된 것이다. 양 엄마가 이미 돈을 잔뜩 받아서 가져가버렸기 때문에 벌어 놓은 돈도 하나도 없지만 양 엄마에게는 절대로 가고 싶지 않은 국화이기에 이제 어디로 가야 할지 걱정이다.

장례식이 마친 후 며칠이 지나자 인애 아가씨가 국화를 불렀다.

"국화야. 그동안 엄마를 잘 돌봐주어서 정말 고마워. 이제 엄마에게 가야겠네. 엄마가 어디 계신지는 알고 있니?"

"이모네 집에 있겠지요. 그런데 엄마에게는 가지 않을 거예요."

"너에게 줄 돈은 전부 너희 엄마가 가져갔는데 어디로 갈려고. 그러지 말고 그럼 우리 집에 그냥 있으렴. 돌아가신 엄마가 유서에 국화가 잘 돌봐주었다고, 엄마가 아파서 어린 너를 너무 괴롭혀서 미안하다고 하시면서 가족 같이 지내라고 했어."

"하지만 아주머니도 없는데 내가 할 일이 없잖아요."

"아니야. 나를 도와주면 되잖아. 엄마 방이 비어있으니까 계속 그 방에서 지내면 돼. 엄마 방을 비워두면 엄마가 하늘나라에서 쓸쓸해하지 않겠니?"

국화는 오갈 데 없는 자기를 거두어준 인애 아가씨를 이제 언니처럼 생각하고 살기로 했다. 국화에게도 가족이 생긴 것이다.

아주머니가 돌아가신 후 같이 살게 된 인철은 문제가 많은 사람이다. 무엇이든지 자기 멋대로 하고 엉망으로 세상을 살아가는 문제아였다. 돌아가신 아주머니도 인철 때문에 속을 얼마나 썩었는지 화병이 날 정도였다. 아버지가 엄마와 자기들을 버려두고 미국에서 다른 여자와 애를 낳고 산다는 것을 알게 된 인철은 비뚤어지기 시작했고 누나인 인애가 아무리 애원해도 방황하고 다니다가 엄마가 돌아가시고 인애만 혼자 남게 되자 그나마 집이 들어왔지만 안들어오는 날이 더 많았다.

돌아가신 아주머니는 이렇게 궁전 같은 큰 집에 살았지만 남편과 자식 때문에 상처투성이가 되어서 폐병으로 돌아가셨으니 참으로 불쌍한 분이다.

인애가 같이 살게 된 기념으로 옷을 사주겠다고 해서 백화점에 갔다. 그동안은 병간호 하느라 돌아다닐 수가 없어서 옷이 필요치 않았지만 이제는 예쁜 옷을 입고 다니라는 인애의 성화에 따라 나섰다. 선글라스를 끼고 멋진 승용차를 몰고 가는 인애는 굉장히 멋있었다.

백화점에서 인애가 골라주는 멋진 옷을 받아들고 국화는 어찌할 줄을 모른다.

"저는 이런 옷 못 입어요. 그냥 티셔츠하고 청바지 하나만 사주세요."

"얘는, 너도 벌써 열일곱 살이야. 아가씨가 멋지게 입고 다녀야 남자 친구도 생기지. 애 늙은이처럼 굴지 말고 시키는 대로 해"

국화가 인애의 성화에 마지못해 여기저기를 다니며 옷을 고르는데 인애가 하얗게 된 얼굴로 말한다.

"모처럼 쇼핑을 하려니 온 몸에 기운이 다 빠진다. 우리 식당가로 가서 쥬스라도 마시며 좀 쉬자."

백화점 안에 있는 식당가에 가서 쥬스를 마시던 인애가 힘이 좀 나는지 국화를 빤히 쳐다보며 웃음을 짓는다.

"국화야. 너랑 같이 있으니까 참 좋다. 내가 엄마 잘 못 모신다고 모진 소리 한 거 용서해라."

"언니 그런 말 마세요. 언니가 잘해주셨어요. 근데 언니는 시집 안가요? 언니는 나이가 많잖아요."

"그래 나이 많지. 대학교도 엄마 병 때문에 휴학계를 하도 많이 내다보니 졸업도 못하고 나이만 잔뜩 먹었지. 이제 와서 졸업장 따는 것도 귀찮고 말이야."

"언니는 하고 싶은 일이 뭐였어요?"

"글쎄 뭐였을까? 있었던 것 같은데 아버지가 바람이 나서 집안이 엉망이 되고 엄마는 한이 맺혀 세상을 등지고 살아가다가 병까지 걸리시고 더구나 인철이까지 반항심에 대학도 중퇴하고 오토바이나 타고 다니면서 방황하고 다니니 희망이 있어야 뭘 해보지. 아버지가 돈은 많으니 그냥 살았지 뭐."

국화는 괜히 자기가 쓸데없는 말을 해서 인애 언니가 우울해하는 것 같아서 얼른 인애의 손을 잡아끈다.

"언니가 입어보라고 하신 옷 입어볼게요. 어서 가요."

"그래 아까 그 옷 국화에게 잘 어울리는 옷이니까 아무 말 말고 언니가 사주는 대로 입어 알았지."

국화가 옷을 입고 나오자 매장 아가씨도 인애 언니도 깜짝 놀란다.

"누구세요? 멋진 아가씨가 되어 나왔네."

"이 언니 참 예쁘다. 얼굴도 조막만 하고 탤런트 해도 되겠네."

여기저기서 감탄을 하면서 칭찬을 하자 국화 얼굴이 새빨개진다.

인애도 기분이 좋은지 "이봐요 언니들 내 동생 예쁘지요?" 하며 자랑을 한다.

"정말 이쁜데요. 촌스러운 옷 다시 입지 말고 그냥 그대로 입고 가세요."

매장 직원들이 비행기를 하도 태워서 이제는 어질어질해지는 국화를 데리고 나온 인애가 국화를 데리고 음식점으로 갔다.

다정한 자매처럼 사이좋게 웃으며 음식점으로 들어가 식사를 하려는데 어디에서 낯익은 얼굴이 국화의 눈에 보인다.

'어디에서 본 얼굴일까? 아! 맞다. 장충동 아줌마네 작곡하시는 아저씨네!'

"아저씨 안녕하세요. 저 기억하시죠. 국화예요."

"아유 몰라보겠네. 멋진 아가씨가 됐어. 여기는 어쩐 일이야?"

"언니와 쇼핑 하러 왔다가요. 은영이, 은정이 잘 있지요. 아주머니도요."

"우리 같이 안살아. 그럼 어서 가봐라."

아저씨 옆에는 어느 젊은 여자가 국화를 바라보며 조용히 밥을 먹고 있다.

"국화야 아는 사람이니? 너도 아는 사람이 있니? 음식이 식겠다. 어서 먹자."

국화는 좋은 옷도 사주고 맛있는 것까지 먹게 해준 인애 언니가 고마워서 어떻게 보답해야 하나 고민하면서 인애가 밥 먹는 것을 바라본다. 아직까지는 사랑을 받는 것이 익숙하지 않은 국화다.

식사를 끝내고 나오면서 다시 은영 아빠에게 인사를 하니 잘 가라고 한다. 국화는 다시 한 번 옆에 있는 여자를 쳐다보고는 밖으로 나온다.

"언니, 웃기는 사람이예요. 아줌마가 바뀌었어요."

"우리 집에 오기 전에 저 사람 집에 있었던 거야?"

"네. 근데 여자애들은 어떻게 하지요? 어른들은 참 알 수가 없어."

"야. 그런 걱정 하지 말고 니 걱정이나 해라."

집에 도착하니 처음 보는 남자가 인애 언니를 기다리고 있다.

그런데 인애 언니는 화가 난 것 같은 목소리로 쌀쌀맞게 대한다.

"웬일이죠? 정말 오랜만에 오셨군요."

"그동안 못 와서 미안하다. 어머니가 돌아가셨다는 것도 며칠 전에야 알았어."

"빨리도 아셨네요. 이제 여기 올 필요가 있을까요?"

"인애. 그 여자와는 모두 다 해결했어. 이제는 나를 믿고 받아주면 안되겠니?"

"돌아가시죠. 재벌집 도련님. 나하고는 어울리지 않는 도련님."

"어머니께서 한 번 보자고 하셔."

"안 어울린다고 했잖아. 가 줄래. 당신이 그랬잖아. 우리 가정이 지저분하다고. 엄마 병까지 들먹이며 냉정하게 내친 사람이 누군데. 이제 와서 왜 이래? 돌아가."

국화는 이제까지 인애 언니가 이렇게 화를 내는 모습을 처음 본다. 아주머니 돌아가시고 몸도 많이 허약해진 인애가 걱정이 되어 국화도 나서서 한마디 한다.

"아저씨 언니 화나게 하지 말고 돌아가세요."

"오늘은 그냥 가지만 다음번에 그냥 가지 않을 거야. 잘 생각해봐."

그 남자가 돌아간 후 계속해서 침대에 엎드려 서러운 눈물을 흘리고 있는 인애 언니가 너무 안타까운 국화는 새 옷을 벗지도 못하고 인애 언니 곁을 지키다가 슬며시 언니 손을 잡고 위로를 한다.

"언니 울지 마세요. 그 사람이 누군데 언니를 울리는 거예요?"

인애는 말없이 국화를 내보내고는 눈물로 뒤범벅 된 얼굴을 닦을 생각도 하지 않고 다시 침대에 쓰러지듯이 몸을 눕힌다.

며칠 동안 그 남자로 인해 슬퍼하던 인애도 다시 안정을 찾고 국화와 함께 꽃꽂이를 배우겠다고 거실 가득 꽃을 쌓아 놓고 손질 하고 있는데 양 엄마가 국화를 찾아왔다.

"어쩐 일이세요. 이번에는 어느 집으로 빚 청산하러 보내시려고요?"

"아니야 내가 무슨 염치로 그런 일로 널 찾겠니. 어떻게 지내나 보고 싶어서 왔다. 나 이젠 멀리 식모살이라도 가야할 것 같아서 가기 전에 너를 한 번 보고 가려고 온 거야."

"어디로 가시는데요? 그렇게 도박판을 돌아다니시느라 저를 식모살이 보내더니 결국 이제는 엄마까지 식모살이를 가시는군요."

그렇게 국화에게 무섭게 굴던 양 엄마가 이제는 국화가 냉정한 말을 해도 처량한 얼굴로 "염치없지만 보고 싶어서 왔는데 봤으니 됐다"고 하며 돌아갔다.

비록 양 엄마에게 화를 냈지만 도박으로 모든 것을 탕진하고 동생까지 끌어들여 빈털터리가 되는 바람에 이모 집에도 못 있고 식모살이를 간다는 양 엄마 신세가 불쌍하다는 생각이 들어 국화의 마음도 편치 않다.

왜 이렇게 국화 주변에는 불행한 사람들이 많은지. 돌아서서 가는 양 엄마의 뒷모습을 보는 국화는 너무 슬펐다. 차라리 애란 언니를 따라가서 양공주가 되었더라도 지금처럼 살지는 않았을 터인데 애란 언니가 더욱 간절히 보고 싶다. 지금 동생 봉이는 어디에 살고 있을까? 키워주겠다고 데려와서는 자매를 생이별 시킨 사람들이 너무나 밉고 그러면서도 불쌍해진다.

국화는 자기를 굴렁쇠 바퀴처럼 이집 저집으로 굴린 양 엄마에게 마음속으로 마지막 인사를 한다.

'엄마 이제는 진짜 안녕입니다. 어디를 가서든 건강하게 사세요.'

양 엄마를 씁쓸한 마음으로 보내고 들어오는데 인철이 요란하게 스포츠카를 몰고 나타난다.

"인철아, 니 차는 어떻게 하고 스포츠카를 몰고 왔니?"

"여자 친구거야. 잠시 빌린 거니까 신경 쓰지 마. 배고픈데 아줌마에게 밥이나 좀 차리라고 해"

"아줌마 없어. 한 며칠 안 계실거야. 아들이 병원에 입원해서 갔어."

"언니 제가 밥 차릴게요."

"그래 니가 인철이 밥 좀 차려줘라."

국화가 주방으로 가서 이것저것 반찬을 챙기며 내어놓자 인철이 씻지도 않고 식탁에 앉으며 말한다.

"야. 꼬마야 울 엄마가 좋아하시던 무말랭이만 있으면 되니까. 귀찮게 하지 말고 그것만 내놔."

"국도 조금 드세요. 따뜻해요."

"야. 이것만 놓고 가라는데 짜증나게 웬 잔소리야."

인철이 소리를 지르며 먹던 숟갈을 냅다 국화에게 던지자 국화 이마에 맞아 피가 난다. 인철이의 큰소리에 주방으로 달려온 인애는 피를 흘리는 국화를 보고 놀라서 국화를 감싸 안으며 인철에게 소리친다.

"너는 도대체 왜 그래. 정신 좀 차려 이 녀석아."

"내가 무말랭이만 있으면 된다는데 가만있지 왜 나서서 참견이냐. 짜증나게. 재수 없이."

"언니 괜찮아요. 제가 도련님 성질 알면서 자꾸 국을 먹으라고 했거든요."

"아프겠다. 가서 약 바르자."

"괜찮아요. 조금 긁혔을 뿐 이예요."

"다행이다. 인철아 너 왜 그렇게 갈수록 포악해지는데? 우리 마음 좀 편하게 살자. 이제는 너도 마음잡을 때도 되지 않았니?"

"내가 어때서. 잘 놀고 잘 살고 있는데 누난 왜 그래."

인철이 밥을 먹는 둥 마는 둥 하고 밖으로 나가려고 하자 인애가 쫓아 나가며 "인철아 밤에 또 어디 가려고. 제발 집에 좀 있어라. 이 큰집에 국화와 둘만 있으니 밤만 되면 무서워 죽겠어."

인철은 인애가 간절히 부탁해도 문을 '꽝' 닫고 나가며 말한다.

"저 재수 없는 기집애 내 눈 앞에 보이지 않게 해. 눈에 보이면 집에 다시는 안 들어 올 테니까."

인애는 어찌할 줄 모르며 쇼파에 앉아 긴 한숨을 내쉰다.

"아! 우리 인철이를 어찌하면 좋아."

"언니 내가 나갈게요. 인철 도련님이 저 때문에 안 들어오면 언니가 걱정이 되어서 하루도 맘 편할 날이 없을 거예요."

"아니야. 우리 오늘 밤에 한번 곰곰이 생각해 보자. 내가 이제 국화 없으면 못 살 것 같아. 인철이도 저 모양 저 꼴인데 너 마저 내 곁에 없으면 나 혼자 너무 외로워."

국화는 방에 들어와 자리에 누웠지만 잠을 잘 수가 없다. 인철이 자기를 싫어하는데 더 이상 이 집에서 살 수는 없다는 생각이 들었다. 국화는 아주머니의 영정 사진 앞에 고개 숙여 인사하면서 아줌마에게 조용히 말했다.

"아주머니 저 이제 떠나려고 해요. 인철 도련님이 저를 너무 싫어해서 있을 수가 없어요. 어릴 때는 저를 괴롭히고 때리는 사람들과도 할 수 없이 같이 살았지만 이제는 더 이상 그렇게 살 수는 없어요. 아주머니가 이해해 주세요."

국화는 심장이 터지는 아픔을 삼키며 고통의 눈물을 흘렸다. 나의 인생은 왜 이렇게 미움을 받고 욕을 먹고, 얻어 맞아가며 살아야 하는지. 이 서러운 마음을 누구에게 하소연해야 하는지 알 수가 없었다. 애란 언니도 자기를 좋아해 주었지만 못된 양 엄마를 따라가야만 했는데 이제 또 자기를 사랑해주는 인애 언니를 떠나 아무것도 없이 빈손으로 험한 세상으로 내팽겨 치는 것이 서러워 눈물을 그칠 수가 없었다.

국화는 눈물을 흘리며 짐을 쌌다. 작은 가방 하나가 국화가 가진 전부였다. 그나마 인애 언니가 사준 옷이 아니었으면 가방도 필요치 않았을 것이다.

국화가 새벽에 떠나려고 가방을 가슴에 품고 앉아 있는데 새벽에 '쿵' 소리가 났다 누군가 담을 넘는 소리다. 국화는 쪽문을 열고 마당으로 나가니 검은 그림자 둘이 인애 언니 방으로 들어가는 것이 보였다. 국화는 숨도 제대로 못 쉬고 살금살금 떨어지지 않는 발걸음을 힘겹게 떼어 뒤를 따라가 보니 어떻게 문을 열었는지 벌써 인애 언니 방에서 "누구야?" 하고 다급한 소리가 나더니 곧 조용해진다.

국화는 인철이 가끔씩 휘두르던 야구 방망이를 발견하고 두 손에 꼭 잡고 떨면서 인애의 방으로 가보니 열린 문틈으로 한 사람이 인애 언니의 입을 막고 다른 사람은 무엇인가 가방에 담는 모습이 보였다. 분명히 이집에 다른 사람이 없다는 것을 알고 들어온 것 같이 행동들이 대범하다. 가방에 이것저것 주워 담던 사람이 국화 방 쪽으로 가는 것을 보고 국화는 그 틈에 도움을 청하려고 얼른 밖으로 나와 보았지만 아무도 지나가는 사람이 없다. 그때 마침 우유배달 하는 청년이 자전거를 타고 지나가는 모습을 발견한 국화는 큰 소리로 부르지도 못하고 얼른 뛰어가서 숨  넘어가는 소리로 도움을 청한다.

"우리 집에 강도가 들었어요. 제발 도와주세요."

다행히 청년은 겁을 먹으면서도 국화를 따라 집으로 들어갔다. 들어가 보니 이미 인애 언니는 옷이 발가벗겨진 채 강도에게 능욕을 당하고 있었다. 국화는 그걸 보고는 자기가 이길 수 없다는 것도 잊고 야구방망이를 쳐들고 정신없이 뛰어 들어갔지만 강도의 우악스러운 손에 잡혀서 얻어맞고 방바닥에 쓰러져 버렸다.

따라들어 오던 청년은 강도가 두 사람이나 있는 것을 보더니 경찰에 가서 신고하겠다고 큰 소리로 말하고는 밖으로 뛰어나가 자전거를 타고 도망을 갔다.

강도는 쓰러져 있는 국화의 옷을 찢어버리듯이 벗기다가 경찰 사이렌이 들려오자 도망을 갔다.

경찰이 도착했을 때는 이미 집안에는 몸을 빼앗기고 정신을 잃어버린 인애와 심하게 얻어맞고 옷이 찢겨진 채 바닥에 쓰러진 국화만 남아있을 뿐이었다. 국화는 그 상황에서도 찢어진 옷을 걷어 올리며 얼굴을 가리고 있다가 경찰을 보더니 그대로 기절을 하고 말았다.

병원에서 정신을 차린 인애는 옆 자리에서 하얀 붕대를 머리에 감고 누워있는 국화를 보고 이 모든 일이 꿈이 아닌 것에 절망했다.

"국화야 나만 당하면 될 것을 왜 뛰어 들어와서 너까지 봉변을 당했니. 이 바보야."

"언니 그런 말 말아요. 언니가 당하는 걸 보고 죽을힘을 다해 싸우려고 했는데 힘이 없어서 막을 수가 없었어요."

"국화야 우리 병원에서 나가면 미국으로 가자. 더 이상 여기서 살기 싫어. 아버지가 원망스럽지만 그래도 아버지니까. 그곳에서 이 악몽 같은 공포가 사라지면 다시 오자. 나 그 집에 가면 미쳐버리고 말거야. 아마."

인애는 병원에서 나와서 모든 것을 정리해서 미국으로 갈 수속을 밟으며 국화도 데려가 보려고 알아보았지만 국화는 도저히 갈수 있는 방도가 없었다.

회장 아버지는 정리하려고 하지 말고 무조건 당장 미국으로 들어오라고 하여 인애는 미국으로 떠나게 되었다.

"국화야 당장은 너를 데려갈 수가 없지만 꼭 데려 갈테니 절대로 다른 곳에 가지 말고 이 집에서 기다리고 있어. 인철이가 있어서 이 집은 처분

할 수가 없으니 니가 집을 좀 지켜줘. 인철이가 어디 갔는지 몰라서 나 혼자 가니까 인철이가 오면 인철이가 없어서 내가 어떤 꼴을 당했는지 똑똑히 말해줘라."

인애는 단 하루라도 이 집에서 있는 것은 견딜 수 없다고 미국으로 떠나고 국화 혼자 남았다. 범인들을 잡기 위해 경찰들이 왔다 갔다 하는 것 외에는 아무도 찾지 않는 집으로 인철이 일주일 만에 들어왔다.

"누나. 누나."

"도련님. 언니는 지금 없어요. 그동안 도대체 어디 있느라고 소식이 없었던 거예요."

얌전하던 국화가 눈을 동그랗게 뜨고 소리를 지르자 어이가 없어진 인철은 뺨이라도 한 대 때리고 뭐라고 하려다가 이상한 낌새를 눈치 챘는지 다급하게 묻는다.

"넌 내 눈에 보이지 말라고 했는데 넌 보이고 누나는 어디 간 거야?"

"밖에 경찰들이 왔다 갔다 하는 것도 안 보이세요. 얼마 전에 우리 집에 강도가 들어왔단 말 이예요."

"뭐. 강도가 들어와? 그래서 누나는?"

국화가 말도 못하고 울면서 방문을 열고 뛰어나가자 인철이 당황하여 쫓아가지도 못하고 얼른 미국으로 전화를 한다.

인철이 거실에서 전화를 붙잡고 통곡을 하는 모습을 밖에서 보고 불안해서 들어온 국화에게 인철은 청천벽력과 같은 소리를 들려주었다.

미국으로 간 인애가 상태가 심각해져서 정신을 놓고 기억을 잃은 것 같다는 소리를 듣게 된 것이다. 국화 가슴이 철렁한다. 여권을 만들어 미국에 데리고 가서 같이 살자고 했는데 이 무슨 날벼락 같은 소리인가. 하늘은 나에게 조금도 행복해 지지 말라는 것인가? 국화는 하늘이 꺼지고 땅이 무너지는 것 같아서 바닥에 쓰러져 울부짖었다.

"인애 언니. 불쌍한 우리 인애 언니를 어떻게 해요. 나는 이제 어떻게 살아요."

인철은 국화가 울부짖는 모습을 보고 인애 누나를 얼마나 많이 따랐는지를 생각하니 가슴이 무너지는 것만 같았다.

"너 국화라고 했지. 고맙다. 네가 나보다 났다. 누나가 정신을 잃어가면서도 네 이름만 부르면서 보고 싶다고 한데. 동생인 나보다 네가 났다."

인철은 새삼스럽게 국화에게 못되게 군것이 미안해진다.

"국화야 나는 엄마에게도 누나에게도 정말 나쁜 사람이다. 네가 엄마 병간호하느라 고생 했다는 것을 알면서도 너한테 못되게 군건 사실 핑계야. 나 때문에 엄마가 병이 심해진 것도 알고 내가 나쁜 놈인걸 알면서도 우릴 버린 아버지를 생각하면 견딜 수 없어서 너에게 화풀이 한 거니까. 용서해라."

"도련님 이제 부터라도 마음잡으시고 좋은 마음으로 살아가세요. 저는 이제 도련님이 오셨으니 이 집을 떠날까 해요."

"누나가 꼭 이집에서 기다리라고 했대. 꼭 돌아오고 싶다고."

"아니요. 나도 돈을 벌어야지요. 이제는 남의 집 식모살이는 그만 하고 싶어요."

"갈 데는 있어?"

"아니요. 먹고 자면서 일 하는 데를 찾아봐야지요."

"그러면 집 끝에 있는 정원사 방을 쓰면서 직장에 다녀. 나중에 돈 벌면 방 값을 주면 되잖아."

"생각해 볼게요. 내일부터 일 자리 구하러 다녀 보면서 결정해서 알려 드릴게요. 그동안은 전에처럼 아주머니 방을 쓰고 있을게요."

"마음대로 하세요. 고집 센 아가씨."

다음날부터 국화는 일자리를 찾으러 나가서 돌아다니기 시작했다.

그동안 양 엄마의 손에 이리저리 끌려 다닌 국화가 처음으로 자기 의지로 대책도 없이 일을 찾아 나선 길, 설레는 마음과 막막한 마음이 반반이다.

어느 큰 공장 앞을 지나가다 보니 여러 아가씨들이 푸른 잔디 밭에서 배구를 하고 있다. 하늘색 가운에 하얀 카라, 멋진 모습에 절로 발걸음이 멈춘다. 국화는 돌로 예쁘게 다듬어진 꽃밭에 앉아 물끄러미 부러운 눈으로 바라보고 있는데 국화 앞으로 공이 또르르 굴러온다. 국화가 공을 집어 던져주려 하니 한 남자가 얼른 뛰어와 받아가며 씩 웃는다.

점심시간이 끝났는지 아가씨들이 공장으로 들어가는 것을 보고 국화가 사무실을 묻기 위해 따라가자 공을 받아준 남자가 무슨 일로 오셨느냐고 물어 일자리를 찾아서 왔다고 하자 사무실로 데려다 주고 차 한 잔 마시라고 권한다.

"혹시 일할 사람이 필요하시면 제가 일 할 수 있는지 찾아왔습니다."

경리 아가씨가 고저가 없는 사무적인 말투로 대답해준다.

"우리 회사는 아무 때나 인원을 쓰지는 않아요."

국화가 차 잘 마셨다고 인사를 하고 아쉬운 마음으로 일어나 나가려고 하자 사무실에 있던 한 남자가 다음 기회를 기다려 보고 미리 서류를 접수해 두면 연락해 주겠다며 서류 한 장을 준다.

국화는 얼굴이 땅에 닿도록 인사를 하고 부푼 마음으로 집으로 향한다. 돌아오는 길에 필요한 이력서도 사고 나니 난생 처음 해보는 일에 기분이 좋아 푸른 하늘을 날아갈 것만 같았다.

나는 듯이 집으로 돌아온 국화를 맞은 것은 인철이다.

"어디 갔다 오십니까. 일자리는 구하셨나요."

능글거리는 인철에게 국화가 웃으며 자랑스럽게 회사에서 준비하라는 서류를 내밀자 서류를 쭉 본 인철은 금세 서류를 바닥에 던지며 말한다.

"야 넌 이 회사 꿈도 꾸지마라. 등본에 호적 초본, 거기다 고등학교 졸업증명서까지. 너 초등학교 밖에 못 나왔다면서?"

"아! 학벌이 문제군요. 그 회사 들어가서 나도 풀밭에서 배구도 하면 정말 좋을텐데."

"야 너 꼭 회사 들어가고 싶으면 내가 공부 가르쳐 줄 테니 중학교, 고등학교 까지 나와. 초등학교 졸업장 가지고는 식모살이 밖에 못해. 아님 쪼그만 공장에 가서 죽도록 일하던지. 식당에서 일하던지."

"도련님. 제가 다시 태어난다면 대학교 까지 공부시켜주는 부자 부모님 만날 거예요."

"아니 내가 가르쳐 준다니까. 중학교, 고등학교는 검정고시로 나오고 대학교는 나랑 같이 다니면 되겠네."

"도련님은 왜 대학교를 그만 두셨는데요?"

"그 당시에 머리가 좀 복잡했거든. 묻지 마라 지금 생각해도 골치 아프다."

"도련님. 저는 어렸을 때부터 소원이 공부 열심히 해서 훌륭한 고전 무용가가 되는 거였어요. 유명한 무용가로 성공하고 싶었는데 이제는 이루어 질 수 없는 꿈이네요."

"국화야 배고프지 않니 밥 먹고 정원에 가서 이야기 하자."

인철과 국화는 저녁을 먹고 정원 의자에 마주 앉았다. 가을 저녁은 상쾌하다. 귀뚜라미가 처량하게 울어대니 인철도 허전해 지는 마음에 긴 의자에 누워 밤하늘을 바라본다.

"국화야 저 하늘의 별 좀 봐라. 오늘 따라 유난히 반짝인다. 우리 엄마가 날 바라보고 있는 것 같아. 이젠 제발 정신 좀 차리라고 손짓 하는 것도 같고. 엄마 속을 어지간히 썩여 드렸는데 이제 와서 후회한들 무슨 소용이 있나!"

인철은 괜히 마음이 찡해져 하늘을 향해 나지막이 소원을 빈다.

"엄마, 제 마음을 잘 잡아주세요. 인철이 앞에 등불이 되어 주세요. 제가 조금 철이 들어 보니 세상사는 것이 외롭고 쓸쓸하네요. 이제는 엄마도 누나도 없고 저 혼자예요."

국화도 엄마를 그리워하는 인철의 말을 들으니 아주머니 생각이 난다.

"아주머니가 젊어서는 많이 아름다우셨던 것 같아요. 마음씨도 고우시고. 가끔씩 아프실 때는 나를 흔들고 때리기도 하셨지만 얼마나 고통스러우셨으면 나에게 그러셨을까요. 그래도 저를 많이 의지하셨어요. 세상사는 것이 고통스럽고 힘들어 화병이 도져서 저를 괴롭혀도 제가 다 받아드렸더니 돌아가시기 전에 저에게 고맙다고. 미안하다고 하셨어요."

"그래. 국화가 그랬다는 이야길 듣고 내가 괴팍스럽게 굴면서도 미안했어. 근데 마음속에 원망이 많아서 고쳐지질 않았는데 이제는 원망하면 뭐하나 싶으니까. 니가 고맙다."

"도련님 밤이 깊었어요. 들어가서 주무세요."

"그래 너도 잘 자라."

국화는 방으로 들어와 아주머니의 영정 사진 앞에서 고개를 숙이며 말한다.

"아주머니. 이젠 걱정 하지 마세요. 도련님이 조금씩 마음을 잡아 가고 있으니 하늘에서 도와주세요."

인애는 강도 사건으로 충격을 받아 모든 것을 잃고 충격으로 기억 상실증까지 걸렸다. 국화는 강도에게 얻어맞은 상처는 아물었지만 그날을 생각하면 악몽을 꾼 듯 몸서리 처지도록 마음에 큰 상처를 입었지만 이제 조금씩 그 충격에서 헤어 나오면서 인애 언니가 더욱 보고 싶어진다.

인철이 아침 일찍 일어나 생전 쳐다보지도 않던 정원을 손질 하는 모습을 보니 국화 마음이 화창한 봄날로 변한 것 같아 인철에게 가서 활짝 웃으며 말한다.

"도련님 일찍 일어나셨네요."

"오 국화야! 잘 왔다. 이 꽃들 모두 뽑아버려야겠어."

"예? 아니 이 아까운 꽃들을 왜 뽑아버려요?"

"여기 꽃들을 다 뽑고 우리 집 정원을 전부 국화꽃으로 가득 채울 거야."

국화는 국화꽃을 제일 좋아하기 때문에 반대할 생각이 없었지만 왜 그런 생각을 했는지 궁금했다. 그리고 또 갑자기 괴팍한 성질이 나온 것이 아닌가 걱정이 되어 조심스럽게 물었다.

"도련님, 왜 갑자기 그런 생각을 하셨는데요?"

"어제 밤에 엄마 꿈을 꾸었어. 그것도 아주 생생하게. 엄마가 우리 집 정원에 가득 피어 있는 국화 꽃 속에 파묻혀서 나와 손잡고 활짝 웃고 계셨는데 그 미소가 참 아름다웠어. 나는 그 미소를 보면서 얼마나 행복했는지 꿈을 깬 것이 얼마나 억울했는지 몰라. 그래서 정원에 나와 보니 국화꽃이 없어서 너무 허전하더라구. 국화야. 우리 오늘 국화농장을 다녀보자."

"도련님이 하고 싶으신 대로 하세요."

인철은 식사를 하면서도 거실 창 너머로 정원을 바라보며 생각에 잠겨있다.

"도련님. 꿈에 아주머니가 나타나서 많이 좋으셨어요?"

"너무나 생생해서 지금도 그 행복해 하시는 미소가 생각나. 어쩜 그렇게 생생할 수가 있지. 신기해. 엄마가 병이 나기 전에 꽃을 워낙 좋아하셨거든. 마치 병이 나시기 전에 귀부인으로 사시면서 행복해 하시던 모습을 본 것 같아. 그때는 우리 집이 지금처럼 대단한 부자가 아니었어도 엄마는 귀부인처럼 우아하게 사셨거든. 그러다가 아버지 사업이 잘 되고 미국에 왔다 갔다 하시더니 미국에서 딴 여자와 살게 되면서 우리 집은 풍비박산이 났지. 돈이 있으면 뭐 하겠어. 행복을 돈으로 살 수 있는 것도 아니고. 오히려 돈이 우리 집을 버려놨지. 나도 버려놓고."

인철은 아침을 먹자마자 국화를 재촉해서 차를 타고 교외로 나가 농장을 찾으러 돌아다니다가 국화꽃 향기가 은은하게 풍기는 국화꽃 농장으로 들어갔다. 노란색·흰색·빨간색·보라색·주황색 등 색색가지 빽빽하게 피어있는 모습이 황홀하다.

"사장님 우리 집 정원에 국화꽃을 심으려고 하는데 저희 집에 가보시고 구색에 맞춰 멋있는 정원으로 꾸며 주십시오."

"정원이 얼마나 되는지 몰라도 돈이 많이 들 텐데요."

"돈 걱정은 하지 마시고 가셔서 견적이나 뽑아보십시다."

"도련님 한 군데만 보고 결정하지 말고 여기 저기 다니면서 비교해 봐야지 싼지 비싼지 알지요."

농장 주인은 두 사람이 부부인줄 알았다가 도련님이라는 소리에 국화를 보면서 웃으며 말한다.

"내가 알아서 도매 값으로 싸게 해 줄테니 댁네 집이나 가 봅시다. 어린 아가씨가 야무지네."

"우리 집 깍쟁이 아가씨랍니다. 하하."

"사장님 들국화도 있나요?"

"당연히 있지요. 저기로 가 보십시오."

농장 주인을 따라 가보니 꽃봉오리를 맺어 필 듯 말 듯한 노랑 들국화가 줄지어 피어있다. 국화는 어린 시절 애란 언니와 희야 언니와 함께 걷는 들국화가 듬성듬성 피어있던 산길이 생각난다. 그리고 그 기억 속에는 그리운 봉이도 국화의 손을 잡고 있다.

"국화야. 또 뭔 생각을 그리 골똘히 하고 있냐. 넌 어린 게 생각 하는 것이 왜 그렇게 많아."

"이 들국화야 말로 희귀종이에요. 겨울에도 피어있으니 말이에요."

"그럼 차를 가지고 저희와 함께 가시죠. 여기에서 좀 머니까 저희가 다시 데려다 드릴 수가 없으니 농장차를 가지고 가셔야 할 겁니다."

농장주인은 왠지 망설이는 눈치다. 젊은 사람들이 얼마나 많은 국화를 사길래 멀리 까지 가야 한다는 것이 못마땅한 눈치다. 국화는 남의 집 살이를 오래해서 그런지 눈치 하나는 기가 막힐 정도이다.

"도련님. 그냥 다른데 가서 알아봐요. 사장님이 영 못 믿는 눈치인데 의심 받아가며 억지로 가자고 할 필요가 있나요."

국화가 끌고 나오자 어리둥절해 하며 할 수없이 따라 나온 인철이 묻는다.

"왜 그렇게 화난 얼굴로 나오니? 사람 곤란하게."

"도련님은 그 사람 얼굴 못 보셨어요? 우리가 사기라도 치는 것처럼 못 믿어하는데 뭐 하러 사정을 해요. 물건을 사면서."

"암튼 너는 사람을 당혹스럽게 하는 때가 한 두 번이 아냐. 다른 집도 그럴 수도 있잖아."

"농장이 많은데 어때요. 옆집에 가서 안 되면 또 옆집에 가보면 되죠."

"알았어. 아가씨 마음대로 하셔."

옆에 있는 농장에 들어가니 젊은 여자가 반갑게 맞는다.

"국화꽃을 사시려고요?"

"예. 국화꽃 몇 송이를 사는 것이 아니라 넓은 정원을 가득 채우려구요."

인철은 국화를 구경해보더니 비슷비슷하니 여기서 계약하자고 한다.

"사장님 서울에 있는 저희 집에 가셔서 정원을 보시고 계약합시다."

"댁이 서울이신가 봐요? 꽤 머네요. 제가 차를 가지고 따라 가겠습니다."

흔쾌히 따라 나서는 여사장의 말에 국화가 보라는 듯이 인철을 보고 씩 웃는다.

인철의 차가 농장을 나가고 농장 여사장이 따라 나가자 먼저 들어갔던 농장 주인이 나와 뒤따라가는 여사장 차를 세우고 뭐라고 이야기 하는데 가볼 필요가 있냐는 말투다. 농장 여사장이 얼굴을 찡그리며 뭐라고 하면서 차를 출발시켜 뒤따라 나온다. 무슨 일인가 기다리고 있는 인철의 차 옆으로 와서는 기다리게 해서 죄송하다며 빨리 가자는 말에 인철은 차를 출발시켰다.

저녁이 다 되어 집에 도착하니 농장 여사장이 생각보다 더 큰집과 정원을 보고 놀라는 눈치다.

"멀리까지 오느라 수고 하셨습니다. 차나 한 잔 하시고 찬찬히 살펴보시고 국화꽃 만으로 아주 멋진 정원으로 꾸며 주십시오."

"지금 정원에 있는 꽃과 나무들은 어찌하시고 전부 국화꽃으로 꾸미십니까?"

"동네 사람들에게 전부 나누어 줄 거니까. 걱정 마시고 갈 길이 먼데 얼른 구조를 보시고 견적을 내 보십시오."

농장 여사장이 꼼꼼히 조사를 마치고 간 며칠 후에 국화꽃을 실은 차들이 정원에 도착했다.

농장 여사장과 계약을 마치고 동네 사람들에게 꽃과 나무를 가져가라고 문을 열어놓자 마자 너도 나도 찾아와서 한 두 개씩 가져 갖기 때문에 텅 비어 있는 정원에 국화꽃이 멋지게 심어졌다.

인철은 농장 사장과 상의하여 일년 내내 국화꽃을 볼 수 있도록 계절별로 피는 국화를 품종을 달리해서 심고 특히 들국화를 좋아하는 국화를 위해 정문에서부터 현관까지는 들국화 길을 만들어 주었다. 어머니를 기념하기 위해 하얗고 큰 국화꽃을 거실 앞쪽에 풍성하게 피도록 하여 꿈 속에서 국화꽃 속에 파묻혀 놀던 모습을 느낄 수 있도록 하였다.

국화와 인철은 국화정원이 마음에 들었다. 비록 꿈속에서 본 정원과 똑같지는 않지만 가슴이 설렐 정도로 아름다운 정원이다.

많은 돈을 받고 돌아가는 여사장은 가끔씩 와서 가꾸어 준다고 약속을 하고 돌아가면서 큰 소리를 쳤다.

"지금은 봉오리만 맺혀 있지만 좀 지나서 꽃이 피어나면 궁전 같은 멋진 정원이 될 것입니다. 기대하셔도 좋습니다."

# 3부
## 이루어 질 수 없는 사랑

———

과연 여사장이 큰 소리친 대로 국화가 피기 시작하자 정원은 파라다이스 같았다. 국화는 국화꽃이 만발한 정원에서 인철과 함께 하는 시간이 꿈만 같았다. 감히 인철을 좋아하는 마음을 표현할 수는 없었지만 한 번도 느껴보지 못한 이질적인 감정이 마음속에서 자라나는 것을 어찌할 수 없었다.

인철의 도움으로 야간 중학교를 나오고 검정고시로 고등학교를 졸업하니 국화의 나이도 20살이 넘어 누가 보아도 귀엽고 예쁘게 생긴 아가씨의 모습이다. 이제는 그토록 꿈꿔왔던 회사에 취직할 수 있는 자격이 생긴 국화는 어느 날부터 화이트 칼라가 달린 유니폼을 입고 일하는 자신을 그리며 식모가 아닌 모습으로 인철 앞에 서기를 간절히 바라는 마음을 더 이상 숨기기 어려웠다.

국화가 마음으로는 떠나야 한다고 하면서도 인철 곁을 차마 떠날 수가 없어서 지체하는 사이에 겨울이 왔다.

하얀 눈이 내리는 날 인철은 말없이 창가에 서서 국화위에 쌓이는 눈을 바라보다가 갑자기 국화를 불렀다.

"국화야. 지금 가고 싶은 데가 어디야. 내가 어디든 데려다 줄께"

"정말요? 도련님 내 동생이랑 살던데 가보고 싶어요. 저는 도련님 만나서 이렇게 공부도 하고 행복하게 사는데 내 동생은 어디서 지내는지 모르겠어요."

"그럼 그렇게 하자. 뭐 어려운 일도 아니네."

자동차를 타고 눈길을 달리면서 보니 차창 밖으로 함박눈이 내리는 모습이 아름답다.

"와 .너무 멋있어요. 꼭 하얀 국화꽃들이 하늘에서 떨어져 내리는 것 같아요."

기억을 더듬어 동생 봉이와 같이 지나왔던 들길을 가보니 들판은 간데없고 아파트가 여기저기 서있다. 아무리 생각해도 봉이를 데려간 떡 장수 할머니가 살만한 동네가 나오지 않는다. 아버지가 살던 집도 찾을 수가 없어 국화의 마음은 벌판에 부는 찬바람만큼이나 시리다..

"도련님 내 동생 봉이는 정녕 찾을 길이 없나 봐요. 그만 가요."

"국화는 너무 한이 많이 서려있어. 무슨 사연이 그리 많을까? 자! 우리 그만 슬퍼하고 또 달려 보자고."

"도련님 조심하세요. 미끄러워요."

인철은 국화 말대로 조심해서 달려보지만 눈이 앞을 가려 잘 보이지 않자 길가에 차를 세우고는 체인을 감고 국화 손을 잡고 논바닥으로 뛰어간다.

"야호. 하늘의 하얀 눈의 신이시여 우리 불쌍한 국화의 불행 모두 거두시고 하얀 눈꽃송이처럼 깨끗한 마음으로 행복하게 살게 하소서."

인철이 하늘을 보며 큰 소리로 외치자 국화도 질세라 하늘을 보며 외친다.

"우리 외로우신 도련님. 이제는 기쁨과 행복만 주십시오."

어린아이들처럼 눈을 뭉쳐서 던지며 장난을 치다가 눈이 많이 쌓여 푹신푹신한 논바닥을 뒹굴며 놀다가 약속이나 한 듯 둘이는 논바닥에 누워 은빛을 내며 하늘에서 떨어지는 눈을 바라본다.

국화는 봉이 생각이 나서 눈물이 난다. 봉이는 어디로 갔을까? 불내고 사라진 오빠는 살아있을까? 아파서 누워있던 아빠는 어떻게 되었을까? 이 세상 같은 하늘 아래 살고 있을 텐데 만나지 못하는 가족들이 보고 싶어 흐르는 눈물이 얼굴에 떨어지는 눈을 녹인다.

인철은 물끄러미 국화를 바라보다가 국화 눈에서 흐르는 눈물을 닦아주며 국화를 위로해 주고 싶은 마음에 짓궂게 한마디 한다.

"이런 우리 울보 아가씨가 또 동생 생각을 하나보네."

"눈을 맞고 누워 있으니 어릴 때 동생과 죽으려고 논밭에서 볏단을 덮고 자던 생각이 나네요. 그땐 그대로 따뜻하게 하늘나라로 가고 싶었는데..."

"한번 잃어버린 동생을 찾는다고 광고도 해보고 TV에도 나오도록 사연을 보내보지. 그렇게 동생을 못 찾아 한이 맺혔는데."

"아직은 아니에요. 남의 집 식모살이 하면서 무슨 능력으로요? 내가 나중에 시집가서 잘 살면 찾을 거예요. 도련님 우리 이제 그런 말 하지 말고 신나게 놀아요."

국화가 또 다시 눈을 뭉쳐 인철에게 던지며 깔깔거리고 뛰어간다. 인철도 질세라 국화를 잡으려고 뛰어가면서 장난을 치니 벌써 날이 어두워져가고 있다.

"국화야 이제 그만 가자. 이렇게 눈이 와서 집에 갈 수나 있을지 모르겠다. 배고프니까 우선 식당으로 가서 배나 채우고 집에 갈 걱정을 해야겠다."

"그래요. 도련님 우리 지난번에 갔던 그 식당에 가요."

"거긴 너무 멀어서 못가. 오늘은 가까운 데에서 먹고 다음에 가자."

인철과 국화가 차를 타고 출발하려는데 아스라이 어두워져가는 눈 덮인 벌판이 너무나 아름다워 차마 그냥 갈 수가 업다.

인철은 다시 벌판을 뛰어가며 또 하늘을 보며 소리를 지른다.

"나도 엄마가 너무너무 보고 싶어. 엄마! 하늘에서 나 보고 있지. 살아있을 때 속 썩여서 미안해. 이제는 더 이상 방황하지 않을게. 엄마도 하늘나라에서는 더 이상 아프지 않지. 엄마, 엄마가 아플 때 잘 돌봐준 국화가 여기 있어. 예쁘고 사랑스러워. 내가 잘 보살펴 줄 거야."

"사모님 하늘나라에서는 안 아프시죠. 인철 도련님은 이제 철이 많이 들었으니 걱정하지 마시고 편히 쉬세요."

"어쭈 까분다. 내가 언제 철이 없었다고 그래."

하얀 눈을 맞으며 들판을 뛰어가던 두 사람은 마치 한 쌍의 연인 같다. 인철은 가만히 국화를 가슴에 안는다. 국화는 가슴에 안긴 채 얼굴을 들어 수정처럼 맑은 눈망울로 가만히 인철을 쳐다본다. 그리곤 이내 당황해서 얼굴을 인철의 가슴에 묻고 인철의 따스한 체온을 느끼며 가만히 서 있다. 오랜 세월 동안 마음으로만 사랑하는 인철의 가슴은 푸근하다.

인철은 더 이상의 진도는 나가지 않고 가만히 국화를 안아주고는 다시 손을 잡고 자동차로 가며 말한다.

"이제는 정말 가야겠다. 미국에서 누나가 전화 할 지도 모르는데 너무 늦었다."

"다음에는 아버지와 동생과 함께 살았다는 철둑길이 있고, 녹색 시금치 밭이 있는 까만 집을 찾아보자고. 이장님 댁이라는데 말이야."

'고마워요. 도련님. 전에는 이 세상에 나 혼자 뿐이 없다고 생각하고 슬프고 외로웠는데 도련님이 있어서 너무나 의지가 되요. 저에게 이 세상에서 제일 소중한 도련님이예요. 도련님을 만나 국화는 불안하면서도 행복하답니다.'

국화는 감히 도련님을 사랑할 용기가 없어, 괴롭고 슬픈 사랑을 하면서도 밀려오는 행복감에 어찌할 줄을 몰라 마음속으로 인철을 향해 말을 하였다.

"국화야 춥고 배고프니까 따듯한 화톳불에다가 군고구마 구워 먹고 싶다. 옛날에 울 엄마랑 외할머니 댁에 가면 할머니가 구워주시던 생각이나."

체인을 감았는데도 차가 움직이기에는 너무나 눈이 많이 쌓여 불안하기 그지없는 길을 조심스럽게 가다보니 벌써 날이 완전히 어두워져 헤드라이트를 켜도 어디가 길인지 분간을 할 수가 없을 정도가 되어 결국 인철은 가는 것을 포기했다.

"도저히 불안해서 운전을 할 수가 없어. 어디 가까운 동네를 찾아보자."

"저쪽에 불빛이 보이네요. 저기 산 속에요."

산 위에서 불빛이 새어나오는 것을 보고 불빛을 따라 한참을 가니 다행히도 작은 집이 한 채 있었다.

인철이 주인을 찾으니 백발의 할머니가 문을 열고 나와서 남녀가 눈길에 서있는 것을 보고는 헛간처럼 생긴 작은 방 밖에 없으니 여기서라도 쉬어 갈 수 있으면 들어가라고 한다.

"도련님 들어가요. 꼭 헛간 같아도 바깥에서 밤을 지낼 수는 없으니 여기서 자야겠어요."

"국화야. 꼭 도깨비가 나올 것 같다. 차라리 차에서 자는 게 어때?"

"차가 더 추워요. 그리고 차에 히타를 틀고 자다가 기름이 떨어지면 오도 가도 못해요. 그냥 여기서 자요."

이렇게 외진 곳에서 할머니 혼자 어떻게 살고 있는지 모르지만 국화와 인철은 춥고 은근히 무서운 마음이 들어 잠을 잘 수가 없다.

국화는 용기를 내어서 인철 옆으로 다가가서 인철 가슴에 얼굴을 묻고 손을 꼭 잡는다. 인철도 국화를 껴안아주며 잠을 청한다.

인철은 피곤했는지 잠시 후에 잠이 들었는데 국화는 무서운 마음에 잠을 잘 수가 없어서 아무것도 덮을 것도 없는 방에서 오직 인철만 꼭 붙들고 떨고 있다.

아침 햇살이 밝기도 전에 다시 눈을 떠 나가보니 백발 할머니는 벌써 일어나 아침 밥상을 차려놓고 기다리고 있다. 국화와 인철이 일어나기를 기다리고 있었던 것 같다.

"젊은 양반들 이리 와서 아침밥이나 먹고 떠나시우."

"할머니 안녕히 주무셨어요?. 정말 고맙습니다. 아침밥까지 주시니 정말 고맙습니다. 이 시래기 된장국이 맛있어 보이네요. 도련님 한번 먹어보세요."

"더 있으니까. 먹고 더 먹으라고."

"감사해요. 할머니. 그런데 어떻게 이런 외딴 곳에서 혼자 사세요?"

"왜 혼자야. 식구가 얼마나 많은데"

"아무도 안 보이는데요."

"응 있어. 이제 아침도 먹었으니 어서 가봐."

할머니는 두말하지 않고 떠나라고 등을 떠민다. 하지만 눈이 너무 많이 쌓여 조금 이라도 녹기를 기다려 보았지만 녹을 기미가 안 보여 결국 점심까지 얻어먹었지만 금방 어두워진다는 할머니 성화에 집을 나섰다.

"제가 드릴게 이것 밖에 없네요. 받으세요."

인철이 차고 있던 시계를 풀러 할머니 손에 채워 드리면서 또 말한다.

"다음에 맛있는 거 많이 사가지고 와서 시계를 찾아갈게요."

"시계 필요 없으니 그냥 가져가."

"우리 도련님이 아끼는 시계예요. 꼭 다음에 와서 찾아갈 테니까 간직하고 계세요. 저는 이 목걸이를 드리고 싶어요. 큰 값어치는 없지만 너무나 감사해서 드리는 거니까. 꼭 걸고 계세요. 저도 맛있는 거 많이 사가지고 와서 찾아갈게요."

"젊은 사람들이 마음이 곱구만. 그래 아까는 내가 혼자라고 하면 해코지 할까봐 식구가 많다고 했는데 사실 나 혼자야. 꼭 놀러와. 내가 이 시계하고 목걸이 잘 가지고 있을게."

할머니와 작별을 하고 차로 가는데 할머니가 그새 정이 들으셨는지 차있는데 까지 따라 오신다.

"할머니 미끄러운데 따라오지 마세요."

"내가 여기서는 젊은 사람들보다 더 나으니 걱정 말고 어서 차타고 가."

인철이 차에 올라 시동을 걸었는데 시동이 걸리지 않는다.

할머니가 걱정이 되시는지 혀를 끌끌 차며 "왜 뭐가 잘못된거여? 가까운 도로를 찾아서 도움을 청해야겠어."하고 말하자 인철은 당황해서 얼굴이 빨개져 대답한다.

"불빛 따라서 오긴 왔는데 길이 어디가 어딘지 모르겠어요. 국화는 여기 할머니와 같이 있어 내가 길을 찾아서 가보고 어떻게 도움을 청해 볼 테니까."

인철은 도저히 어제 밤에 이렇게 깊은 산 속 까지 어떻게 왔는지 이해가 안 되어 중얼중얼 거리며 산을 내려가기 시작했다.

눈 쌓인 산길은 사람 발자국은 하나도 없고 제법 큰 짐승 발자국만 드믄 드믄 나있어서 으스스하다. 오랜 시간을 내려갔는데도 길을 잃었는지 큰 길도, 동네도 안 나오고 차도 하나도 안지나간다.

점점 눈이 신발을 덮어 축축해지니 몸은 추워지고 정신없이 뛰어 내려올 때는 몰랐는데 지쳐서 천천히 걷다보니 땀이 식어 몸이 완전히 얼음이다. 인철은 갑자기 다리에 힘이 하나도 없어지며 후들거리고 쥐가 나서 꼼짝을 못하는 신세가 되어버렸다. 아무리 정신을 차려보지만 움직일 수도 없고 점점 정신도 가물가물해진다.

할머니 집에서 인철을 기다리던 국화는 날이 점점 어두워져 가는데 인철에게서 아무런 소식이 없자 도저히 기다리고만 있을 수가 없어 안절부절 하다가 인철을 찾아 나섰다. 할머니는 집을 나서는 국화를 보고 펄쩍 뛰며 말렸지만 국화가 고집을 피우자 할 수 없이 국화를 보내며 썰매와 목도리를 챙겨주었다.

"정 갈려면 이 썰매를 가지고 가. 중간 중간에 이 썰매를 탈 데가 있을 거야. 이 여우 목도리도 목에 걸고 가고 산에서는 체온을 뺏기면 죽는 거

야. 그리고 혹시 밤이 되면 산 짐승을 만날지도 모르니까. 이 도끼도 가져
가고. 조심해야 해."

국화는 인철의 발자국을 따라서 조심스럽게 산을 내려가기 시
작했다. 바람이 불어 발자국이 지워져 있는 곳도 있지만 인철이
큰 길을 찾아서 내려갔기 때문에 어디로 갔는지 방향을 알 수가
있어 한참을 가다보면 다시 인철의 발자국이 나와서 콩알 만해진
가슴을 진정할 수가 있었다.

썰매가 없었으면 연약한 여자 혼자 가기에는 먼 길이었지만 다
행히 눈이 많이 쌓여서 썰매를 타고 가다가 넘어져도 크게 충격을
입지 않아 비교적 멀리 갈 수 있었다. 한참을 인철을 찾아 헤메다
가 드디어 인철을 찾았을 때 인철은 이미 정신을 잃고 쓰러져 있
었다.

국화가 정신을 잃은 인철을 깨워보려고 아무리 소리를 지르고
주물러 보아도 인철은 깨어나지를 않았다. 인철을 안아도 보고 업
어도 보았지만 연약한 국화 혼자 힘으로는 몇 발자국을 갈 수가
없어 애를 쓰다가 국화도 지쳐버렸다. 둘 다 여기에서 죽을지도
모른다는 불안한 마음에 국화는 살려달라고 소리쳐보지만 구해주
려고 오는 사람도 없다.

국화가 죽을힘을 다해 인철을 썰매에 태워 할머니 집으로 돌아
가려고 했을 때는 벌써 어둠이 밀려오고 있었다. 인철과 씨름하느
라 어디가 어딘지 방향을 잃고 불빛을 찾아서 무작정 왔던 길로

돌아가다 보니 희미한 파란 빛이 보여 정신없이 썰매를 끌고 가보았지만 그것은 산짐승의 눈에서 나오는 빛이었다.

국화는 온몸이 얼어붙는 듯 꼼짝도 못할 정도로 놀랐지만 정신을 잃고 누워있는 인철을 빨리 따뜻한 곳으로 데려가야 한다는 생각에 인철 위에 엎드린 채로 썰매를 밀어 내리막길로 내달렸다. 하지만 산짐승을 떨쳐낼 수가 없었다. 어느새 세 마리로 늘어난 산짐승들은 국화 주위를 돌며 시퍼런 눈을 더욱 반짝이고 입에서는 으르렁 거리는 소리를 토해내고 있었다. 국화는 슬금슬금 다가오는 산짐승들을 향해 할머니가 준 손도끼를 마구 휘두르면서 저항해 보았지만 손도끼를 피해 도망갔다가 바로 다시 달려드는 산짐승에게 점점 지쳐갔다. 국화는 어느새 손에서 달아나 버린 손도끼를 대신해서 인철이 타고 있던 썰매를 빼서 손에 들고 악에 바쳐서 소리를 질렀다.

"덤벼. 다 덤벼봐. 니들이 사람한테 이길 수 있을 것 같아. 덤벼, 덤비라구."

어디서 그런 힘이 났는지 온 산이 울리도록 내지르는 소리에 산짐승들이 움찔거리고 쉽게 달려들지 못하고 있었다.

그때 국화가 내지르는 소리를 듣고 국화를 향해 횃불 두 개가 다가왔다.

"워이. 워이."

할머니 목소리다.

국화는 반가워서 눈물이 나올 지경이다.

"할머니. 할머니 여기예요."

산짐승들은 할머니가 휘두르는 횃불에 놀라 달아나고 할머니는 지쳐서 주저앉아 있는 국화를 보더니 횃불 한 개를 건네며 "아이고 젊은 양반들이 큰일날뻔 했구만. 저 짐승은 우리 집에도 가끔 내려오더니 기어코 일을 낼 뻔했어. 하지만 불을 무서워 하니 이제는 걱정하지 않아도 돼."라고 말하면서 헐떡거리는 숨을 고르신다.

"할머니 저희가 여기 있는 줄 어떻게 아셨어요? 할머니가 저희들을 살려주셨네요. 고마워요."

"어두워져도 안 돌아오길래 횃불을 들고 찾아 나섰지. 용케 집 쪽으로 잘 왔어. 그런데 저 양반은 왜 저러고 있는거야?"

"내가 발견했을 때는 벌써 눈 위에 쓰러져 있더라고요. 빨리 가요. 도련님의 몸을 녹여야 해요."

할머니는 오랜 산 생활에 익숙해서 인지 능숙한 솜씨로 인철을 썰매에 태우더니 슬슬 걸어가신다.

집에 돌아와 인철을 따뜻한 방에 눕히고 몸을 주무르니 조금씩 얼었던 몸이 풀어지면서 인철이의 정신도 깨어났지만 신음만 흘릴 뿐 완전히 깨어나지를 않았다. 하지만 할머니가 따뜻한 국물을 준비해서 인철의 입에 넣어주고 국화가 계속해서 온 몸을 주물러대자 비로서 3일 만에 인철의 몸이 완전히 회복되었다.

눈도 녹고 인철의 몸도 회복되자 집으로 돌아가기 위해 산을 내려와 차에 시동을 거니 다행히 차는 날이 풀려서 인지 몇 번의

시도 끝에 시동이 걸렸다. 목숨을 구해준 할머니를 서울로 모셔가려고 했지만 할머니는 이곳에 보이지 않는 가족이 있다는 뜻 모를 말을 하시며 여기를 떠날 수 없으니 이 늙은이가 생각나면 꼭 다시 오라는 말로 인사를 대신한다.

"할머니 오래 오래 사세요. 은혜는 잊지 않을게요."

국화와 인철은 손을 흔드는 할머니를 향해 진심으로 인사를 하고 집으로 왔다.

집에 돌아오자마자 두 사람은 미국에서 온 회장님에게 야단을 맞았다. 며칠 동안 연락이 안 돼 급하게 미국에서 온 회장님은 인철이 국화와 함께 들어오자 화를 내며 어떻게 된 일인지 물었다. 그러면서도 국화를 향해 사나운 표정을 짓는 것을 숨기지 않아 국화는 어찌할 바를 몰랐다.

"아버지 국화 잘못 없어요. 어머니가 보고 싶어서 산소에 갔다가 마음이 울적해 드라이브 갔는데 갑자기 눈이 많이 와서 눈사태를 만나 몸을 다쳐 추스르고 오느라 며칠 걸린 겁니다. 그래도 아들 걱정은 하시네요."

"무슨 말을 그렇게 해. 그나저나 몸을 다쳤다니 지금은 괜찮은 거냐?"

회장이 화를 내며 말하자 인철이 사납게 나올까봐 국화가 나서서 대신 대답한다.

"도련님 몸은 다 나으셨어요. 죄송합니다. 도련님을 잘 보살펴 드리지 못해서요."

회장은 며칠 동안이나 인철이 국화와 함께 있었다는 것이 못마

땅했다. 국화가 인철이의 편을 들자 둘의 관계를 의심하고는 국화를 계속 옆에 두어서는 안 되겠다는 생각을 한다.

"국화라 했던가? 이곳에 온지도 꽤 오래 되었지. 인철 애미 죽은지도 여러 해가 지났으니 이제는 자기가 하고 싶은 일도 해야지."

그날 저녁에 부자가 식탁에 모여 식사를 하면서 회장은 국화를 찾았다.

"국화는 어디 있기에 아줌마 혼자 일하지?"

"국화는 아마 방에 있을 겁니다. 제가 불러올게요."

"너는 그냥 앉아 있어. 아줌마가 가서 불러오세요."

국화가 오자 회장은 단호한 목소리로 말을 하였다.

"인철이만 있는데 사람이 둘씩이나 필요한 것은 아니니 앞으로 아주머니가 맡아서 집안일을 해주세요. 집이 넓어서 일이 많더라도 월급은 생각해서 드릴테니 잘 부탁해요."

회장은 결국 국화에게 나가라고 하는 말이었다. 인철과 국화가 가까워지면 골치 아픈 일이 생기니 이쯤에서 떼어 놓으려는 회장의 생각을 인철도 국화도 모를 리가 없었다.

"안 돼요. 아버지 그동안 국화가 어머니를 온갖 정성으로 간호했는데 이제 필요 없다고 나가라니 말이 됩니까? 내가 천지 분간 못하고 반항하고 다닐 때 마음 잡아준 사람이 국화예요."

인철은 자기가 말해 놓고도 부끄러운 듯 얼굴을 붉혔지만 내친 김에 그 동안 하고 싶었던 이야기를 쏟아놓았다.

"아버지. 어머니가 병에 걸려 고생할 때 모두가 곁에 가는 것을 싫어했어요. 저도 그렇고 아버지도 그렇고요. 심지어 일하는 아주머니도 단 한 번 가져다주는 식사도 꺼려하셨어요. 그때 국화만 하루 종일 어머니 곁에서 간호하며 기침으로 피를 흘리는 어머니 입을 닦아 주었는데 이제 와서 국화에게 어떻게 나가라고 할 수 있어요?"

"모두 지난 이야기다. 이제는 국화도 제 갈 길을 가야지 일자리를 알아보든지. 하고 싶은 일이 있으면 하도록 해. 내가 도와 줄 테니까. 그리고 그 동안 고생한 거는 내가 섭섭지 않게 보답해줄게. 통장으로 입금 시켜 놓을 테니 그것으로 살아가는데 어려움이 없을 거야."

국화는 자기로 인해 부자가 싸우는 것도 싫고 자기 문제가 이렇게 거론 되는 것이 싫어서 잘 알겠다고 대답하고는 얼른 방으로 돌아왔다.

국화가 들어가자 인철은 아버지에게 꼭 이렇게 까지 해야겠냐고 따졌지만 회장은 더 이상 말할 필요조차 없다는 듯 대꾸도 없이 딴 이야기를 했다.

"인철이는 조만간 미국에 한번 와라. 나랑 합작하는 사람 외동딸이 아주 착해 보이고 능력도 있던데 같이 한 번 만나자."

회장은 국화에게 들으라는 듯 크게 말하고는 인철의 대답도 듣지 않고 방으로 들어가 버렸다.

국화는 다시 한 번 자신이 이 집에서는 단지 식모일 뿐이라는 사실에 마음이 아팠다. 자신이 단지 식모가 아닌 것을 보여주기 위해 그토록 열심히 공부해서 고등학교 졸업장까지 땄지만 다른 사람 눈에는 그저 식모일 뿐이었다.

'그래. 나가서 돈 벌어 성공해야지. 떳떳하게 살려면 나가야지.'

국화는 단단히 결심을 했지만 사실 인철의 곁을 떠난다는 것이 두려웠다. 이 집을 떠나는 것은 아무 상관이 없지만 어릴 때 아무것도 모르고 따라다녔던 애란 언니를 제외하고 철이 들면서 내내 의지해 오던 인철과의 헤어짐은 국화에게 견디기 어려운 문제였다. 국화는 언젠가부터 자기가 인철을 사랑하고 있다는 것을 알았지만 감히 그런 내색을 할 수가 없었다. 이루어질 수 없는 사랑은 슬펐지만 그저 같이 있는 것만으로도 만족할 수 있었는데 이제는 그마저도 놓아야 할 때가 된 것이다.

회장은 미국으로 떠나면서 가정부 아주머니에게 집에 들어와 살라고 했지만 아주머니는 차마 양심상 이 집에 들어올 수는 없다며 그만 두겠다고 하였다. 인철의 말을 듣고 보니 인철의 어머니가 아플 때 자기가 했던 일들이 있는데 국화를 밀어내고 들어올 수는 없다고 말하는데 회장도 더 이상 부탁할 수가 없었다. 회장이 일 할 사람 구할 때 까지만이라도 있어달라고 했지만 가정부는 인철이 그런 생각을 가지고 있는데 어찌 있을 수 있겠느냐며 바로 그만 두겠다고 하여 회장은 어쩔 수없이 국화를 억지로 내보내지 못하고 미국으로 떠났다.

인철은 아주머니에게 고맙다고 했지만 국화는 아주머니에게 자신이 떠날테니 남아 있어 달라고 부탁하고는 마음을 추스를 수가 없어 방에 들어와 돌아가신 인철 어머니의 영정 사진을 어루만지며 하염없이 눈물을 흘렸다.

"사모님 국화는 인철 도련님과 맺어지면 안 되나요? 국화는 사랑하는 사람 만나면 안 되나요?"

가슴 속 깊은 곳에서 운명처럼 드리워진 자기의 신세에 대한 울분이 터져 올라 견딜 수가 없었다. 한참을 울고 있으니 새벽까지 잠을 못자고 훌쩍 거리는 국화의 울음소리를 들었는지 인철이 문을 두드린다.

"국화야 자니? 문 좀 열어봐."

하지만 국화는 너무나도 비참한 마음에 아무도 만나기 싫어 대꾸도 없이 누웠다. 인철도 국화의 마음을 아는지 더 이상 재촉하지 않았다.

새벽에 떠나겠다는 결심을 하고 누웠으나 깨보니 이미 아침이었다. 인철은 정원에 우두커니 앉아있고 주방에 아주머니가 보이지 않는다. 썰렁하다.

국화는 아주머니가 안 오는 것이라 생각하고 서둘러 아침을 준비하여 인철과 함께 식탁에 앉았으나 밥을 먹으면서도, 차를 마시면서도 서로가 아무 말을 하지 못했다.

전화벨이 울린다. 국화가 받으니 회장님이다. 곧 일 할 사람이 갈 거라고 하며 인철을 바꾸라고 하신다.

"뭐라고요. 오늘 저녁 비행기로 미국에 오라고요? 그런 법이 어디 있어요. 나에게 한마디 상의도 없이."

인철은 사납게 전화를 끊는다.

"정말 너무하네. 엄마한테도 자기 맘대로, 자기 뜻대로만 하시더니. 나에게도 여전하네. 국화야 미국에 갔다가 빨리 올 테니까. 딴 생각하지 말고 여기에서 기다리고 있어."

"아무 걱정 마시고 다녀오세요. 언니에게도 많이 보고 싶다고 전해주시구요."

인철은 미국으로 떠나고 혼자 남은 국화는 인애와 자주 다니던 백화점으로 쇼핑을 갔다. 인애가 미국에 데려가겠다고 하고는 가자마자 기억을 잃어 인애에게 갈 수 없게 되자 더욱 더 보고 싶은 마음에 인애가 떠난 후 한 번도 가지 않았던 백화점에 가서 인애와의 행복했던 순간들을 떠올리면서 여기저기를 돌아다녔다. 그때 어딘가 낯이 익은 사람이 인애의 눈에 띄었다. 분명히 어디서 본 사람인데 기억이 나지 않는다.

'누굴까? 아 맞다. 바로 인애 언니의 약혼자였던 남자다.'

그 남자에게 좋지 않은 감정을 갖고 있던 국화는 배가 불룩 나온 여자와 같이 쇼핑하고 있는 남자에게 일부러 아는 체를 했다.

"안녕하세요. 저 아시죠. 인애 언니와 함께 있었는데."

"글쎄요. 제가 기억에 없네요. 죄송합니다."

그 남자는 시치미를 떼고 모른 척 지나가 버렸다. 역시 얄미운 사람이다. 인애 언니를 찾아와서 그렇게 애원을 하더니 어느새 결혼하여 딴 여자와 살고 있는 남자로 인해 국화는 기분을 망쳐버렸다. 그런데 잠시 후에 그 남자는 다시 국화에게 다가와서는 이해해 달라고 하며 인애의 소식을 물었다. 어떻게 알았는지 인애가 사고를 당해 미국에 간 것 까지는 알고 있다며 미국에서 어떻게 지내냐고 한다. 국화가 인애 언니가 많이 아파서 병원에 있는 것 같다고 말하자 그 남자는 복잡한 얼굴 표정을 하고는 바쁜 걸음으로 다시 가 버렸다.

　인철의 남방과 자기 속옷을 산 국화는 식당가로 가서 비빔밥을 먹으면서 외로움을 달랬지만 그럴수록 더 보고 싶어지는 인애와 인철이다.

　큰 집에서 혼자 지내고 있는데 미국에 가 있는 인철에게 전화가 왔다.

　"국화야 나야. 내일 한국에 들어 갈 거니까. 기다려. 그리고 누나 바꿔줄게 한 번 이야기 해봐. 혹시 니 목소리는 알아볼지 모르니까."

　"여보세요. 인애 언니 나 국화예요. 나 미국에 데리고 간다고 해놓고 왜 안 데려가요."

　"국화. 국화."

　인애는 국화 이름만 계속 부를 뿐 아무소리가 없다. 인철이 다시 전화를 받아 속상해 하는 국화를 달랬다.

　"국화야. 누나가 나도 못 알아봐. 내일 아침 비행기니까. 시간 맞춰 마중 나와."

국화는 통화를 마치지 마자 밤이 늦었는데도 불구하고 시장에 가서 인철에게 해줄 반찬을 장만하기 위해 이것저것을 샀다. 인철이 특별히 좋아하는 무말랭이를 해주려고 재료를 사가지고 집으로 돌아오는데 어릴 때 양 엄마와 함께 놀아나던 장씨가 조그만 리어카에 생선을 놓고 팔고 있는 모습이 보였다.

"떨이요. 떨이. 이거 반값 밖에 안 되니까. 떨이해 가세요."

국화는 어색한 마음에 오던 길을 돌아 피해 가면서 이제는 정신을 차렸는지 궁금해진다. 가정도 있는 남자였는데 지금은 잘 살고 있는지 아니면 아직도 양 엄마와 함께 도박이나 하면서 살고 있는지 궁금했지만 그냥 피해버렸다.

양 엄마는 어떻게 살고 있는가? 빚 청산 하겠다고 자기를 팔아 먹은 나쁜 사람들이 아닌가?

더구나 저 장씨 때문에 양 엄마에게 더 구박 당하고 천덕꾸러기 취급당한 것을 생각하면 도저히 다시는 만나고 싶지 않은 사람들이다. 상처가 너무 깊어 지우려야 지울 수가 없다.

국화는 인철이 오는 시간이 가까워지자 마음을 진정시키기가 어렵다. 샤워를 하고 곱게 화장을 하고, 가장 예쁜 옷을 찾아 이것저것 입어보다가 문득 자기가 지금 뭘 하나 하는 생각이 들었다.

이제는 잊어야 할 사람이다. 더 이상 예쁘게 보이려고 애쓸 필요가 없는데 이게 무슨 짓인가? 국화는 정성스럽게 했던 화장도 지우고 옷도 대충 입고 집을 나섰다. 가정부에게 이 정도면 된 것이 아닌가? 공항에 도착하여 인철을 기다리는데 반가우면서도 서먹서먹한 것이 복잡한 마음이다.

인철은 어떤 멋지게 생긴 아가씨와 함께 공항 문을 밀고 나왔다.

국화는 인철의 전화에서 들은 바가 없어 당황해 하며 인철에게 물었다.

"잘 다녀오셨어요. 손님하고 같이 오셨나 봐요."

"응. 신경 쓰지 마. 아버지가 일전에 말씀하시던 아가씨야."

"안녕하세요. 반가워요. 나는 지나예요. 국화씨 이름 많이 들었어요. 잘 부탁해요."

국화는 무엇을 잘 부탁한다는지 모르겠지만 손님에게 무례하게 물어볼 수도 없어서 어색하게 인사를 받고 찬찬히 뜯어보니 꽤 미인이다.

미국에 있는 회장은 지나를 인철의 색시감으로 생각하여 인철과 함께 시간을 보내도록 수시로 지나 아가씨를 데리고 한국에 왔다. 국화는 이제는 인철에 대한 마음을 접고 떠나기로 하였다. 하지만 미국에서 온 한통의 전화가 국화의 마음을 붙잡았다. 인애가 병이 악화되어 한국으로 다시 돌아온다는 연락이 온 것이다. 인철과 함께 김포공항에 나간 국화는 지나가 미는 휠체어에 탄 채 공항 문을 나서는 인애를 반갑게 맞았지만 인애는 국화도, 인철도 아무도 알아보지 못했다.

"언니, 언니 저 국화예요. 저 몰라보시겠어요?"

국화가 안타까움에 눈물을 흘리며 아무리 불러보아도 인애 언니는 말도 못하고 알아듣지도 못한 채 먼 하늘만 바라보고 있었다.

집으로 돌아와서도 핏기가 하나도 없고 바싹 말라 건드리면 부서질 것만 같은 몸으로 멍하게 허공을 바라보다가 파리라도 잡으려는 것인지 두 손을 들어 허공에 손뼉을 치는 인애의 모습을 바라보는 국화와 인철의 마음은 새까맣게 타들어갔다.

지나는 인애를 돌볼 겸 한국에 있는 회장님의 재산도 돌보는 비서로 아예 한국으로 들어왔다. 지나는 인철을 대하는 태도가 남달랐다. 국화는 여자의 직감으로 지나가 인철을 좋아한다는 것을 알았다. 자기도 인철을 좋아하지만 감히 비교도 할 수 없는 여자가 인철 옆에 있으니 마음이 괴롭고 심란해서 아무리 인애 언니가 있어도 더 이상 이 집에 있고 싶은 마음이 없어졌다.

인애 언니 샤워를 매일 매일 시키는 일도 큰일이었다. 인애는 강도에게 당한 이후에 옷 벗는 것을 죽기보다 싫어해서 샤워를 시키려면 한 바탕 소동을 일으켜야만 했다. 그래도 국화 말은 비교적 잘 들어서 국화가 함께 옷을 벗고 샤워를 하면 겁을 내면서도 비명을 지르지 않고 국화 손을 꼭 잡고 샤워를 하였다.

미국에서 온 아가씨는 고맙다는 소리를 하지 않고 회장님이 한국에 가면 국화라는 가정부가 다 알아서 해줄 것이라고 했다면서 당연한 듯이 국화를 가정부 취급을 했다. 그 동안 인철과 함께 지내면서 가정부가 아닌 남매처럼 지냈기 때문에 집을 떠날 마음이 없었지만 미국에서 민지나라는 아가씨가 온 다음부터 가정부 취급을 받으니 자존심이 상해 집을 떠날 결심을 굳혔다.

"도련님, 그동안 고마웠습니다. 고등학교까지 졸업할 수 있게 해 주셨으니 이제는 저도 독립을 해서 살 길을 찾아야 겠어요. 도련님과 인애 언니의 은혜는 잊지 않을 거예요."

"갑자기 왜 그러는 거야. 왜 마음이 변했는지 이유나 알자고."

"아무 뜻 없어요. 그냥 이제는 식모살이는 면하고 싶을 뿐 이예요."

'그리고 도련님 앞에 식모가 아닌 여자로 있고 싶어요.'

이 말은 마음속으로만 했다.

"누가 국화를 식모라고 해. 난 그 동안 국화를 식모라고 생각한 적이 없어."

"그건 고맙지만 그건 도련님의 마음이지요."

인철이 성질을 내며 얼굴이 붉어지며 밖으로 나가자 국화는 불안한 마음에 뒤를 따라가서 인철과 정원에 앉아서 이야기를 나누었다.

"도련님. 화 내지마시고 국화 이야기를 잘 좀 들어주세요. 저도 이제는 제 인생을 살아야 하지 않겠어요. 7살 이후로 남의 손에 이끌려 이리저리 다니면서 제 의지로 살지 못하고 항상 누군가에게 속해서 살아왔어요. 도련님의 도움으로 고등학교도 나왔으니 이제는 독립을 해서 제가 하고 싶은 일을 하면서 살게 해 주세요. 여기에 있으면 저는 계속 식모 밖에 될 수가 없어요."

인철은 국화가 많이 똑똑해 졌다고 생각해 흐뭇한 마음이 들었지만 헤어지고 싶지 않아 화를 내는 척하며 국화를 설득했다.

"내가 국화를 식모라고 생각했으면 지금까지 너를 보호하며 살았겠어? 똑똑한 국화가 왜 그걸 모르는 거야?"

"알아요. 도련님. 하지만 이제는 이 집이 아닌 다른 곳에서 도련님을 만나고 싶어요. 제가 어찌 도련님을 잊겠어요. 하지만 이 집에서 살면서는 싫어요. 이 집을 벗어나 도련님을 만나고 싶어요."

"그래. 국화 뜻이 그렇다면 여기에서 가까운 곳에 방을 얻어줄게. 거기서 살면서 자주 놀러와 인애 누나가 너를 자꾸 찾는데 국화가 없으면 나 혼자 힘들어."

"저에게도 돈이 좀 있으니까 제가 집을 얻을게요. 고마워요. 도련님."

인철의 허락을 받고 방에 들어온 국화는 이 집을 떠나 어디로 갈지 생각을 해 보았다. 집도 없이 비참하게 된 양 엄마를 찾아서 같이 살 생각을 해보았지만 거머리 같은 장씨를 떠올리니 몸서리 쳐지도록 싫은 마음에 그냥 혼자 살기로 결심하고 무슨 일을 하며 살아가야 할지 생각하느라 온 밤을 하얗게 새웠다.

떠나기 전에 인애를 만나기 위해 방으로 가보니 인철과 지나가 침대에 같이 앉아서 무언가 심각하게 이야기를 하고 있고 인애는 쇼파에 앉아서 눈물을 흘리며 무슨 말인가를 중얼대고 있었다.

"언니 왜 그래요. 어디 아프세요?"

"엄마가. 엄마가 나 오래. 구름 타고 오래. 나 구름 타고 엄마에게 갈 거 야."

"국화야. 그동안 한마디도 안하던 누나가 무슨 말을 하는 거야?"

"글쎄요. 정말 이상하네요. 엄마가 구름 타고 오라고 했다는데요?"

"국화야 오늘 집을 나가는 것은 다음으로 미루자. 누나가 갑자기 저러 니까 내가 마음이 불안해서 안 되겠다."

"아무튼 언니를 잘 지켜봐야겠어요."

"국화야. 그러지 말고 오늘 누나를 데리고 산보나 가자. 바람도 시원한데."

"도련님. 지나 아가씨와 다녀오세요. 전 오늘 할 일이 많아요. 일도 안하 고 싸돌아다닌다고 회장님이 월급도 안주면 어떻게 해요."

"얘가. 이젠 하다 하다가 별 소리를 다하네. 누나와 함께 가는 것도 일 이니. 같이 가자."

국화는 지나가 인철과 함께 딱 붙어 있는 것도 보기 싫고 은근 히 자기가 하는 일을 회장님에게 보고 하는 것 같아 신경이 쓰이 고 맘에 들지 않아 오늘은 꼭 떠나야겠다고 결심하고 인철을 설득 했다.

"도련님. 제가 떠나기 전에 준비 할 것도 많고 인애 언니 먹게 맛있는 거 만들어야 하니 오늘만 부탁드려요."

"알았어. 고집쟁이 아가씨야."

모두가 나간 뒤에 국화는 음식 몇 가지를 만들어 식탁에 차려 놓고 아주머니 방으로 들어가 마지막 인사를 드렸다.

"아주머니 안녕히 계세요. 정말 오래 머물다가 갑니다. 당신의 딸 인애 언니 병 나을 수 있게 보살펴 주시고요. 인철 도련님 앞 날도 잘 보살펴 주세요."

국화는 짐을 가지고 나와 뒤를 돌아보고 또 돌아보며 집을 떠났지만 막상 갈 곳이 없었다. 그저 버스를 타고 종점까지 가서 내렸다.

국화는 애초에 혼자였다. 이제 다시 혼자가 되었지만  그때와는 달리 인철의 도움으로 공부도 하고 마음도 많이 커져서 혼자서 살 수 있을 것이라고 생각했다. 종점에 있는 복덕방에서 다행히 바로 들어갈 수 있는 작은 방을 구해서 들어갈 수 있었다.

외출했다 돌아온 인철은 국화가 써 놓은 편지를 보고 국화가 떠난 것을 알았다.


"도련님. 도련님이 이 편지를 읽으실 때는 국화는 목적지는 없지만 도련님 곁을 멀리 떠납니다. 그동안 국화를 위해 애써주신 것 정말 감사합니다. 잘 만나던 여자들도 안 만나고 마음을 잡고 잘 살아주신 것 감사해요. 도련님과 함께 한 날들은 어디서든 평생 동안 잊지 못할 것입니다. 국화 욕심은 도련님을 사랑하고 싶지만 그건 국화의 욕심뿐이라는 것을 잘 알고 있습니다. 도련님과 헤어져서 혼자 산다고 생각하니 국화가 너무 슬프지만 그래도 도련님과 함께 있었던 행복했던 날들을 생각하면 후회하지 않습니다. 도련님 회장님께서 짝 지어주신 지나 아가씨와 행복하게 사시고 회장님께도 효도하세요. 아픈 인애 언니를 두고 가는 것이 마음 아프지만 지금 떠나야 될 것 같아 떠납니다. 안녕히 계세요."

인철은 더 이상 국화를 붙잡을 수 없다는 것을 알았다. 자기를 피해 도망간 국화를 무슨 수로 찾을 것인가? 비록 국화와 살을 맞대고 사랑을 하지 않았지만 남매처럼 때론 연인처럼 살아온 날들이 꿈만 같았다. 언제까지라도 그렇게 살 수는 없었을 터인데 역시 자기는 세상을 어리석게 살아가는 놈이라는 생각이 들었다. 갑자기 힘이 빠진다. 국화를 억지로 찾는 일도 그렇고 아버지와 싸우는 일도 그렇고 아무런 의미가 없어졌다.

인애는 국화가 그렇게 집을 떠난 지 일주일 만에 세상을 떠났다. 그렇게도 엄마를 찾더니 엄마 곁으로 가버렸다. 국화는 그 사실도 모른 채 며칠 동안 변두리 종점에 얻어 놓은 작은 방에 딸린 조그만 창에서 바깥을 내다보며 하염없이 서 있다가 일거리를 찾아 거리를 배회했다.

국화는 자신의 생각처럼 취직을 한다는 것이 만만치 않아 여기저기 돌아다니다가 저녁에 지친 몸을 이끌고 종점에 내리니 마치 세상의 끝에 와 있는 기분이었다.

다음날 아침에 국화는 창문을 통해 출근을 하기 위해 버스 종점에서 차를 타려고 뛰어다니는 사람들을 보며 갑자기 종점이 세상의 끝이 아니라 세상의 시작이 될 수도 있다는 생각이 들었다.

자기도 이제 시작이라는 생각을 하니 가슴이 뛰었다.

'그래 번듯한 직장을 잡아 인철에게 잘 보이려는 생각을 접고 아무데나 들어가서 살아보자.' 약한 모습으로는 살 수 없다는 것을 깨닫고 다시 거리로 나갔다. 그때 다방 유리에 붙어 있는 '종업원 구함'이라고 쓴 별로 크지도 않은 쪽지가 보였다. 국화는 망설이다가 용기를 내어 들어갔다.

"이곳에서 종업원을 구한다고 해서요."

"구하긴 구하는데 곱게 자란 것 같은데 아가씨가 할 수 있을까?"

"시켜만 주세요. 무슨 일이든 잘하거든요."

"이런 일은 해 봤어?"

"아니요 이런 데는 처음이고 남의 집 식모살이 했어요."

"그러면 왜 나왔는데? 주인아저씨가 예쁘다고 괴롭히기라도 했나? 이런 곳에 있으면 별별 일이 다 있어 식모살이 보다 더 힘들 수도 있는데 그래도 해보겠다면 해봐. 그런 것 모두 참고 일해야 될 거야. 아주 좋은 사람도 있지만 나쁜 사람도 있어. 이런 생활이 처음인 것 같은데 우선은 주방에 가서 설거지나 해봐. 이름이 뭐지?"

"국화. 국화예요."

주인 마담이 아가씨들을 불러 국화를 소개 하였다. 아가씨들은 국화를 보고 한마디씩 한다.

"아휴 비린내. 젖 비린네 난다."

"니가 이곳에서 일 하려구? 아서라."

"그런 쓸데없는 말 하지 말고 이름은 국화. 앞으로 잘 봐줘 제일 어린 것 같으니."

"아니 아직 애 같은데 이런데서 뭘 한다고. 걱정스럽네."

국화는 아가씨들이 빈정대는 소리를 들은 척도 안하고 주방으로 가서 설거지부터 시작한다. 국화가 이 별다방에 온지도 벌써 6개월이 지났다. 그동안 주방에서 설거지도 하고 배달 나가는 아가씨들에게 커피를 타서 보온병에 넣어주기도 하며 아주 가끔씩 홀 심부름도 하며 지냈다.

별다방 단골 중에 양 사장이라는 남자가 모처럼 홀에 나왔다가 심부름 하고 주방에 들어가는 국화를 보고 마담에게 부탁하여 옆자리에 앉혔다.

국화가 인사만 하고 얼른 주방으로 들어가 버리자. 마담이 대신 앉아 양 사장을 상대하였다.

"아직 어린 아가씨 같은데 왜 홀에 두지 않고 주방에만 두는 거지?"

"아직 때 묻지 않은 아가씨라 아끼는 거죠."

"때가 하나도 묻지 않았다! 음~ 어디 내가 한 번 때 묻게 해볼까?"

"양 사장님? 우리 국화가 마음에 드세요?"

"때 묻지 않는 아이라며 난 지저분한 것은 정말 싫거든 내가 살아오면서 무엇이든 새것을 써 물건도, 사람도."

"알았어요. 그럼 얼마나 주실 건데? 저 나이에 저 정도 미모면 아까운 게 있겠어요?"

양 사장은 마담에게 그건 걱정하지 말라고 큰소리치고 그쪽으로 보내라고 하며 국화를 다시 한 번 느끼하게 쳐다보고 나간다.

마담은 친절하게 양 사장에게 인사를 하고 다방 아가씨들은 뒤에서 욕을 퍼부어댄다.

"나쁜 구두쇠 쫀쫀이 영감 같으니 뭐 지저분한 것은 싫다고 에라 이 나쁜 놈아 니가 더 지저분하다."

"야, 그것뿐이냐. 마담은 어떻구. 돈이라면 환장 하는 마담 아니니. 국화란 저 기집애는 얼마를 받을 런지."

국화는 주방에서 다방 아가씨들이 하는 이야기를 들었지만 무슨 이야기를 하는 건지 실감이 나지 않는다.

저녁 7시쯤이 되자 마담은 국화에게 화장을 하고 배달을 가라고 한다.

"저 아래 보이는 여관 있지? 2층 첫 번째 방에 커피 좀 배달해라."

국화는 아가씨들에게 들은 이야기가 있어 슬쩍 뺀다.

"다른 언니들 보내면 안 되나요? 머리가 너무 아파서요."

"배달만 하고 오면 될 텐데 뭘 그렇게 엄살이야. 빨리 갔다 주고 와."

국화는 어쩔 수 없이 여관으로 배달 간다. 언니들의 이야기를 대충 들은 국화가 불안한 마음으로 여관방을 노크하니 양 사장이 음흉한 웃음으로 반긴다.

국화가 커피를 따라주려고 잔을 꺼내자 양 사장은 뭐가 그렇게 바쁘냐고 천천히 하라며 국화 옆으로 바짝 다가앉는다.

"가까이서 보니 훨씬 예쁘군. 화장을 해서 그런가. 어려보이지도 않고 대단하네."

"마담 언니가 처음으로 배달 가는 거니 화장하라고 해서 조금 발랐는데 얼굴이 간지럽고 어색하네요."

국화가 조그마한 입으로 말하는 소리를 듣고 양 사장은 더욱 몸이 달아서 어쩔 줄 모른다.

"양 사장님 커피 따라 놓았으니 식기 전에 어서 드세요."

양 사장은 커피를 먹을 생각도 없이 국화를 집적대기 시작했다. 처음에 손이 예쁘다고 잡았을 때는 그러려니 하고 참았는데 점점 어깨와 허리로 손이 오더니 급기야 가슴을 더듬는 손길에 놀란 국화가 몸을 웅크리며 소리를 지른다.

"왜 이러세요. 사장님. 나이도 지긋이 잡수신 분이 사장님은 딸도 없으세요?"

"난 아직 장가도 못간 노총각이야. 딸이 있다니."

"사장님은 돈도 많고 여기에 건물도 몇 개 가지고 계시다면서요?"

"돈? 많지 그거 땜에 장가도 못가고 벌었는데. 돈 많으면 무엇 하나. 함께 즐길 짝도 없고 자식도 없는데. 지금까지 마음에 드는 사람이 없었는데 아가씨는 마음에 드네. 진짜로 몇 살이야?"

"21살입니다"

"정말 꽃다운 나이군"

양 사장은 침을 흘리며 국화의 가슴을 더듬거리려고 하다가 국화가 몸을 웅크리고 있어 뜻대로 안되자 국화를 껴안는다.

국화는 양 사장에게서 몸을 빼내어 요리 저리로 피해 다니며 양 사장 마음을 애태운다.

하지만 좁은 방에서 언제 까지 피할 수는 없어 국화는 양 사장의 억센 팔에 붙들리고 양 사장은 국화 두손을 꼼짝 못하게 껴안고는 국화 입에 입을 맞춘다. 국화가 어찌할 줄 모르고 자기 입술을 훔치는 양 사장의 입술을 꽉 물어버리자 양 사장은 비명을 지르며 떨어진다.

"야, 이년이 보자보자 하니 날 가지고 놀아 내가 누군지 알아, 어리다고 좀 예뻐해 줄려고 했더니 날 이렇게 만들어"

양 사장은 화가 나서 국화의 옷을 강제로 벗기다가 입술에서 피가 뚝뚝 흘러내리자 기분 잡쳤다며 여관방을 나간다.

국화는 옷을 다시 챙겨 입고 늦은 밤거리를 터벅터벅 걸어 다방으로 돌아왔다. 국화가 다방 문을 열고 들어오자 벌써 양 사장이 왔다 갔는지 마담이 씩씩거리며 국화를 기다리고 있다.

"야, 이년아. 당장 나가. 장사가 안 되어 속상해 죽겠는데 별 그지 같은 기집애가 장사를 망치네. 빨리 짐 챙겨서 내 앞에서 없어져. 빨리."

아가씨들이 국화를 보며 놀랍다는 듯이 수근 댄다.

"야, 저 기집애는 변태 양 사장에게 안 당했나봐. 저 옷 좀 봐 얼마나 난리를 쳤으면 옷이 다 찢기고, 야 난리도 아니다."

"보통 기집애는 아니야, 자기 몸 지키려고 저렇게 발버둥을 쳤으니"

국화는 서슬 퍼런 마담의 등쌀에 그 동안 일한 월급은 하나도 받지 못한 채 맨 몸으로 쫓겨 나왔다. 정말 악질 같은 마담. 세상에는 왜 이렇게 나쁜 사람들이 많을까? 국화는 새삼스럽게 인철이 보고 싶어진다. 인철과 함께 살 수는 없지만 결코 인철에게 부끄럽지는 않게 살아야겠다는 생각이 들어 다시는 아무데나 들어가지는 않아야겠다고 생각하는 국화다.

인철의 집에는 국화가 나간 후에 가정부도 새로 오고 정원사까지 들어왔다. 인철이 회장의 말에 거역하지 못하고 지나와 결혼하여 그 집에서 결혼 생활을 시작했기 때문이다.

다방에 들어가기 전에 얻어놓은 작은 방으로 돌아온 국화는 인철이 결혼 했다는 소식을 듣고 이제 인철에 대한 마음을 접고 새 출발을 위해 조그마한 속옷 가게라도 해야겠다는 생각을 했다. 은행으로 가서 은행직원에게 통장을 건네주며 그 동안 돈이 생길 때 마다 모아놓은 돈이 얼마나 되는지 궁금해졌다.

그런데 은행 여직원에게서 건네받은 통장에는 억대의 어마어마한 금액이 찍혀 있었다.

국화는 떨리는 가슴으로 은행 직원에게 이 돈이 어떻게 자기 통장에 들어있는지 확인해 달라고 하였다.

"통장을 확인해 보니 여러 군데서 입금 되었네요. 오인철 고객님이 입금하셨고, 오인애 고객님, 오민영 고객님이 입금하셨네요."

오민영은 회장님 이름인데 왜 그렇게 큰돈을 입금했을까? 또 인철 도련님은 왜 나에게 돈을 준 것일까? 국화는 너무나 놀라서 정신을 차릴 수가 없었다.

국화가 아무리 돈에 욕심이 많아도 분명히 회장님은 인철을 만나지 말라고 준 돈이 분명하고 인철 도련님의 돈도 받을 생각이 없었다.

국화는 큰 맘 먹고 인철의 집에 전화를 했다. 가정부가 받아 지금 인철은 사모님이 산통이 와서 병원에 갔다고 한다. 국화가 어느 병원인지 물으니 가정부는 친척인줄 알았는지 병원 이름을 가르쳐 준다. 국화는 먼발치에서라도 인철을 보고 싶은 마음에 병원으로 가서 인철이 있을 만한 산부인과로 찾아갔다.

과연 거기에 인철이 있었다. 가까이 가지도 못하고 숨어서 인철을 보니 눈물이 났다. 국화의 첫 사랑 인철. 하지만 이제 다른 여자의 남편이 되어 잊어야할 사람이다.

그런데 병원 분위기가 이상했다. 의사와 간호사들이 우르르 병실로 몰려가고 인철은 사색이 되어 안절부절 못하고 있다. 인철과 함께 있는 사람들도 많아 돈을 돌려주는 것을 포기하고 집으로 돌아가다가 문득 외딴 산속 할머니가 생각나 버스를 탔다.

인철과 함께 불의의 사고로 신세를 지고 간다고 해놓고 그 동안 한 번도 가지 못한 죄송한 마음에 이것저것 할머니가 좋아하실 만한 것을 사서 기억을 더듬어 할머니 집을 찾아간다.

아무도 지나가지 않는 산길 사이로 어지럽게 피어있는 야생화를 피해 잡초들을 밟으며 할머니 집에 도착하여 할머니를 부른다.

얼마동안 할머니를 불러도 아무런 대답이 없자 혹시 그 동안에 돌아가신 것이 아닌가? 하는 불안한 생각에 벌컥 문을 열어보니 조그마한 쟁반에 밥 그릇이 올려 있는 것이 사람이 살고 있는 듯하다.

집 밖을 서성이며 이리저리 기웃거리는 국화의 귀에 인기척이 느껴져 뒤를 돌아보니 할머니가 지팡이를 짚고 산에서 걸어 내려 오신다.

국화는 반가운 마음에 얼른 뛰어가 할머니 손을 잡으며 "할머니 살아계셨군요. 그 동안 찾아뵙지 못해서 미안해요. 정말 다행이네요." 하고 말하고는 기쁨에 할머니를 꽉 껴안았다.

그런데 할머니는 국화를 못 알아보았다. 그저 "뉘쇼? 뉘쇼?" 할 뿐이었다. 할머니가 국화를 알아보지 못하니 국화 마음이 아프다. 할머니 손을 보니 인철이 주고 간 가지 않는 먹통 시계가 채워져 있고 목에는 국화가 준 목걸이가 걸려있다.

그런데도 할머니는 정신이 오락가락 하는지 국화를 몰라보았다. 국화가 아무리 할머니 덕분이 목숨을 구한 사람이 자기라고 하여도 할머니는 눈만 멀뚱멀뚱 하고는 딴 소리를 하신다.

"이거 봐. 이거 산에서 꺾어 왔는데 예쁘지. 너 닮았다."

국화는 할머니의 정신이 올바르지 못한 것을 알고 할머니와 함께 있기로 했다. 어차피 지금 당장 돈을 돌려줄 수도 없고 나머지 돈으로도 충분히 살 수 있기에 할머니와 살려는 마음을 먹은 것이다.

국화가 부엌에 들어가 밥을 하려고 쌀을 아무리 찾아도 찾을 수가 없다. 쌀도 없고 먹을 만한 것이 아무것도 없다. 도대체 할머니는 무얼 먹고 사는지 모르겠다. 할머니에게 쌀이 어디 있느냐고 물으니 할머니는 지팡이를 집고 국화에게 따라 오라고 하고는 집 뒤로 돌아가더니 조그만 구덩이를 파보라고 한다. 국화는 고구마나, 감자를 넣어두었는가 하고 파 보니 의외로 보자기에 꽁꽁 싸여진 것인데 음식이 아니다. 국화가 할머니에게 보자기를 주니 할머니가 "너 가져. 우리 새끼야. 우리 새끼 예뻐. 가져." 하며 도로 주는데 국화는 갑자기 이상한 행동을 하는 할머니가 무서워 "할머니 우리 이거 방에 가서 풀어보기로 하고 들어가요." 하며 할머니를 데리고 방으로 들어왔다. 방에 들어서니 보자기에서 퀘퀘한 냄새가 코를 찔러 숨을 쉴 수가 없다. 그래도 어서 펴보라는 할머니의 성화에 보자기를 끌러보니 한 개의 곰 인형과 아기 인형이 나왔다.

"할머니 예쁘네요. 누가 가지고 놀던 거예요?"

"응. 예쁘지 이건 우리 아들 이건 우리 딸."

할머니는 인형을 안고 "아가야. 아가야 하며 눈물을 흘리시더니 다시 주섬주섬 보자기에 싸서 집에 가자며 방을 나간다. 전에 보이지 않는 가족이 있다더니 이 인형을 두고 말하는 것인가? 하는 생각에 오싹해지는 기분을 느끼며 국화도 할머니를 따라갔다.

"할머니 이제 이리 주세요. 제가 집에다가 잘 갖다 놓을게요."

국화는 할머니에게 인형을 싼 보자기를 받아 다시 구덩이에 넣으려고 하니 구덩이밑에는 조그만 나무 박스가 들어있다. 나무박스에는 무엇이 들었나 궁금해서 조심히 열어본 국화는 두 눈이 휘둥그레질 정도로 놀랐다. 놀랍게도 나무박스에는 보석이 가득 들었다. 국화는 얼른 나무박스와 인형을 다시 묻고 할머니를 데리고 집으로 돌아왔다. 도대체 뭐가 어떻게 된 일인지 하나도 알 수가 없지만 할머니에게 아무런 답을 들을 수 없으니 답답해도 참고 우선 할머니 먹을 것을 해결해 드리기 위해 사온 소고기를 구웠다.

"할머니 우선 오늘은 이 고기 밖에 없으니 이거 잡수시고 내일은 저랑 시장에 가서 맛있는 것 사다 해먹어요."

지난번에 왔을 때는 서로 이야기도 잘 했는데 그 동안 무슨 일이 있었는지 할머니와 대화가 되질 않는다. 자꾸 엉뚱한 말을 하는 할머니와 잠을 자려고 누웠지만 냄새가 심해 잠을 자기가 어렵다. 비록 생명의 위협을 느낄 정도로 긴박했지만 인철과 함께 이곳에서 보낸 며칠의 추억을 회상하며 긴 밤을 뜬 눈으로 보낸 국화는 날이 밝자 마자 밖으로 나와 맑은 공기를 가슴 깊이 들이 마신다. 할머니는 언제 일어나셨는지 벌써 구덩이에서 인형을 꺼내어 혼자 말로 뭐라고 중얼거리며 서 있다.

할머니의 모습을 바라보는 국화는 안타까운 마음뿐이다. 국화는 할머니를 모시고 산길을 내려와 차를 타고 시장으로 갔다. 마침 장이 서는 날인지 시장은 분주했다. 할머니는 장터에서 오글오글 모여 있는 강아지를 보더니 덥석 안아버린다. 강아지 장수의 사나운 눈길에 얼른 강아지 한 마리를 더해 두 마리 값을 치룬 국화가 자기도 한 마리를 품에 안고 할머니를 데리고 쌀도 조금 사고 반찬거리도 조금 사다보니 벌써 점심때가 되었다. 국밥집에 들러 국밥을 시켜 먹는데 할머니는 배가 고팠는지 허겁지겁 국물까지 한 방울 안 남기고 다 먹었다. 국화도 어제 낮부터 변변히 먹은 것이 없는 터라 맛있게 국밥을 먹고는 택시를 타고 집으로 돌아왔다. 택시 기사 아저씨가 산속 까지 갈 수 없다고 버텨서 택시비를 몇 배나 주고서야 간신히 집에 도착한 국화가 사온 물건들을 대충 정리하고 졸졸졸 흐르는 냇가로 가서 쌀을 씻고 반찬거리를 다듬어 부엌으로 왔다.

부엌에서 밥을 지으려고 불을 때는 국화를 보고 할머니는 기분이 좋으신지 씩 웃으며 바라보고 있다.

저녁에 국화가 만든 반찬을 이것저것 먹으며 할머니는 계속 "맛있다. 맛있다."는 말을 하며 얼굴에 모처럼 환한 미소를 지었다.

"할머니 맛있지요. 저랑 서울에 가면 제가 매일 맛있는 거 해드릴게요. 저랑 같이 가요."

"싫어. 우리 새끼 두고 가면 안 돼."

할머니는 갑자기 표정이 변하며 완강한 모습으로 돌아왔다.

국화는 며칠 동안 할머니와 지내보니 할머니가 절대 여기를 떠나지 않을 것이라는 것을 알았다. 할머니는 왜 이곳에 집착할까? 저 보석들은 어디서 난 것일까? 아무리 생각해도 무슨 사연이 있는지 알 수 없지만 할머니 건강을 생각하면 할 수 없이 국화도 서울에 다시 가서 이곳에서 한 동안 살 준비를 하고 와야겠다는 생각을 하고 할머니 집을 나섰다.

할머니는 국화가 가버리는 줄 알고 "가지마. 나랑 살자. 예쁜 새끼. 나랑 살자."하며 국화를 붙잡았다.

"할머니. 할머니랑 살려면 제가 서울에 가서 준비를 해 가지고 와야 해요. 며칠만 기다리세요."

할머니는 국화 말을 알아 들었는지 붙잡았던 손을 놓고는 또 인형을 숨겨 놓은 구덩이로 가신다.

국화가 버스를 타려고 큰 길로 내려와서 버스 정류장으로 가는데 자가용이 뒤에서 빵빵 거린다.

"아가씨 이런 외진 곳에서 혼자 간도 크네. 버스정류장까지 태워 줄테니까 타요."

"괜찮아요. 걸어가면 돼요."

"나 나쁜 사람 아니니까. 걱정 말고 타요. 부동산 하는 사람인데 근처에 땅 보러 왔다가 읍내 들어가는 길이니까. 읍내까지만 타고 가요. 거기 가면 서울 가는 차도 많으니."

국화는 망설이다가 승용차를 탄다. 그런데 부동산 한다는 아저씨는 초면에 무슨 궁금한 것이 그렇게 많은지 여기에 왜 왔냐. 어디 사냐. 이것 저거 묻더니 급기야 자기 명함 까지 건네며 자기가 이상한 사람이 아니라고 변명한다.

서울에 도착한 국화는 할머니에게 가기 위해 살던 집을 빼고 짐을 싸서 주인집에 맡겨 놓고 인철을 만나 돈을 주기 위해 인철의 집 근처에 가서 전화를 하였다.

그런데 전화를 받은 아주머니는 작은 사장님을 왜 찾느냐고 대뜸 묻는다. 한 달 쯤 전에도 전화를 하더니 무슨 일로 또 전화를 하느냐고 꼬치꼬치 캐묻는다.

"아주머니 다른 뜻은 없고요. 오인철씨에게 빚 갚을 일이 있어서 그래요. 오인철씨 계시면 바꿔주세요."

"안 계세요. 그리고 지금은 상황이 안 좋으니 나중에 다시 전화하세요."

"아주머니. 오인철씨 집에 무슨 일이라도 있나요.?"

국화가 놀라서 급하게 물었지만 아주머니는 전화를 끊어버렸다.

국화는 다시 전화를 걸어 다시 아주머니에게 부탁을 하자 아주머니는 진짜 빚 갚는것 때문에 그런 거냐고 다짐을 하고는 작은 사장님은 납골당에 있을 것이라고 말해주었다. 국화가 납골당이라는 말을 듣고 놀라서 누가 죽었느냐고 물었지만 아주머니는 더 이상 대답할 수 없다고 하며 전화를 끊겠다고 하였다. 국화는 급하게 자기가 있는 여관 전화번호를 알려주고 언제 들어오시든 꼭 전화해 달라고 부탁 또 부탁을 하였다.

국화는 기어코 인철을 만나 해결하려고 인철의 집 근처에 여관 방을 얻었는데 하루 이틀이 지나도 인철이 연락이 없자 할머니 걱정에 인철에게 돈을 전해주는 것을 포기하고 할머니에게 가야겠다는 생각을 하고 있는데 밤 11시가 넘어 국화의 방을 노크하는 소리에 문을 열어보니 인철이었다.

술을 마신 인철은 방으로 들어오자마자 국화를 꽉 껴안았다.

"너 국화가 맞지. 도대체 어디 숨어 있다가 이제야 나타난 거야. 사람이 이렇게 매정할 수가 있어."

"도련님 죄송해요. 하지만 그때는 그럴 수밖에 없었잖아요. 도련님 주변 사람들이 저를 가정부 취급하고 도련님에게서 떼어 놓으려고 그렇게 하는데 제가 견딜 수가 없었어요. 도련님을 떠날 때 내 마음은 어땠겠어요."

인철은 다시 한 번 국화를 끌어안았다. 인철의 가슴은 따뜻했다.

"그래 미안하다. 그 동안 어디서 어떻게 살았던 거야? 이제는 내 곁을 떠나지마. 내가 국화를 얼마나 아끼는지 잘 알잖아. 이제는 절대 너를 보내지 않을 거야."

"도련님. 이제는 제가 도련님 곁에 있을 수 없다는 걸 잘 아시잖아요. 저는 도련님을 더 이상 사랑하면 안 되는 줄 알면서 왜 그러세요. 제가 도련님을 만나려고 한 것은 돈을 돌려 드릴 려고 만나려고 한 거예요. 왜 그렇게 많은 돈을 보내신 거예요. 너무 많아서 겁이 나서 도저히 견딜 수가 없어 빨리 만나서 돌려드릴 생각 밖에 안 나더라구요."

"뭐가 무서워. 국화가 도둑질 한 것도 아니고 . 그리고 그 돈이 이유 없는 돈이라고 생각해? 그 돈 받아도 돼. 어머니의 유언을 따랐을 뿐이니까."

"도련님 어머니가 돌아가신지 언젠데요. 또 무슨 유언이요?"

"오늘은 그만 자고 내일 이야기 하자. 너무 피곤하다. 술도 취했고. 그 동안 살아도 산 게 아니었어. 국화와 함께 있을 때는 뭐든지 신나고 좋았 는데 국화가 떠난 후에 인생이 허무해. 아버지 강요로 결혼도 했는데 결혼 생활도 만족치 못하고 그나마 아기를 가져서 잠시 기뻤던 때도 있었는데 이제 그나마 그 사람도 갔으니. 모든 것이 허무해서 술만 마시게 되네."

"도련님. 그래요. 이제 그만 자요. 도련님에게 그런 가슴 아픈 일이 있었 다니 제가 몸 둘 바를 모르겠네요. 오늘은 편히 쉬세요."

"국화야. 이제는 떨어지지 말자. 나도 남은 인생은 내 맘대로 행복하게 살고 싶어. 국화가 떠난 뒤에야 알았어. 나는 국화 없이 못 산다는 거."

국화는 왜 인철이 하찮은 자기를 이렇게 아껴주고 사랑한다고 하는지 고마우면서도 두려웠다. 도저히 자기는 인철의 집안에서 사람 대접 받을 수 없는 가정부일 뿐인데 진정 인철이 자기를 사 랑한다고 받아들이기에는 그 차이가 너무 컸다.

인철의 마음이 변한다면 버려질 자기가 너무 두려웠다. 평생 동안 이리저리 치이며 살아온 국화에게 더 이상 버려지는 아픔을 겪는다는 것은 죽는 것 보다 싫었다.

샤워를 마치고 나온 인철은 국화가 깔아 놓은 이부자리에 누우 며 마음이 편안해지는 것을 느꼈다.

"국화야 오랜만에 이렇게 편안하게 누워본다. 안 잡아먹을 테니까. 딴

데 갈려고 하지 말고 내 옆에 누워. 몇 년 동안 같이 살면서도 너를 아껴 곱게 간직했는데 잡아먹겠어?. 내가 팔베개 해 줄테니까 이리와."

국화는 못이기는 척 인철 곁에 누웠다. 인철의 팔을 베고 누워 있는 이 행복한 순간을 어찌 말로 다 할 수 있을까? 오늘 만큼은 모든 걱정 잊어버리고 그저 사랑하는 인철과 함께 하고 싶었다.

"요렇게 사랑스런 국화랑 누워 있으니 꿈만 같아. 그 동안 어떻게 지냈나? 우리 억순이 아가씨."

"제가 왜 억순이예요?"

"너는 억순이야. 요렇게 조그마한 몸으로 세상 풍랑을 다 겪어내고 우리 엄마의 그 거친 병 투정도 다 견디었잖아."

"그거 알아. 내가 국화를 언제부터 사랑하게 되었는지?"

"언제부터인데요.? 그거 아주 영광스럽네요. 행복하구요."

"난 국화가 알다시피 불효자였지. 아버지가 작은 엄마랑 사시는 것도 엄마가 비참하게 사는 것도 다 마음에 안 들었거든. 그래서 점점 비뚤어지고 노는 것 밖에 모르다보니 세상을 살아갈 자신도 없고 그저 돈 쓰고 다니는 것 밖에 몰랐지."

"그런데 도련님 어머니는 언제부터 병에 걸리신 거예요?"

"우리 어머니는 부잣집 외동딸로 아쉬운 것 하나 없이 공주처럼 사시던 분이었어. 아름답고 가진 것도 많아 인기도 좋았어. 그러다가 아버지를 만나 결혼을 하고 우리 둘을 낳을 때 까지는 행복하게 사신 것 같아. 그러다가 외할아버지, 외할머니가 돌아가시고 물려받은 유산으로 아버지가 회사를 차렸는데 그 회사가 잘 되어 미국에 지사 까지 낼 정도로 번창한 거야.
거기까지는 좋았는데 미국에서 아버지가 지금의 작은 엄마와 바람이 나서
살림을 차리는 바람에 우리 가정이 풍비박산이 난거야. 공주처럼 대접 받
으며 평생을 살아온 엄마는 그 배신감을 도저히 이기지 못하고 몸도 마음
도 병이 들어 누워버리신 거야. 마음이 약해서 이기지도 못하고 혼자만 고
통을 껴안고 살다보니 결핵에 합병증까지 도저히 고칠 수 없는 상황이 되
어 병원에서도 포기해서 집에서 근근이 살고 있을 때 국화가 들어온 거
야."

**인철은 국화의 볼을 사랑스럽게 쓰다듬으며 말을 이어갔다.**

"엄마의 병은 전염이 될 수도 있고 화병까지 겹쳐서 가족뿐만 아니라
간호하려고 들어온 사람들도 한 달을 견디기 어려웠어. 그러다 보니 가족
들도 어머니 곁에 가기를 꺼려했고 어머니는 점점 외로워지시고 병도 심
해지고 거칠어지셨지. 나도 몇 번 어머니로부터 투정을 들은 다음부터는
아예 어머니 근처에는 가지도 않은 불효자였고. 돈이 아무리 많으면 뭘
해. 외롭고 쓸쓸하게 고통 속에 죽어 가는데. 나는 그러면서도 또 미국에
서 있으면서 어머니를 버려두는 아버지에 대해서는 용서할 수가 없어서
많이도 싸우고 속을 썩여 드렸지. 아무리 돈을 준다고 해도 간호해 줄 사
람이 없어서 사방에 부탁을 했는데 그때 어떤 꼬마 아가씨가 들어오더니
엄마를 간호한 거야."

"그 꼬마 아가씨가 누군데요?"

"글쎄 누구였을까? 나는 이 꼬마 아가씨가 며칠이나 견디나 두고 보자

했는데 한 달 두 달 견디더니 몇 년 동안 변함없이 간호하는 모습을 보고 고마운 생각이 들더군."

"대단하네요. 그 아가씨는. 그런데 왜 그렇게 도련님은 그 아가씨를 괴롭혔을까요."

국화는 새삼 눈시울이 뜨거워졌다. 처음에 사모님에게 온갖 욕설을 다 듣고 아픔에 못 이겨 머리카락을 붙잡혀 쥐어뜯길 때의 고통이 생생하게 생각이 났다. 툭하면 피를 토하고 음식이 조금이라도 비위에 안 맞으면 토해내는 바람에 그 역겨운 냄새를 맡아가며 치우고 입을 닦아주어야 했던 날들이었다. 며칠 동안 밥을 먹지 못하는 사모님 옆에서 혼자 먹으면 냄새 난다고 신경질 내는 통에 툭하면 밥을 거르고 몰래 몰래 먹어야 했던 그 서러움이 눈물로 맺혀 흘렀다. 하지만 국화는 그런 사모님을 미워하지 않았다. 세상이 자기를 버렸을 때도 자기를 돌보아 주던 사람이 있어서 살았는데 사모님에게 함부로 할 수가 없었다. 정작 힘들었던 것은 가족들이었다. 인애 언니는 잘해주었지만 다른 사람들은 마치 국화도 환자인 것처럼 가까이 오질 않았고 가정부라고 사람 취급을 하지 않았다. 특히 인철은 그때 밥 차려주면서 잔소리 한다고 숟갈을 던져 얼굴에 상처까지 내고는 그때부터 자기를 좋아하기 시작했다니 괜히 심술이 났다.

인철은 국화의 눈에서 흐르는 눈물을 두 손으로 닦아주며 국화 이마에 입을 맞추었다. 그리고는 놀라서 한껏 몸을 움츠리는 국화를 쳐다보며 계속 말을 이어갔다.

"내가 그때는 나쁜 놈이었지. 사실 국화에게 고마운 마음이 있었지만 어떻게 표현 할 수도 없어서 심술이 났던 거야. 국화가 보이면 괜히 내가 미안해지더라고. 차라리 안 보면 좋겠다 싶어서 그런 거지. 그런데 나중에 생각하니 국화가 없으면 안 되겠더라고 그래서 바로 고리를 내리고 국화와 함께 산거잖아. 엄마가 돌아가시면서 국화에게 고맙다고 하시면서 돌아가셨으니 그 돈은 국화가 마음대로 써도 되는 돈이야. 그 돈 말고도 엄마의 유산은 많아."

"도련님 고마워요. 그럼 잘 쓸게요. 그러고 보니 사모님이 그립네요."

인철은 용기를 내어 국화의 입술에 자기 입술을 살짝 대고는 시치미를 떼고 "그만 자자 조금만 자고 내일 일찍 갈 곳이 있어."하며 눈을 감는다.

국화는 얼굴이 빨개지고 가슴이 쿵쾅거렸지만 짐짓 아무렇지도 않은 것처럼 묻는다.

"어디를 가는데요. 사모님에게요?"

"아니 그때 우리를 구해준 할머니에게. 얼마 전에 꿈을 꾸었는데 하얀 할머니가 내 시계를 국화 손목에 채워주더라고 이상해 할머니가 돌아가셨나? 내가 그동안 너무 무심했어."

"도련님. 하얀 할머니는 돌아가시지 않았어요."

"국화가 그걸 어떻게 알아?"

"얼마 전에 그 할머니를 보고 왔어요. 사실 진작 할머니에게 도로 갔을 텐데 도련님을 만나 돈을 드리고 가려고 하다 보니 벌써 며칠이 지났네요. 그런데 할머니가 절 못 알아보고 정신도 없어요. 먹을 것도 다 떨어졌을 텐데 도련님 꿈에 보였다니 빨리 가봐야겠네요."

국화와 인철은 결국 이런저런 말을 하다 보니 밤을 새우고야 말았다. 국화도 도저히 인철을 옆에 두고 잠을 잘 수가 없어 날이 밝자 마자 할머니에게로 갔다.

가는 길에 할머니와 먹을 것도 넉넉히 준비하여 가니 국화 마음이 뿌듯하다. 인철과 함께 승용차를 타고 가니 행복한 마음이다. 이것이 꿈이 라면 절대로 깨지 않기를 바라고 또 바라면서 인철에게 속삭인다.

"도련님 제 얼굴을 좀 꼬집어 보세요."

인철은 무슨 일인가 하면서 국화의 볼을 살짝 비튼다.

"아고! 아픈 것을 보니 이것이 꿈은 아니군요. 전에 도련님과 같이 눈이 하얗게 내리는 이 길을 달렸던 것이 생각나네요."

그렇게 국화와 인철은 날아갈 것 같은 기분으로 달려서 할머니 집에 도착하였다.

집에 도착하여 국화가 할머니를 불러도 대답이 없자 방문을 얼른 열어보니 할머니가 방에 누워 말도 못하고 눈만 깜박거리며 국화를 바라본다.

"도련님 빨리 들어와 보세요. 할머니가 많이 아픈가 봐요."

인철은 할머니를 데리고 가까운 병원으로 갔다. 할머니는 치매에다가 먹지 못하여 탈진한 상태였다. 의사는 할머니가 치매가 심하고 건강이 몹시 안 좋으니 절대로 혼자 두면 안 된다고 하였다. 국화는 병원에 남아 할머니를 정성껏 간호를 하고 인철은 할머니의 집으로 가서 할머니 집을 청소하였다. 그동안 냄새도 심하고 지저분했던 방을 깨끗이 치우고 환기 시키고 나니 한결 나아졌다. 인철은 전에 국화와 함께 묵었던 방도 깨끗이 치우고 읍내로 가서 이불을 사서 놓고 병원으로 국화와 할머니를 데리러왔다. 할머니는 잘 먹고 영양주사를 계속해서 맞아서 그런지 많이 좋아지셨다.

집에 와서 방문을 여니 청소를 했는데도 메케한 냄새가 남아있다. 국화는 환기를 위해 문을 열어 놓고 할머니에게 잠시 바깥에서 계시라고 하고 인철의 손을 잡고 산 길을 걷는다.

이름 모를 잡초들과 풀들이 두 사람을 반기듯 피어있는 길을 손잡고 걸어가다가 인철은 국화를 끌어안는다. 솔바람이 꽃향기를 날라 두 사람의 코를 간지럽힌다. 국화는 더 이상 부풀어 오르는 마음을 주체할 수가 없어 인철을 슬쩍 밀어내며 할머니 핑계를 댄다.

"할머니가 기다리겠어요. 가요. 우리."

할머니는 집에 계시지 않았다. 할머니를 찾아 산 위로 올라가보니 작은 언덕 위에 조그만 무덤가에서 무언가 혼자 말을 중얼거리시며 서 있었다.

"할머니 몸도 불편하신데 여기서 뭐 하세요? 내려가서 밥 먹고 약 드셔야 해요."

할머니는 보따리를 품에 안고 "우리 딸. 우리 딸." 하더니 국화의 손을 잡는다.

"맞아요. 저 할머니 딸 이예요. 어서 내려가요."

할머니는 집에 와서 기분이 좋으신지 얼굴에 생기가 돌면서 산 길을 잘도 걸어 내려가신다.

국화가 할머니 수저에 소고기를 얹어주니 잘 잡수신다. 한 그 릇을 다 잡숫고는 더 달라고 밥그릇을 내민다. 밥을 실컷 잡수시 고 자리에 누운 할머니에게 이불을 덮어주고 국화는 인철을 데리 고 이상한 구덩이로 갔다.

구덩이에서 보따리를 꺼내 인철에게 펼쳐 보여주었다.보따리를 펴서 인형을 본 인철은 깜짝 놀라 하마터면 인형을 떨어뜨릴 뻔 했을 정도였다.

"아니 이게 뭐야."

"할머니가 가족이 있다고 말씀하셨잖아요. 이걸 보고 하신 말씀 같은데 자세한 사연은 저도 모르겠어요. 그리고 놀라지 마세요."

국화는 인형을 다시 보따리에 싸서 내려놓고 나무 상자를 열어 인철에게 보석을 보여 주었다. 보석은 햇살을 받아 눈이 부실 정 도로 반짝거렸다.

"할머니에게 우리가 모르는 사연이 있는 것 같아요. 이런 산속에서 혼 자 사시는 것도 그렇고 이런 귀한 보석을 많이 가지고 계신 것도 그렇구요."

국화가 보따리와 나무상자를 구덩이에 다시 잘 집어넣고 집으로 돌아오니 잠에서 깬 할머니가 또 밥을 달라고 한다. 그동안 얼마나 밥을 먹지 못하고 살았는지 밥을 챙겨주는 국화가 있자 자꾸 먹고 싶어진 모양이다.

"할머니 조금 아까 먹었으니까. 오늘은 그만 드시고 아침에 드세요. 갑자기 너무 많이 먹으면 큰일 나요."

국화는 할머니를 다시 눕혀드리고 인철과 함께 헛간방으로 갔다. 전에는 광으로 쓰였던 곳이 인철이 청소를 하고 새 이불을 깔아 놓아 신방처럼 아늑했다.

자리에 나란히 누워 인철이 국화의 손을 꼭 잡고 간절하게 말하였다.

"국화야 이제는 우리 집으로 가자. 이제는 누구도 나에게 이래라 저래라 할 사람은 없어. 나도 이제는 고아나 다름없어. 아버지는 이제 나를 신경도 안 쓸 거고. 지나도 죽은 마당에 나에게는 국화 너 밖에 없어."

"도련님 할머니도 할머니지만 도련님 집에는 갈 수 없어요. 회장님이 절대로 저를 받아주지 않을 거예요. 그럼 도련님과 회장님이 싸울 텐데. 저는 그것을 견딜 수가 없어요. 제가 욕심을 부려 도련님 앞에 나타나는 바람에 도련님 마음만 상하게 해서 정말 죄송해요."

인철은 국화가 고집을 피우자 자기를 믿어주지 않는 것에 화가 나서 견딜 수가 없었다. 인철도 역시 제멋대로 자란 탓에 하고 싶은 대로 해야 되는 성격이라 국화를 도저히 이해 할 수가 없었다.

"국화야. 그동안 내가 너를 품고 싶어도 참은 것은 너를 진정으로 아껴서 그런 건데 나도 더 이상은 참을 수가 없어."

인철의 눈은 붉게 타올랐다. 국화는 온 힘을 다해 인철을 설득했다.

"저도 도련님 마음 알아요. 하지만 절대로 회장님이 허락하지 않는 한 도련님과 살 수 없어요. 국화는 더 이상 버려지고 싶지 않아요. 언젠가 도련님이 떠나고 나면 국화 혼자 마음의 상처를 안고 살아갈 자신이 없어요."

인철은 갑자기 벌떡 일어나더니 옷도 챙겨 입지 않고 바깥으로 나가 새끼줄을 가지고 들어왔다.

"국화가 도저히 싫다면 나는 오늘 죽을 거니까. 국화도 같이 죽자. 더 이상 이 세상을 살 의미가 없어. 아니 사는 것이 두려워. 국화가 내가 어떻게 사는지 알아? 아버지에게 천대 받고 아버지 회사에 들어가지도 못하고 사육하는 짐승 마냥 돈만 주면서 살라고 하는 내 형편을 아냐고? 국화만 나를 좋아하고 따라줄 뿐이지 아무도 나를 인정하지 않는다고. 우리 같이 죽자."

인철은 자기 목에 새끼줄을 두르고 국화의 목에도 새끼줄을 매더니 천정에 묶으려고 한다.

"도련님. 줄을 풀어요. 미쳤어요. 죽긴 왜 죽어요. 국화는 절대 죽지 않아요. 억울해서 죽을 수가 없어요. 제가 어떻게 살아왔는데요. 오빠도 잃어버리고 동생도 잃어버렸어요. 저는 반드시 불쌍한 내 동생을 찾아서 행복하게 살아야 해요. 도련님의 나약한 감정 때문에 제가 허무하게 죽을 수는 없어요."

국화가 울면서 부르짖는 소리에 인철은 목에 맨 밧줄을 풀더니 국화의 옷을 거칠게 벗겼다.

"그래 함께 죽을 수가 없다면 너를 가져야겠어. 내가 얼마나 더 너에게 애원해야 하는 거야. 내가 너를 얼마나 사랑하는지 증거를 보여줄게."

국화는 인철을 거부할 수가 없었다. 이 세상에서 오직 사랑하는 한 사람 인철이 늑대가 되었다고 그를 거부 할 수가 없었다.

인철은 국화의 가슴에 얼굴을 비비며 거칠게 국화를 범했다. 국화는 이런 식으로 자신의 순결을 바치고 싶지 않았지만 인철의 거친 손길을 마다하지 않고 인철의 몸을 받아들였다. 국화가 아무런 반항도 하지 않고 자신을 받아들이자 인철은 그때서야 정신을 차린 듯이 국화를 무섭게 쳐다보더니 벌떡 일어나 옷을 입고 떠나버렸다.

국화는 멀리서 들려오는 자동차 소리를 듣고 옷을 주섬주섬 챙겨 입고는 밖으로 나와 인철이 간 방향을 바라보며 한없이 서 있었다. 두 눈에서 눈물이 하염없이 흘러내렸지만 닦을 생각도 하지 않고 인철의 자동차 불빛을 따라 걸음을 옮겼다. 자동차 불빛을 조금이라도 더 보려는 듯 산위로 올라가며 굽이굽이 멀어져가는 자동차를 향해 손을 흔들었다.

"도련님 안녕히. 안녕 내 사랑!"

# 4부

## 새로운 가족

---

자동차의 불빛이 더 이상 보이지 않자 국화는 터벅터벅 산을 내려왔다. 온 몸에 힘이 하나도 없이 내려오는 국화를 이제 동이 트기 시작한 여명이 반겨주었다. 국화는 집 가까운 언덕에 주저앉아 도무지 현실 같지 않은 이 상황을 받아들이기 위해 조용히 눈을 감고 생각했다. 나중에 후회를 하더라도 차라리 인철의 마음을 받아드리면 좋았을 거라는 후회가 밀려왔다 지금이라도 다시 인철이 차를 돌려 와 준다면 인철을 따라 갈 수 있을 것만 같았다. 인철이 "국화야." 하고 다정하게 불러줄 것만 같아 눈을 감고 가만히 기다렸다. 이제 눈을 뜨면 인철이 없는 세상에서 살아야 한다고 생각하니 눈을 뜰 수가 없었다. 새벽 이슬이 촉촉이 온 몸을 적셔왔다. 서늘한 기운에 눈을 뜨니 세상살이 무게를 견디지 못하

고 숨었던 태양이 밤새 쉬어서 가벼워졌는지 얼굴을 붉히며 산 아래 들판을 비추며 떠올랐다.

너무나 아름다웠다. 조금씩 밝아오는 세상이 국화의 마음에 빛을 선사했다. 인철이 자기를 가졌지만 후회도 없고 원망하는 마음도 없다. 차라리 후련하였다. 이제는 미련 없이 할머니와 함께 새로운 생활을 할 수 있을 것만 같았다.

할머니가 국화를 찾아서 나왔다가 멍하게 앉아있는 국화 손을 붙잡고 "배고파 배고파."를 연발한다.

국화는 할머니와 살면서 은근히 인철을 기다렸다. 분명히 후회도 원망도 없이 인철을 잊기로 했지만 자꾸만 생각나는 것을 막을 수가 없었다.

할머니의 치매는 점점 심해지고 건강도 악화되었다. 시간마다 밥 달라고 졸라대더니 이제는 먹는 것도 시원치가 않다.

할머니가 인형과 나무 상자를 안고 오더니 "예쁘다. 너 가져."하더니 다시는 찾지 않았다. 국화가 구덩이에 집어넣으면 다시 꺼내어 국화에게 주는 바람에 더 이상 구덩이에 넣지 못했다. 할머니는 그렇게 인형을 묻어 두었던 구덩이 앞에서 돌아가신 채로 발견되었다.

국화는 할머니의 장례를 치룰 수가 없었다. 그저 사람들의 도움을 받아 구덩이 옆에 잘 묻어드리고 할머니의 명복을 빌어드렸다.

서울로 돌아온 국화는 혼자라는 실감이 났다. 어떻게 할지 몰라 여관에서 묵으며 살 길을 생각해 보았다. 다방에서 쓰디 쓴 경험을 하고 나니 함부로 취직을 하기도 겁이 나고 돈은 있으나 장사를 할 배짱이 없어 오랫동안 망설이다가 그 돈으로 땅을 사려는 결심을 하고 전에 차를 태워 주며 주었던 명함을 들고 부동산을 찾아갔다. 사람 좋게 생긴 말 많은 아저씨는 반가워하며 마침 좋은 땅이 나왔는데 같이 가보자고 하며 국화를 차에 태웠다.

그런데 이것이 무슨 일인가? 국화가 많이 보던 길로 가는 것이 아닌가? 할머니와 함께 살던 집 근처였다. 국화는 아저씨에게 왜 여기를 오셨느냐고 물었더니 부동산 사장은 이 땅은 얼마 전에 어떤 할머니가 살던 곳인데 그 할머니가 돌아가시면서 부동산에 나온 땅이라고 대답하였다.

"사장님. 그럼 언제부터 할머니가 여기에 사셨는지 아시나요."

"글쎄요. 상당히 오래전부터 사셨다는 말을 들었어요. 본래 할머니에게 두 남매가 있었는데 어릴 때 할머니 남편의 실수로 죽었다는 말을 들었어요. 그래서 할머니가 남편을 떠나 여기서 두 남매를 잊지 못하고 살았다고 합니다."

"그런데 사장님은 어떻게 그렇게 잘 아세요."

"우리 땅 장사하는 사람들이야 다 알지요. 이만한 땅이면 충분히 관심을 가지고 보게 되니까요. 그런데 얼마 전에 할머니가 돌아가시고 어떤 사람이 잘 묻어주었다는 소문이 나서 내가 잘 알지요."

"그러면 누가 이 땅을 내놓은 거죠. 할머니도 안계신데."

"할아버지도 이미 돌아가시고 일본에 있는 할아버지의 작은 마누라가 내 놓은 거지요. 그전에는 할머니가 여기 살고 있으니까 못 내놓았는데 돌아가시자마자 어떻게 알았는지 바로 내놓았네요. 그런데 땅이 아주 커요 이 산까지 전부니까 3만평쯤 되요."

국화는 자기 돈으로 감히 살 수 없을 것이라고 생각하고는 돌아왔다. 보석도 팔아서 합치면 되나 싶어서 보석 가게에 들어가 보석들을 보여주니 주인이 깜짝 놀라며 "이렇게 좋은 보석을 어디서 구입하였느냐? 얼마나 받을 생각인가?" 하고 꼬치꼬치 묻는 바람에 그냥 도로 가지고 나왔다. 국화가 여관방으로 돌아와 며칠이 지나자 부동산에서 연락이 왔다. 일본에 사는 할머니가 헐값에라도 빨리 팔아 달라 하니 빨리 와보라는 것이었다. 국화는 할머니를 묻어드린 곳이고 인철과의 추억도 있는 곳이라 사고 싶은 마음에 돈이 부족하지만 가서 금액을 알아보니 대부분이 산이라서 그런지 간신히 국화가 가진 돈으로 살 수 있었다.

국화가 돈에 대한 것을 잘 몰랐지만 일 억원은 큰돈이었다.

산이 많고 집터가 적어 다른 사람들은 사기를 꺼려했지만 국화는 보석을 팔지 않고도 자기가 가진 돈으로 살 수 있다는 것에 기쁜 나머지 얼른 계약을 하고 계약금을 주었다. 부동산 사장은 국화가 그렇게 큰돈을 가지고 있다는 것을 알고 놀라면서 잔금 날짜를 꼭 지켜달라고 당부를 하였다. 일본의 할머니가 돈은 얼마를 받아도 좋으니 빨리 팔아달라고 했다며 두둑이 받을 소개료를 생각하고 기분이 좋아 말이 더 많아졌다.

돈은 이제 별로 없지만 땅부자가 된 국화는 부동산에서 돌아오다가 횟집에 붙어있는 광고를 보고 횟집에서 일하기로 하였다.

횟집 종업원으로 일하면서 국화는 소희라는 아가씨와 친구가 되었다. 같은 또래에다가 형편도 비슷해서 금방 친해졌다. 국화 인생에 처음으로 마음을 터놓고 이야기를 나눌 친구가 생긴 것이다.

횟집에서 일하는 것이 힘들었지만 국화는 차라리 힘든 것이 인철을 잊기도 좋았고 사놓은 땅을 생각하면 힘이 더 났다. 돈을 버는 재미가 제법이다.

횟집에 들어가서 처음으로 노는 날에 소희는 자기 애인인 주방장과 함께 놀러가자며 국화를 데리고 갔다. 주방장과 손잡고 사랑을 속삭이며 가는 소희를 보니 국화도 흐뭇했다. 자기는 비록 너무 신분이 차이가 나는 인철과 맺어질 수가 없었지만 두 사람은 잘되기를 빌었다.

한참을 돌아다니다가 점심 때가 되어 식당에 들어가 돼지갈비를 먹는데 주방장이 두 달 동안이나 같이 있으면서도 서로 이야기도 안 해서 국화에 대해 아무것도 모른다며 서로 신상을 까보자고 한다.

국화는 상스럽게 이야기 하는 주방장이 마음에 안 들었다. 그동안은 이야기를 안 해서 잘 몰랐는데 가까이 해보니 제멋대로 큰 사람 같았다. 술이 조금 들어가자 전화도 도통 안하고 찾아오는 사람도 하나 없는데 비밀이 많다고 하며 부모형제도 없느냐고 묻는 주방장과 더 이상 말하기도 싫어 국화는 바깥으로 나왔다 분위기가 이상한 것을 느끼고 소희가 따라 나와 자기 애인을 감쌌다.

"국화야 미안해. 술기운에 친해 보자고 한 말이니까. 너무 신경 쓰지마."

"주방장에게 말해 나는 이 세상에 아무도 없다구, 혼자니까 신경 끄라구."

"국화가 화가 많이 났구나. 내가 우리 자기 대신 사과할게."

"소희야 나 먼저 갈 테니까. 재미있게 놀다와."

"무슨 소리야 같이 왔으면 같이 놀다가 들어가야지. 내가 사과했잖아 기분 풀어."

"아냐 내가 어딜 들렀다 가야해서 그래."

국화는 택시를 타고 복덕방으로 가서 잔금을 치루고 땅문서를 받아 집으로 돌아와 서류들을 살펴보며 감회에 젖는다. 사모님이 준 돈으로 이렇게 큰 땅을 사게 되었다고 생각하니 갑자기 사모님이 보고 싶어졌다. 몇 년 동안 오직 사모님과 둘이서 병마와 싸우느라 미운정 고운정이 다 들었던 국화는 인철을 생각하면 사모님이 그립고 사모님을 생각하면 인철이 그리워졌다.

국화는 얼른 일어나 택시를 잡아타고 사모님 묘로 갔다. 택시 운전사는 왕복 요금에 보너스로 이만원을 더 준다는 말에 먼 길이지만 두말없이 국화를 사모님 묘에 데려다 주고 큰 길에서 기다렸다.

국화는 무덤에 사모님이 좋아하던 국화꽃 한 송이를 올려놓고 절을 하였다.

"사모님 국화가 왔어요. 자주 찾아뵙지 못해 죄송합니다. 사모님이 주신 돈으로 국화가 큰 땅을 샀어요. 사모님께 자랑하고 싶어서 왔어요. 지금 제 옆에는 아무도 없어요. 동생도 잃어버리고 사랑하는 인철 도련님도 떠나보냈어요. 하지만 국화는 이제부터 제대로 살아보려고 해요. 지켜봐주세요. 돈에 팔려서 사모님께 왔지만 지금부터 국화는 사모님께서 주신 돈으로 땅도 사고 열심히 일해서 돈도 모으고 동생도 찾아서 보란 듯이 살 거예요. 인철 도련님 앞에도 떳떳하게 설 수 있도록 사모님께서 하늘나라에서 저를 도와주세요."

횟집에서 일하면서 양 엄마의 소식을 들었다. 큰조카와 함께 근근히 살아간다는 소식에 찾아보려는 생각을 했지만 국화를 너무 비참하게 했던 사람이라 도저히 용서가 안 되어 차마 찾아갈 수가 없었다. 조금만이라도 국화를 생각해 주는 사람이었다면 이렇게까지 상처가 깊지 않았을 터인데 도박에 미치고, 남자에 미쳐 국화를 헌신짝처럼 취급하며 팔아넘긴 사람을 용서하기에는 그 상처가 너무 깊었다.

밤 12시. 늦게까지 일을 한터라 몸은 파김치가 되어 움직이기 어려울 정도인데 정신이 말짱해 잠을 이루지 못한다. 그때 국화의 방 쪽으로 검은 그림자가 움직이는 발자국 소리가 난다. 국화는 얼른 일어나 옷을 챙겨 입고 문 뒤로 숨어 살펴보니 국화의 방 앞에서 멈추어 방안의 기척을 살피는 듯하다. 국화는 오늘 따라 국화 방에서 잠자고 있는 소희를 가만히 깨운다.

"소희야, 일어나봐. 발자국 소리가 들려."

소희가 일어나며 방문을 활짝 열면서 "누구야?" 하고 소리를 지르니 검은 그림자가 깜짝 놀라며 도망간다. 뒷모습을 보니 주방장 같다.

"아니 저 사람이 이 밤에 왜 국화 방으로 들어오려고 하는 거야."

하지만 소희는 국화에게는 누군지 잘 모르겠다고, 좀도둑인 것 같다고 얼버무렸다.

왜 자기 방으로 안 오고 국화 방에 몰래 들어오려고 했을까?

소희는 주인집 아들인 주방장에 대해 의심이 들기 시작한다.

인철은 국화를 강제로 취하고 돌아왔지만 죄책감에 괴로워 견디지 못하고 술로 나날을 보낸다. 술이 취해 "국화, 국화."하며 술주정을 하고 음식을 차려줘도 밥상을 둘러 엎어 버리는 인철의 행동에 가정부들이 견디지 못하고 나가 버려 자주 바뀌더니 소문이 나서 이제는 온다는 사람이 없어 인철은 밥도 제대로 안 먹고 술만 먹어 술중독자가 되어 버렸다. 닥치는 대로 술을 먹어대고 여자들에게 돈을 펑펑 써대는 꼴을 도저히 못 보겠다고 회장이 집에서도 쫓아내버리고 이제 인철은 하나 남은 자동차 안에서 생활을 하였다.

인철은 술이 잠깐 깬 사이에 정신을 차리고 어머니 산소에 갔다. 얼마만인지 모르겠다. 인간 같지 않은 삶을 살다보니 어머니 산소에 온지가....

산소에는 어머니가 평소 좋아하던 국화꽃 한 송이가 시든 채 놓여 있었다.

"국화"

인철은 문득 국화가 생각났다. 다시는 찾지 않으리라 다짐하고 또 다짐했는데 무덤에 놓인 국화꽃을 보는 순간 분명히 국화가 놓고 갔으리라는 생각이 들면서 못 견디게 그리워졌다.

그래, 이제 자기는 아버지에게도 버림받고, 작은 엄마라는 사람이 그 기회를 틈타 모든 것을 자기 아들에게로 넘겨 준 상태인데 더 이상 국화보다 나은 것이 뭐가 있단 말인가? 국화를 찾아가자는 생각에 며칠 동안 아무것도 먹지 않고 오직 술만 먹어 엉망이 된 몸을 이끌고 할머니 집으로 갔다.

할머니 집은 더 이상 사람이 사는 집이 아니었다. 어느새 흉가처럼 변해버리고 인형이 들어있던 구덩이 옆에는 이름도 없이 '할머니의 묘.' 라고 써있는 비석만 세워져 있다. 인철은 다 쓰러져가는 방으로 들어갔다. 국화와 마지막 밤을 보냈던 그 방. 인철은 피를 토하는 울음소리를 내며 쓰러지듯 누워버렸다.

"소희야 모처럼 쉬는 날인데 내일 나와 함께 어디 좀 가자."

"어디? 그래 마침 나도 너 한데 할 말도 있었는데 멀리 좀 나가자 답답해 죽겠어."

"그래 잘 되었어. 근데 그렇게 멀지는 않아. 하지만 차를 대절해서 가야해. 길이 험해서 우리끼리는 못가. 차를 빌린 김에 드라이브나 하고 가면 되겠다."

"야 너무 거창하다. 돈 벌어 논 거 다 날리는 거 아냐?"

"너에게 보태달라고 안 할 테니까 걱정 말고 같이 가기만 하면 돼."

대절한 차가 횟집 주차장에 들어와 국화와 소희가 타는 것을 보고 주방장이 달려와 왜 자기는 안 데려가느냐며 같이 가자고 하는데 소희는 아무 대꾸도 없이 냉정하게 문을 꽝 닫고는 출발하자고 한다.

"소희야 주방장이 화가 많이 난 것 같은데 어떻게 하려고 그래?"

"지가 화가 나 봤자지. 순 바람둥이 같으니라구."

"뭐! 바람둥이? 무슨 일이 있었어?"

"아냐 됐고. 빨리 가서 기분이나 풀자. 아저씨 신나게 달려주세요."

운전사 아저씨는 소희가 가자는 대로 마음껏 달리다가 다시 국화가 가자는 쪽으로 방향을 틀었다. 미리 위치를 알려주었는지 잘도 찾아갔다.

"아저씨 조심해서 가시구. 조기 산 밑에 세워주시고 잠깐만 기다리고 계세요."

국화는 소희를 데리고 언덕을 넘어 할머니 집으로 갔다.

"국화야 여기가 어디야. 경치 한번 좋다. 공기도 좋고."

국화가 할머니 무덤에 가서 과일을 내려놓고 술을 올렸다. 두 눈에 눈물이 고인 채 말없이 무덤에 절을 한 국화가 소희에게 너도 절하라고 하자 소희도 절을 하였다.

"비석에 '할머니의 묘'라고만 쓰여 있는데 국화 할머니야?"

"아니 친 할머니는 아니고 인연이 있어서 만난 할머니의 묘야. 나를 딸처럼 생각하셨어."

"아무튼 국화 너는 아직 나이가 많지 않은 애가 어째 곡절이 그렇게 많은 거야."

"그래 굽이굽이 수많은 벽을 넘어 여기 까지 왔지."

국화는 소희의 말을 들으며 정말 자기 인생이 저기 앞산의 큰 돌바위처럼 수많은 비바람 폭풍을 맞으며 살아온 나날들이었다는 생각을 해본다. 하지만 끄떡없이 서 있는 저 돌바위처럼 자기도 지금 여기에 서있지 않은가?

'그래 국화 장하다.'

국화는 자기 자신에게 칭찬을 하며 조금만 더 참고 용기를 내자는 결심을 한다.

"국화야 그만 내려가자 배고프다. 운전사 아저씨도 기다리다가 화나겠다."

"그래 준비해온걸 가지고 할머니 집에서 해먹으면 되니까. 너는 가서 우선 아저씨를 모셔오고 가는 길에 냇가에서 먹을거리 좀 씻어와. 내가 방을 치우고 있을게."

국화가 방에 들어가 보니 거미줄이 쳐 있고 엉망이다. 집도 허물어져 가는 듯하다. 아궁이에 우선 불을 때놓고 인철과의 추억이 있는 방으로 들어가 보니 그곳은 아직 깨끗한 상태이고 군데군데 술병이 보인다.

"아니 누가 몰래 여기서 살다가 갔나 왜 사람이 산 흔적이 있지?"

사실 안타깝게도 그것은 인철이 살던 흔적이었다. 인철은 제대로 먹지도 못하고 이곳에서 술만 마시고 버티다가 자동차 소리가 나고 사람 소리가 나자 완전히 거지가 된 자기 꼴을 사람들에게 보이기 싫어 몰래 산속으로 도망을 간 것이었다.

소희가 기사 아저씨를 부르는 소리만 들었지 국화의 목소리를 듣지 못해 국화가 온 줄은 꿈에도 모르고 새 주인이 온 줄로만 알고 도망을 간 것이다.

소희는 불을 때서 밥도 해먹고 고기도 구워 상추쌈에 먹으면서 신이 나서 국화에게 이런데서 살면 참 좋겠다고 한다.

"여기가 밤이면 얼마나 무서운데 전기불도 없고 산짐승도 내려오는데 우리끼리 어떻게 사냐? 이틀도 못가서 못살겠다고 할 걸. 그리고 돈을 벌어야 먹고 살지"

"그래 우리 돈 많이 벌어 이런 곳에서 살자."

국화는 소희를 데리고 할머니 묘에 가서 인사를 한다.

"할머니 안녕히 계세요. 이제는 자주 볼 수 있을 거예요."

소희는 국화 말이 무슨 소리인줄 모르고 그저 인사로 하는 말로 알아듣는다.

"국화야 잠깐 앉아봐. 내가 너에게 할 말이 있어."

소희가 심각한 표정으로 말하자 국화는 궁금한 표정으로 다가와 앉는다.

"주방장 이야긴데. 국화 널 보는 눈초리가 이상해. 바람둥이라 믿을 수가 없어. 여자만 보면 느물거리고. 너도 조심해 사실 나 주방장 아기를 가졌어."

"야, 그렇게 나쁜 놈인 줄 알면서 애를 가지면 어떡해. 떠날 수도 없잖아 어떡하면 좋니?"

"주방장이 자기가 횟집 물려받으면 결혼하자고 해서 참고 기다리는거야. 주방장은 내가 임신한 것도 몰라. 그동안 날 이용해 먹었으니 내가 애를 나서 발목을 잡아야지. 설마 내가 자기 애기를 낳는데도 바람을 피겠어? 그러니까 절대 비밀을 지켜 줘야해"

국화가 소희의 손을 잡고 내려오니 운전사 아저씨는 벌써 시동을 걸고 기다리고 있었다.

"아저씨 많이 기다리게 해서 죄송해요. 사례는 두둑히 할 테니까 걱정하지 마세요."

아저씨는 참 좋은 분 같았다. 오히려 손사래를 치며 맛있는 거 많이 먹고 가는데 소풍 온 셈 치면 된다고 오히려 고맙다고 한다.

"아저씨는 가족이 어떻게 되세요."

"아주 대가족입니다. 나 혼자 벌어서 먹고 살아야 되기 때문에 바쁘게 삽니다. 낮에는 잘 먹고 경치 좋은 데에서 잘 놀았으니 오늘 밤에 몇 탕 뛰어 보충해야지요. 우리 마누라도 한번 데리고 오고 싶네요. 여긴 서울에서 그렇게 멀지도 않은데 공기도 좋고 조용하네요."

"아저씨는 좋은 분인가 봐요. 사모님을 그렇게 생각해 주시는거 보면."

"마누라가 불쌍해서 그럽니다. 몹쓸 병에 걸려 한쪽 팔을 잘라내어야 했거든요. 돈이 많았으면 고칠 수도 있었을 텐데. 돈이 원수죠. 그나마 한쪽 팔도 지금 많이 안 좋아요. 수술을 하자니 돈이 너무 많이 들고요. 운전도 하고 일 없으면 노동일이라도 하면서 닥치는 대로 해도 사는 게 쉽지가 않네요."

횟집에 도착하여 국화가 봉투에 사례비를 넣어주자 아저씨는 봉투를 열어 돈을 확인해 보더니 깜짝 놀란다.

"아니 이렇게나 많이 주세요? 애초에 말씀드린 돈만 주세요."

"저희들끼리만 재미있게 놀았으니까. 집에 가실 때 맛있는 거 사가지고 가시고 오늘 밤에는 일하러 나가시지 말고 사모님과 계세요."

아저씨는 고맙다고 다시 부르실 일 있으면 언제라도 오겠다고 하시며 돌아가시는데 태도가 비굴하지도 않고 그렇다고 딱딱하지도 않은 것이 국화 마음에 쏙 들었다. 그동안 살다보니 앞에서 친한 척, 좋은 척 하는 사람들이 뒤로 나쁜 소리 하고 뒷통수 치는 걸 많이 보았던 터라 무던한 태도가 좋았다.

소희는 돌아오자마자 주방장을 찾았으나 사장님 내외도 없고 주방장도 보이지 않는다.

그때 주방장은 선을 보고 있었다. 금주라는 아가씨는 부잣집 딸로 얼굴도 그럭저럭 예뻤다. 주방장은 소희를 건드리고도 덜컥 금주와 사귀기 시작하더니 약혼까지 하고는 소희를 다방으로 불러내어 이별을 통보했다.

"횟집을 물려받으면 결혼 하겠다고 해서 몸도 마음도 다 주었는데 이제 와서 모두 잊으라고 하면 어떻게 해요. 난 절대 그럴 수 없어요."

"남자들이 다 그런 거지. 그것도 모르고 사귀었나? 이미 내 마음이 돌아섰는데 더 이상 붙잡으면 소희만 불쌍해지는 거야."

"아니요 난 못들은 걸로 할레요. 절대 헤어질 수 없어요."

"그럼 어쩔 건데. 니 마음대로 해 그럼."

주방장은 화를 내며 다방을 나가버리고 소희는 탁자에 엎드린 채로 울음을 터뜨린다. 국화는 같이 나갔다가 주방장만 화가 나서 들어오자 소희는 왜 안 오느냐고 물었지만 주방장은 "곧 오겠지." 하며 주방으로 들어가 버린다.

국화는 걱정이 되어 밖으로 나와 소희를 기다리고 서 있는데 소희가 힘없이 걸어온다.

"무슨 일이야. 왜 이렇게 기운이 없어."

"국화야 다 끝났어. 저 나쁜 인간이 없었던 일로 하재. 우리 엄마가 살아온 인생을 보고 불쌍해서 나는 그렇게 살지 않으려고 내가 그동안 참고 참으며 기다려왔는데 이제 와서 부잣집 딸과 약혼까지 했다고 헤어지자고 하는데 어쩌면 좋니."

"정말 나쁜 놈이네. 그런 사람과 어떻게 살아. 차라리 헤어지는 게 낫잖아."

"안 돼 난 절대 그럴 수 없어. 내가 어릴 때 아버지가 돌아가시고 엄마가 새아버지와 사는데 새아버지도 술병으로 돌아가시고 시집을 또 몇 번이나 가는지. 내가 견디다 못해 열세 살에 도망 나와서 이 횟집에 들어와 지금까지 15년을 살았는데 나도 또 그렇게 살 수는 없어 꼭 주방장 하고 결혼해서 살 거야."

"15년이나 여기 있었다고? 사장님이 잘해주었나 보네."

"처음에는 딸 같이 동생 같이 잘해줘서 여기서 잘 지냈지. 나중에는 월급을 안주고 시집 갈 때 모아 놓은 돈 다 준다고 해서 나가지도 못하고 있었던 거고."

"너도 좋은 세월 이 집에서 다 보냈구나. 그래 이제 어떻게 할 건데."

"이 집에서 끝까지 버텨야지. 죽으면 죽었지 절대 안 나가."

다음날 아침에 주방장이 종업원들을 모아 놓고 이야기 하는데 소희가 나오지 않자 주방장은 방으로 소희를 찾아갔다.

"어제 한 이야기 잘 알아들었지. 넌 바보가 아니잖아."

"제발 어제 일은 잊어버리고 옛날처럼 지내면 안돼요?"

"너무 오래도록 널 보고 있어서 이젠 지겨워. 한 평생 산다고 생각해 봐라. 너도 이젠 포기해. 고집 부리지 말고."

"그럼 같이 살자는 말은 안 할 테니 여기서 있게 해줘요."

"도대체 무슨 꿍꿍이야. 널 보고 싶지 않다는데 어떻게 같이 있어."

국화는 몰래 둘이 나누는 이야기를 듣고는 울며 애원하는 소희를 보고 사장을 만나 소희가 임신한 걸 알리고 둘이 결혼시켜야 한다고 말하자 사장은 대뜸 아들을 부르더니 빰을 때리며 소리를 질렀다.

"야, 이 미친놈아 건드릴 애가 따로 있지 칠칠치 못하게 동생처럼 지내던 애를 왜 건드려 애를 배게 만들어. 금방 결혼을 해야 할 놈이 어떻게 할 거야?"

주방장은 소희가 자기 애기를 가졌다는 데도 놀라는 기색도 없다.

"그런 거는 걱정하지 말아요, 제가 다 알아서 할게요. 다 큰 자식을 왜 때리고 그래요."

사장 부부는 그래도 걱정이 되는지 다음날 종업원들을 모아 놓고 아가씨를 소개하며 주방장과 곧 결혼을 할 것이니 앞으로 잘 대해주라고 말한다. 마치 소희가 들으라는 듯이 말하는 뻔뻔한 사람들이다. 종업원들은 주방장과 소희 사이를 잘 알고 있어서 소희 눈치를 보며 인사를 한다. 소희는 견디지 못하고 밖으로 뛰어 나간다. 15년간 월급도 안주고 일 시켜먹은 사람들이 이제 어떻게든 소희를 쫓아내려고 안달하는 모습을 보고 국화는 울분을 참을 수가 없어 소희를 설득했다.

하지만 소희는 절대로 물러설 생각이 없었다. 자기 뱃속에 이 집 씨앗이 자라고 있는 이상 자기를 쫓아내지는 못할 거라는 어리석은 생각을 하고 있었다. 국화는 소희에게 이미 자기가 사장에게 다 말해 주었는데도 저렇게 야비하게 나오는 것이라며 소희에게 잘 생각해서 결정하라고 했지만 소희는 요지부동이었다.

"나는 거머리처럼 딱 붙어서 안 떨어질 거야. 두고 봐 내가 지네 애기를 낳고도 자기들끼리 잘 살 수 있는지."

국화는 소희를 달래 주는 것 밖에 더 이상 어떻게 해줄 수가 없었다.

부동산 사장에게 급한 전화가 와서 가보았더니 헐값에 좋은 땅이 나왔는데 내놓은 사람이 잘 몰라서 그렇지 사놓기만 하면 금싸라기 땅이 된다고 추천을 해주었다. 국화는 할머니 땅을 사는 과정에서 부동산 사장을 믿게 되었기 때문에 보석을 팔아 그 땅을 샀다.

국화가 계약을 끝내고 부동산 사장 차를 타고 횟집으로 오다가 보니 소희가 주방장에게 끌려 병원으로 들어가는 것을 보고 얼른 차에서 내려 병원으로 들어가 보았지만 찾을 수가 없다. 입원실에도 없어 헤매다보니 소희는 보이지 않고 주방장만 병원 복도에 앉아있다.

"주방장님 소희는요? 소희가 어디 안 좋아요?"

"니가 우리 부모님에게 소희가 임신했다고 해서 내가 얼마나 야단을 맞았는 줄 알아. 그런다고 내가 순순히 애를 낳게 할 줄 알았어?"

"정말 너무들 하시네요. 남의 집에서 일 하는 사람은 사람도 아니예요? 이렇게 무시하고 함부로 해도 되는 거냐고요."

"너도 함부로 까불지 마. 이곳에서 입에 풀칠이라도 하고 살려면."

잠시 후에 소희가 깨어났다는 간호사의 말에도 주방장은 들어가 보지도 않고 국화에게 맡기고 가버렸다. 국화는 핏기 하나 없는 소희 얼굴을 바라보기 민망해 두 손을 잡고 그저 같이 눈물만 흘렸다.

"결국 이렇게 당하고 마는구나."

횟집으로 소희를 데리고 돌아온 국화는 방에 소희를 눕혀 놓고 주방장에게 갔다.

"해도 해도 정말 너무 하네요. 어떻게 사람이 자기 애를 떼서 아픈 사람을 놓고 혼자 와요?"

"넌 언제 까지 그렇게 까불건대. 니가 뭔데 참견이야. 까불지 말고 잠자코 있어라. 가만 안 둔다."

"가만 안두면 어떻게 할 건데요? 나쁜 사람 같으니라고."

"어디 해 보겠다는 거야? 너 죽고 싶어"

주방에서 요란하게 싸우는 소리가 나자 사장 부부가 달려왔다.

"왜 이렇게 시끄럽게 굴어. 국화 너는 뭔데 니가 나서서 설쳐 설치긴."

"사장님이 시키신 일인가요? 소희를 강제로 수술시킨 것이. 사장님 핏줄이라고요. 어떻게 한 생명을 무참히 없앨 수가 있어요."

"핏줄이라니 말조심해라. 너 요즘 니 멋대로 돌아다니고 건방지게 구는데 당장 나가라. 종업원이면 종업원답게 놀아야지 누구한테 훈계야. 건방진 년 같으니."

"그래요. 당장 나가죠. 아니 소희도 데리고 나갈게요. 15년 동안 뼈 빠지게 일한 월급이나 주세요."

"월급은 무슨. 갈데없는 꼬마를 지금까지 입혀주고 먹여 주었으면 됐지. 무얼 더 바라는 거야?"

인간 말종 같은 악독한 사람들과 더 이상 싸우는 것도 싫어 국화는 소희의 짐을 싸서 데리고 나왔다. 국화는 사장이 보는 앞에서 소희의 옷을 쓰레기통에 처박았다.

"그래 여기 당신들이 입혀 주었다는 옷 다 두고 가니까 잘 먹고 잘 사세요. 그런데 하늘은 절대 당신들을 용서 못 할거에요. 두고 보세요."

횟집 주인은 국화가 소희를 데리고 나가자 오히려 속이 시원한 듯이 소금을 뿌리라고 하고는 뒤도 안돌아보고 들어갔다.

"소희야 걱정하지 마. 난 니가 생각하는 것보다 엄청난 부자야. 이제 모든 거 잊고 나하고 행복하게 살면 돼. 우리 그때 놀러갔던 할머니 집으로 가서 살자."

국화는 평소에 대절하던 차를 불러 할머니 집으로 갔다. 다른 일을 다 제쳐 놓고 달려온 아저씨와 이것저것 필요한 것을 사고 할머니 집으로 가는 길은 언제 깔았는지 아스팔트 길이 되어 있었다.

"이쪽으로 고속도로가 난다고 하더니 벌써 포장이 다 되었네요. 이 주위에 땅 가진 사람들 대박이 터졌습니다."

아저씨는 어디서 들었는지 이 근처 땅에 대한 소식을 알고 국화에게 귀띔을 해 주었다.

그 소리를 듣자 국화는 갑자기 돌아가신 사모님 생각이 나서 눈시울이 뜨거워졌다. '사모님 들으셨죠. 감사드려요. 국화 땅이 대박이 났다네요. 도련님 걱정은 하지 마세요. 제가 도련님을 찾아 평생 동안 잘 보호하겠습니다.'

집에 도착하여 짐을 내려놓고 국화는 아저씨에게 수고비는 넉넉히 드릴 테니 앞으로는 일주일에 한 번씩 와달라고 부탁을 했다. 같이 시장도 보고 일도 해야 하니 아예 하루를 보낼 생각으로 오시도록 부탁을 하였다.

"소희야 이제는 나하고 함께 사는 거야. 그러니까 이젠 너무 슬퍼하지 말고 웃어 응?"

소희는 말없이 고개를 끄덕이고는 눈물만 흘린다.

병원에서 강제로 애기를 떼고 나서 소희는 그 충격으로 말을 하지 않고 눈물만 흘렸다. 그래서 국화는 서둘러 횟집을 나온 것이다. 더 이상 그곳에 있다가는 소희가 어떻게 될지 몰라 너무나 걱정이 되어 용기를 내어 사장에게 대들었다.

국화는 먼저 할머니 산소에 가서 인사를 드렸다.

"할머니 내가 할머니 땅 산거 아시죠. 이제 이곳에서 살려고 왔어요. 할머니도 외롭지 않아 좋으시죠. 옛날에 저와 인철 도련님을 살려주신 것처럼 밤이나 낮이나 우리를 도와주시고 보호해 주세요. 소희의 말문도 트이게 해주세요."

소희와 같이 지내면서 집도 꾸미고 주변도 치우다 보니 일주일이 금방 흘렀다. 운전해 주는 김씨 아저씨가 오자마자 국화는 서둘러 소희를 태우고 서울로 향했다. 간밤에 인철의 어머니가 정원에서 흰 국화 한 송이를 따서 인철에게 덮어주며 눈물을 흘리는데 국화가 피처럼 빨갛게 물드는 꿈을 꾼 것이 너무나 마음에 걸려 아침부터 서둘러 인철이 살던 집으로 온 것이다.

인철의 집 근처에 차를 세워달라고 하고 아저씨에게 소희를 데리고 점심식사를 하고 차에서 기다려 달라고 부탁을 하고 인철의 집이 보이는 곳에서 가만히 지켜보았다. 대문 사이로 안을 보니 국화꽃은 모두 없어지고 나무들만 무성하다. 집이 많이 변하였다. 안에서 누구시냐고 하는 소리가 나서 국화는 아무 말 없이 지나가서 근처에서 대문을 쳐다보고 있으니 하얀 승용차가 집으로 들어가고 낯선 부부가 아이를 안고 건물로 들어간다. 저 사람들은 누군데 인철의 집을 들어가는 것일까?

몇 시간을 바라보고 있는데도 인철은 오지 않는다. 기다리고 있는 소희와 아저씨를 생각해서 국화는 포기하고 집으로 돌아왔다.

차에서 내리며 국화는 아저씨에게 죄송하지만 내일은 일찍 다시 한 번 와달라고 부탁을 하였다. 도저히 이대로는 불안해서 견딜 수가 없었다.

아침 일찍 차가 도착하자 국화는 소희를 남겨두고 혼자 서울로 향했다. 인철의 집 근처에 차를 세우고 점심식사하시고 세시쯤 와달라고 부탁을 하였다. 오늘은 무슨 일이 있어도 인철의 소식을 알아야겠다고 결심하고 인철의 집으로 찾아갔다. 마침 큰 문이 열리면서 부부가 외출을 하는지 차를 타고 나간다. 도대체 인철은 어디가고 다른 사람이 살고 있는지 알 수가 없다. 집을 팔았을 리도 없고. 국화는 용기를 내어 문 앞으로 가서 벨을 눌렀다.

"누구세요."

"아주머니 문 좀 열어주세요. 이 집에 살던 사람인데요. 누굴 좀 찾으러 왔어요."

"저는 아무것도 몰라서 문을 열어줄 수 없어요. 나중에 주인들 오시면 다시 오세요."

아주머니는 국화가 다시 벨을 눌러도 받지도 않고 문을 열어주지도 않는다. 문 앞에서 한참 동안 기다리던 국화는 배가 고파서 점심을 먹고 다시 와야겠다고 생각하고 식당으로 향했다. 길모퉁이를 돌아가는데 거지차림의 남자가 지친 모습으로 식당 앞에 쓰러져 있다가 국화를 보더니 술 좀 사달라고 조른다.

아니, 이럴 수가! 인철 도련님이다. 국화는 전신이 감전된 것처럼 떨려왔다. 꿈에도 생각지 못한 일이 벌어진 것이다. 인철이 이런 꼴로 길거리를 돌아다니다니.

"도련님. 인철 도련님 저 국화예요. 절 몰라보시겠어요?"

식당 아주머니가 밖으로 나와서 말을 건넨다.

"아가씨. 이 사람을 아시오. 좀 데리고 가시오. 맨날 우리 집 앞에서 이렇게 보는 사람마다 술 사달라고 졸라대니 내가 미칠 지경이야."

"나 술 좀 먹게 해줘. 술."

국화는 일단 입을 쩝쩝 거리며 술 사달라고 매달리는 인철을 데리고 식당으로 들어갔다. 인철이 들어오는 것을 보고 내쫓으려던 식당아주머니는 국화가 같이 들어오면서 음식을 시키자 아주머니는 음식을 내오며 아는 체를 한다.

"알고 보면 참 불쌍한 사람이에요. 요 위에 사는 부잣집 아들인데 미국에서 온 아버지 첩의 자식들에게 집도 뺏기고 저 모양으로 폐인이 되었어요. 툭하면 술 먹고 들어와서 행패를 부려서 이젠 문도 안 열어주고 못 들어오게 하니까 여기 와서 술타령만 하고 있어요. 국화인지 국화꽃인지만 불러대고."

"아주머니 무말랭이가 있으면 그것 좀 주시겠어요."

"그런데 아가씨는 누구요. 이 사람을 잘 알아요? 아는 사람이 하나도 없는 것 같던데."

국화는 허겁지겁 밥을 먹는 인철의 모습을 보고 목이 매여 한 숟갈도 못 먹고 눈물만 흘리고 있다.

"천벌을 받아도 골백번 받을 사람들! 어떻게 이렇게 사람을 버릴 수가 있단 말인가."

첩이라는 사람이 자기 아들을 후계자로 만들기 위해 철저히 인철을 망가뜨린 것을 국화는 알 수 있었다.

국화는 우선 여관으로 인철을 데려가 인철을 깨끗하게 씻기고 속옷과 대충 입을 옷들을 사서 입힌 다음에 김씨 아저씨 차에 태워 병원으로 데리고 갔다. 인철은 국화를 못 알아볼 정도로 심한 알콜 중독자가 되었다. 간도 많이 안 좋아 중환자실에 들어갔다. 인철을 병원에 입원을 시키고 나자 혼자 있는 소희가 걱정이 되어 서둘러 할머니 집으로 돌아왔다. 말없이 모든 일들을 처리해주는 고마운 김씨 아저씨 덕분에 국화는 어려운 일들을 잘 처리 할 수 있었다.

소희는 다행스럽게 웃고 떠들 정도는 아니지만 그럭저럭 국화와 간단한 말도 하고 제법 집안일에도 열심이었다. 다만 밖으로 나가는 것을 싫어해서 국화의 걱정을 샀다.

낙엽이 산 정상으로부터 산 아래를 향해 붉은 색칠을 하듯이 내려오는 풍경은 산에서 사는 사람들이 누리는 축복이었다. 국화는 이제 인철을 면회가는 것이 일상이 되었다. 그에 따라 김씨 아저씨도 자주 집에 오게 되고 셋이서 식사를 할 때면 소희도 한마디씩 거들 정도가 되었다.

오늘은 소희도 인철에게 함께 가기로 했다. 모처럼 나들이를 가는데 입으라고 국화가 골라온 옷을 이것저것 입어보느라 소희가 아침부터 부산스럽다. 횟집에 있으면서 옷도 제대로 사주지 않고 일만 죽어라고 시키고 돈도 시집 갈 때 준다고 하여 새옷을 입어본지가 오래된 소희니 그럴 만도 하다. 그래도 소희가 이렇게라도 나아지는 것이 국화는 정말 기뻤다.

병원에 도착하여 국화만 중환자실로 들어갔다. 온 몸에 주렁주렁 링겔을 꽂고 눈도 뜨지 않고 누워있는 인철의 모습이 안쓰럽다.

"도련님, 어쩌다가 이렇게 망가진 거예요. 하지만 이제 걱정 마세요. 국화가 잘 보살펴 드릴게요. 전에는 도련님이 저를 돌봐주었으니 이젠 국화가 도련님을 떠나지 않고 지켜드릴게요."

국화는 인철의 차디찬 손을 가만히 잡고 속삭였다.

인철의 담당의사는 국화에게 알콜중독은 치료하면 나아지겠지만 간이 많이 손상된 것이 더 문제라며 지금 약물로 치료하고 있지만 장기간 요양을 해야 할 것이라고 말한다.

소희는 김씨 아저씨와 함께 대기실에서 기다리다가 국화를 반긴다.

"아저씨. 이 근처에 있는 백화점으로 가 주세요."

국화는 절대 은혜를 잊지 않는다. 정에 굶주려 살아와서인지 정을 주는 사람에게 흠뻑 빠진다. 더구나 소희는 가족 같은 사이고 김씨 아저씨는 단순히 차만 운전해 주는 것이 아니라 묵묵히 국화를 도와주는 고마운 분이다. 국화는 오늘 이 두 사람을 위해 돈을 좀 쓸 생각이다.

백화점에 도착하여 국화가 아저씨도 같이 들어가자고 하자 뭐 시킬 일이 있는가 하여 따라 들어왔다.

"오늘은 우리 맘껏 쇼핑 한번 해 봐요. 저는 소희 옷을 고를 테니까. 아저씨는 가족들 옷을 하나씩 고르세요. 특히 사모님 옷은 좋은 것으로 골라 보세요."

극구 사양하는 김씨 아저씨에게 국화는 추석 선물이라고 생각하고 받아 달라고 오히려 사정을 하자 아저씨는 할 수 없이 옷을 골랐다.

"추석에 아이들 입히셔서 한번 저희 집에 데리고 놀러오세요. 아이들은 다 잘 있죠?"

"아이가 셋이 있는데 먹고 살기 힘들어 하나는 친척집에 보냈습니다. 소식을 들은 지 오래되었는데 무소식이 희소식이라고 잘 있겠죠. 집사람이 아프니 아이들에게 까지 신경 쓸 틈이 없네요."

"그러면 안돼요. 이번 추석에는 꼭 친척 집에 보낸 아이도 챙겨서 함께 지내세요. 가족과 떨어져 사는 것이 얼마나 힘들고 고통스러운데요."

"네. 그래야죠. 이렇게 돈을 많이 쓰셔서 제가 죄송스러운데 오늘 차 대절한 값은 주시지 마세요."

"아니에요. 아저씨가 지금 저에게 얼마나 큰 힘이 되는데요. 여자 둘이서 사는데 아저씨 없으면 곤란한 일이 많았을 거예요. 제가 추석에 쓰시라고 돈을 좀 넣었으니 부담가지시지 말고 잘 쓰세요. 그리고 대신 앞으로는 이틀에 한 번 정도 와주세요."

집으로 돌아오는 길에는 고속도로 공사로 인해 제법 많은 차들이 오가고 있다. 공사가 끝나면 이제 서울에서 한 시간 조금 더 걸리면 올 수 있게 된 국화의 집이다.

아저씨는 집으로 돌아가며 국화가 준 봉투를 열어보고 너무 많은 돈이 들어있어서 깜짝 놀란다. 오십 만 원이면 명절을 열 번은 보내고도 남는 돈이다. 횟집에서 일하던 아가씨인데 이렇게 돈을 많이 주는 것을 보면 알 수가 없는 일이지만 어려운 형편에 큰 돈이 생기니 아저씨 배에 힘이 가득 들어간다.

국화는 이제 소희도 사람들을 만나는 것을 거부하지 않고 고속도로 공사로 사람들도 지나다니고 둘이 계속 있기에는 위험하기도 하고 불편하기도 해서 가까운 마을에 살 집을 장만하기로 하고 조금 남아있는 보석을 팔아야겠다고 생각한다.

아저씨가 오시자마자 가까운 마을 좀 돌아보았다. 아저씨도 아가씨 둘이만 있기에는 너무 외진 곳이라 걱정이 되었다며 좋은 생각이라고 하신다.

"그런데 돈을 너무 많이 주셨어요. 지금은 먹고 살기 위해 어쩔 수 없이 받지만 꼭 은혜를 갚겠습니다. 집세가 밀려 길거리로 나갈 판이었는데 덕분에 살았습니다. 감사합니다."

"아저씨가 그렇게 어려우신 줄은 몰랐네요. 보탬이 되셨다니 다행입니다."

마을 돌아다녀보니 시장도 가깝고 깨끗하고 조용한 데가 있어 복덕방으로 들어가 살만한 집이 있는지 물어보았다. 나이가 많으신 복덕방 할아버지는 국화를 한 번 찬찬히 보시더니 운전사까지 대동해서 나타나 돈이 좀 있는 것으로 생각하신 듯하다.

"있기야 있지. 근데 아가씨가 돈이 좀 있으면 마침 서울 사람이 몇 달 전에 내 놓은 큰 집이 하나 있는데 보실라우? 덩어리가 커서 보는 사람이 없어서 그렇지 아주 헐값이야."

할아버지와 함께 가본 큰 집은 정말 컸다. 텅 비어 있는 그 집은 방도 여러 개에 마루도 마당도 넓은 것이 이 마을에서 제일 큰 집 같았다.

"구경은 잘 했는데 이렇게 큰 집을 살 정도는 아니고요."

"그렇지. 너무 덩어리가 크지! 그래도 덩어리에 비해서 값은 괜찮으니 잘 생각해 보시구랴."

큰 집을 보고 나니 이상하게 다른 집을 보고 싶은 마음이 없어져 식사를 하려고 식당으로 가다가 국화는 낯이 익은 사람의 모습에 발걸음을 멈췄다.

세월이 아무리 흘러도 절대 잊을 수 없는 사람. 혹시나 잘못 보았는지도 몰라 두 눈을 씻고 또 보아도 그 모습이다.

"애란 언니!"

이것이 꿈인가? 생시인가? 애란 언니를 여기서 보다니. 세월이 많이 흘러 할머니가 다 된 애란 언니이지만 어찌 그 모습을 몰라보겠는가? 국화는 곁으로 다가가서 섰다.

"애란 언니. 국화를 기억하세요? 봉이는요?"

식당에서 일하던 애란 언니는 처음에는 길 가던 사람이 갑자기 붙잡더니 말을 건네자 당황한 듯 가만히 쳐다만 보더니 두 눈에서 눈물이 주르륵 흘러내린다.

"그래 생각난다. 국화! 니가 국화니? 정말 예쁘게 컸구나..."

두 사람은 길거리라는 것도 잊은 채 서로 껴안고 한참 동안 눈물만 흘렸다.

"애란 언니. 정말 세월이 많이 흘렀군요. 할머니가 다 되셨어요. 난 그동안 애란 언니. 초심 언니, 희야 언니를 잊지 않고 있었어요. 어린 우리 자매를 딸처럼 잘해준 것 잊지 않고 있어요."

"국화야. 그런데 여기는 웬 일이야?"

"제가 묻고 싶은 거예요. 어떻게 미국에 안가시고 여기서 계세요. 이러지 말고 우리 식당으로 들어가 이야기해요. 지금 식당에 가던 길이예요."

식사를 시키고 다시 두 사람은 못다 한 이야기를 나눈다.

"국화야 그동안 어떻게 살았니. 정말 많이 예뻐졌구나. 시집은 간 거야?"

"언니 그런 거는 다음에 이야기해요. 초심 언니랑 희야 언니는요?"

"희야는 미국으로 간 후에 소식이 끊기고 난 이곳저곳 방랑 생활하며 다니다가 여기까지 오게 됐어. 누가 알았겠니 국화를 여기서 만날 줄. 그것도 20년이 더 흐른 뒤에."

애란 언니는 식사가 나왔는데도 국화 손을 꼭 쥐고 놓지 않는다.

"언니 먼저 식사부터 해요." 애란 언니는 밥숟가락을 들고는 차마 먹지 못한다."

소희는 숟가락을 들고 먹지 않는 애란의 모습을 바라보다가 갈비를 찢어서 애란의 입속에 넣어준다. 애란 언니는 소희가 말을 하지 않자 눈치를 채시고 "어떡하나, 이 아가씨는 말을 못하는가?"하며 안타까워하신다.

"아니에요. 저하고는 말을 해요. 좀 슬픈 일이 있어서 말을 잘 안 할 뿐이에요. 어서 드세요. 드시는 것이 시원치 않네요. 입에 안 맞으세요?"

"아니 맛있다. 나 혼자 먹으려니 새끼들이 맘에 걸려 그래."

"언니 자식들이 많아요?"

"응. 일곱 명이야. 대가족이야 초심 언니도 같이 살고 있고. 사는 게 사는 것 같지 않게 살고 있단다."

"초심 언니도 같이 있어요? 초심 언니 얼른 보고 싶어요."

"다음에 같이 가보도록 하자. 너 사는 곳이 어딘지 서로 연락하며 살자."

고생을 얼마나 많이 했기에, 그 곱던 애란 언니가 할머니가 다 되어있는 것을 보니 국화는 너무 마음이 아팠다. 초심 언니도 빨리 보고 싶었지만 애란 언니가 꺼리는 것 같아 어쩔 수 없이 헤어져 집으로 돌아왔다.

국화는 잠을 자려고 누웠으나 애란 언니를 만난 감격에 잠을 이루지 못하고 옛날 일들을 떠 올린다. 그러면서 동생 봉이가 더 한층 그리워진다.

사흘을 한 달처럼 보내고 다시 식당으로 애란 언니를 찾아갔으나 애란 언니를 찾을 수가 없었다. 식당 아주머니는 그날 이후에 일도 그만두고 안 보인다고 말해준다.

"그럼 그 분이 이곳에서 일하셨어요?"

"돈을 주지는 않고 먹을 것을 주었어요. 식구들이 워낙 많아서 식당 일을 조금 도와주고 남는 음식을 가지고 갔어요."

"혹시 그 할머니 사는 곳을 아세요?"

"난 잘 모르고. 저기 구두 닦는 애가 그 할머니와 같이 사는 거 같던데 가끔 여기서 밥 얻어먹는걸 보면."

국화는 구두 닦는 아이에게 가서 애란 할머니나 초심이라는 사람을 아는지 물어보았다.

"울 엄마 이름이 애란인데요. 초심이모구요. 왜 찾으시는데요?"

"응. 잘 아는 사람이야. 꼭 만나봐야 하니 네가 좀 데려다줄래?"

"오늘 구두도 별로 못 닦았는데. 쌀도 사야 되고."

혼잣말을 하며 망설이는 아이에게 국화는 얼른 말한다.

"아줌마가 쌀 사 줄 테니까. 걱정하지 말고 같이 가자."

"얼마나 사주실건데요."

"아주 많이 사줄게."

국화는 애란 언니가 밥을 먹으면서 마음 아파하던 모습이 생각나 아이를 김씨 아저씨 차에 태워 가면서 식당에서 갈비를 구워 포장해 달라고 하고 쌀가게에 들러 쌀 한가마니를 샀다.

아이의 안내로 집에 도착해보니 애란 언니는 밖에서 무엇인가를 만들고 있었다.

"애란 언니 왜 식당에는 안 나가시고 저에게 사는 데를 안 알려 주셨어요?"

애란 언니는 사는 게 너무 초라해서 차마 국화에게 보이고 싶지 않았다고 하며 머리를 떨구었다.

"언니 그게 무슨 말이에요? 초심 언니는 어디에 있어요?"

"밭에 감자 캐러갔어."

"엄마, 이 분은 누구세요. 쌀도 많이 사오고 돼지 갈비도 엄청 많이 구워 왔어요."

"국화야 이렇게 거렁뱅이로 산다. 그래도 저 아이들이 있어서 이렇게 살고 있어. 애들이 씩씩하게 잘 커주고 착해서 어렵고 힘들어도 내가 힘이 나서 살만해."

잠시 후에 초심 언니가 세 명의 여자 아이들과 함께 바구니에 감자를 이고 들어온다.

국화는 달려가서 "초심 언니"하고 반갑게 손을 잡는다. 초심은 얼떨떨한 표정으로 국화를 쳐다본다. 흰머리로 변해버린 초심 언니지만 얼굴 표정은 아직도 옛날처럼 아이 같다.

"초심 언니 나 국화야. 언니랑 같이 소꿉놀이 하던 국화라고."

"국화라고? 국화가 누군지 나 잘 몰라."

애란 언니는 꿈을 꾸는 것 같다고 하며 눈가에 눈물을 훔쳤다. 국화가 여기까지 찾아올 줄은 몰랐다며 가끔 힘든 생활 속에서도 니네들을 생각했다고 하시며 봉이는 어찌 되었는지 물었다. "봉이는 작은 마님이 데리고 가서 얼마 안가서 떡 장수 할머니에게 돌려주었다는데 그 뒤로 만날 수가 없어요. 저는 큰마님을 양 엄마로 삼고 살았는데 죽도록 고생만 하고 결국 절 팔아먹는 바람에 지금은 연락도 안하고 살아요."

"그래 그 사람들 참 질이 안 좋았어. 양색시 장사 하면서도 무대뽀에 몰상식한 사람들이라 희야와 내가 너희를 걱정한 거야. 끝내는 봉이와 헤어졌구나. 어린 마음에 니가 상처를 많이 받았겠구나."

국화는 애란 언니와 헤어지기가 싫어 김씨 아저씨를 집으로 보내어 소희를 데려오라고 부탁하고 내일도 와 달라고 했으나 김씨 아저씨는 내일은 부인을 데리고 병원에 치료 받으러 가야 한다면서 올 수가 없다고 죄송하다고 하며 소희를 데려다 주었다.

저녁에 온 식구들이 다 들어오자 뜨끈뜨끈한 흰 쌀밥에 포장해 온 돼지 갈비로 모두가 포식을 하였다. 초심 언니는 할머니가 되었어도 걱정도 없고 그저 모든 것이 좋은 아이 같은 모습 그대로다. 애란 언니도 천사 같은 모습 그대로이다. 국화는 어린시절로 돌아간 듯 오랜만에 편안한 마음으로 웃으며 마음껏 떠들고 놀았다.

그날 밤에 애란 언니의 손을 잡고 아이들 틈에 끼여 자는데 애란 언니가 긴 한숨을 쉰다.

"국화야 너랑 만나자 마자 헤어져야할 것 같아. 우리는 여길 떠나야해."

"언니 그게 무슨 소리예요."

"그동안 이 땅 주인이 마음이 좋아서 우리를 그냥 살게 해 주었는데 이 땅이 팔려서 여기를 비워줘야만 해. 이 많은 식구들을 데리고 어디로 가야 할지 걱정이다. 조금 더 키워줘야 하는데. 갈 곳 없는 저 불쌍한 아이들을 어떻게 해야 할지 모르겠다."

"저 아이들이 언니의 자식들이 아니었어요?"

"내가 몇 번 결혼은 했는데 양공주였던 것을 속여 했더니 세상에 비밀이 없더라구. 거기다 초심 언니까지 있으니 더 싫어해서 홀로 방황하며 여기저기 떠돌아다니면서 식당에서 밥도 해주면서 닥치는 대로 살았지. 근데 어느 고아원에서 밥해주는 일을 했는데 그 고아원 원장님이 아주 좋은 분이라 애들을 잘 돌봐주다가 나이 많아 돌아가시고 그 아들 며느리가 들어오면서 아이들을 잘 돌보지 않아 20명쯤 되는 아이들이 다 뿔뿔이 흩어지고 남은 어린 아이들만 내가 데리고 나와 이제껏 같이 살고 있었던 거야."

"애란 언니는 정말 천사 같은 분이예요. 걱정 마세요. 살길이 있겠지요."

국화는 두 언니를 만나니 친부모를 만난 것처럼 가슴이 푸근해지고 든든하다. 어릴 때 얼마나 자기를 아껴주고 사랑해주던 언니들인가? 이제부터라도 떨어지지 않고 살아야겠다고 결심한다.

국화는 아저씨에게 연락해서 서둘러 서울로 가서 남은 보석들을 팔아서 돈을 장만하여 땅을 사준 복덕방으로 갔다.

가는 길에 횟집 앞을 지나다 보니 못돼먹은 주방장이 배가 남산만한 여자를 데리고 횟집으로 들어간다. 소희에게 못된 짓을 해놓고도 잘 사는 모습을 보니 괜시리 심통이 난다.

부동산 사장은 국화가 들어오는 것을 보더니 반색을 하며 대뜸 어디다 전화를 건다.

"사장님 땅 주인이 왔으니 저희 부동산으로 빨리 오시지요."

무슨 영문인지 모르는 국화에게 사장은 왜 그렇게 연락이 안 되냐고 하며 국화가 사논 땅이 대박이 났다며 지금 오는 사장에게 그 땅을 팔고 자신이 추천하는 땅을 다시 사라고 한다.

"몇 년 사이에 땅이 많이 올랐어요? 팔라고 하시게?"

"아가씨, 아가씨가 운이 좋아 전에 사놓은 산도 고속도로가 완공되면 엄청 오를 텐데. 재작년에 산 땅 주변에 공장들이 들어오면서 땅 값이 많이 올랐어. 조금 더 있으면 더 오르겠지만 그건 그때 가봐야 아는 거고 지금 파는 게 더 나. 내가 아가씨를 땅 부자로 만들어 줄 테니까. 나만 믿고 시키는 대로 해요."

잠시 후에 땅을 사겠다는 사람이 들어오는데 보던 얼굴이다. 언젠가 인철을 찾으러 갔을 때 인철 집에 아기를 안고 들어가던 사람이다.

부동산 사장은 수완이 좋아서 별 문제 없이 계약을 매듭짓고 계약금을 국화에게 건네주었다.

"왜 그렇게 비싸게 주고 땅을 산데요?"

"미국 회사와 합작으로 공장을 짓는다는데 아가씨 잘 팔았어요. 지금 거기가 하늘 높은 줄 모르고 올라간 상태인데 욕심이 과하면 끝이 안 좋은 법이예요. 욕심 부리지 않고 팔았으니 잘했어요."

국화는 부동산을 나와 아저씨 차를 타고 인철의 병원으로 간다.

"아저씨 오래 기다리셨죠. 사모님 치료는 잘 하셨나요?"

"요즘 아가씨가 자주 불러주시고 돈도 많이 주셔서 팔을 자르지 않아도 될 정도로 치료를 잘하고 있습니다."

"잘되었네요. 정말 다행이네요. 제가 고맙지요. 저를 위해서 언제라도 와 주시고 다 도와주시니."

인철은 중환자실에서 나와 입원실에 있었다. 간병하는 사람이 있어서 인철을 돕고 있었다. 병원비가 비싼 만큼 모든 것이 잘 되어 있는 병원이라 국화가 요즘 여러 가지 일로 자주 찾지 못해도 마음이 편하다.

담당의사는 보호자가 없어서 걱정했다며 약물치료 후에 정신과 치료를 해야 할 것 같다는 소견을 말한다. 무엇인가 알콜중독 말고도 의심되는 것이 있는 눈치인데 자세히는 알려주지 않아 다시 입원실로 갔다.

"도련님 이제 깨어나셨군요. 다행이여요."

국화는 인철의 얼굴을 만지며 반갑게 인사를 하였다.

"누구신지..."

인철은 국화를 못 알아보고 자기 자신에 대한 것도 명확하게 알지 못하는 상태였다. 잠시 인철과 시간을 보냈으나 국화를 알아보지도 못하고 약기운에 자꾸 잠이 드는 인철의 곁에 오래 있기가 어려워 간병하시는 분에게 돈을 조금 드리며 잘 돌보아 줄 것을 부탁하고 애란 언니가 살고 있는 집으로 갔다.

소희는 국화를 보더니 맨발로 뛰어 나와 반갑게 맞는다.

"국화야 어디 갔다 이제 오냐. 저 아가씨가 얼마나 불안해 하는지."

"언니 오늘 바빴어요. 내일 저와 함께 갈 데가 있어요."

"어딘데. 멀어? 너무 멀고 걷는 곳이 많으면 난 못 간다. 다리가 시원치 않아서."

"차로 가면 얼마 안 걸리니까. 걱정 마세요."

작은 방 두 개에서 대가족에다가 국화와 소희까지 자려니 보통 문제가 아니다. 국화는 마음이 급하다.

아침이 되자 온 식구들이 바쁘게 움직인다. 서둘러 아침밥을 해 먹고 자기 할 일들을 찾아 나선다. 구두닦이. 식당에 설거지 가기. 아직은 돈 벌이 할 나이가 아니지만 조금이라도 애란 언니에게 보탬이 되기 위해 열심히 일들을 한다.

구두닦이 하는 영식이는 15살, 식당 나가는 해진이는 14살, 껌 파는 윤순이는 13살, 나머지 어린 애들은 집에서 심부름을 잘들 한다.

부모 없이 자라나는 아이들 같지 않게 씩씩하고 밝다. 천사 같은 애란 언니가 엄마이니 그럴 만도 하다. 국화는 새로운 희망을 가져본다. 자기도 애란 언니와 같이 저 아이들을 훌륭하게 키워보겠다고 결심한다.

김씨 아저씨가 차를 가지고 와서 큰 집을 소개해준 복덕방으로 갔다. 복덕방 할아버지는 그 집을 다시 보자 하니 국화를 쳐다본다.

"할아버지 그 집을 우리 언니가 맘에 들어 하면 살 테니까. 빨리 보여주세요."

김씨 아저씨도 국화가 그 큰집을 산다고 하니 놀란다.

"애란 언니 집을 잘 살펴보세요. 언니 마음에 들면 계약하게요."

"국화야 이렇게 큰 집을 살려면 돈이 많이 있어야 할 텐데. 무슨 돈으로?"

"언니. 돈 걱정은 하지 마시고 집이 마음에 드는지 보세요."

"글쎄. 난 잘 모르겠다. 너에게 어떻게 대답을 해야 할지."

"할아버지 이 집이 헐값에 나왔다는데 얼마까지 해 주실 수 있는지 알아봐 주세요. 돈은 빨리 줄 수 있다고 하구요."

할아버지는 복덕방에 다시 와서 서울에 있는 주인과 한참을 통화하더니 전화를 끊는다.

"이 사람들이 급하긴 급한가 보이. 돈을 빨리 줄 수 있다고 하니 내놓은 가격도 싼데 더 깎아서 팔아달라고 하니 빨리 계약합시다. 맘 변하기 전에."

200평이나 되는 큰 집을 계약하고 애란 언니의 집으로 돌아온 국화는 김씨 아저씨에게 봉투를 주며 감사인사를 한다.

"아저씨 이제는 이사도 하고 하니 이제는 차를 대절 할 일은 없을 것 같네요. 그래도 저희가 필요할 때는 꼭 와서 도와주세요. 그동안 감사했습니다."

"물론이죠. 제가 그동안 많은 사람들을 봤지만 아가씨처럼 천사 같은 사람은 처음 봤어요. 어려운 사람들을 자기 일처럼 돕는 것을 보니 복 받으실 거요. 언제라도 불러만 주세요. 다른 일 다 제쳐 놓고 바로 오겠습니다."

저녁에 애란 언니는 아이들을 모두 모이게 했다. 아이들은 이 집에서 쫓겨나면 헤어질지도 모른다고 많이 불안해하고 있었다.

영식은 하루 동안 구두를 닦아서 번 돈을 모두 내놓는다. 윤순이도 까만 비닐봉지에서 껌을 팔아서 번 돈을 내놓고 해진이는 월급을 며칠 있다가 준다고 하면서 미안해 한다. 모두가 힘을 합쳐 살아가려고 애쓰는 모습이 눈물겹다.

애란 언니는 아이들에게 먼저 저녁을 차려주어 먹게 하고는 밥상을 물리고 이야기 한다.

"우리는 이제 헤어지지 않아도 돼. 여기 있는 국화 이모가 오늘 우리가

모두 함께 살아도 될 정도로 아주 큰집을 사서 이제 그 집으로 이사를 가
게 될 거니까 아무 걱정하지 않아도 돼."

영식은 남자답게 가장 걱정을 많이 했던터라 믿어지지 않은 듯
국화를 한참 쳐다보며 말을 잇지 못하다가 해진과 윤순이가 좋다
고 팔짝팔짝 뛰자 국화에게 다가와 진심으로 감사하는 말을 했다.

초심 언니도 덩달아 "나도 고맙습니다." 하며 고개를 숙인다.

"그런데 국화야 이제 너도 나이가 40이 다 되었을 텐데 시집은  안 간
거야?"

"언니 때가 되면 다 말씀드릴게요. 우선은 내일 아이들을 데리고 이사
할 집에 가서 방도 정하고 수리할 데가 있으면 해야 되겠어요. 비어있던
집이라 손 볼 데가  많을 거예요."

"그래 나도 자세히 보지를 않아 잘 모르겠구나. 언감생심 그런 집을 살
수 있으리라고는 꿈에도 생각지 않아서 잘 살펴보지도 않았어."

"언니 그만 이제 자자고요. 오늘 많이 힘드셨죠. 이리 누우세요. 제가 다
리를 주물러 드릴게요."

국화는 쇠약해진 애란 언니의 다리를 주무르며 울컥해지는 마
음에 눈물이 나오려고 한다. 아무것도 모르는 어릴 때 만나서 먹
을 것도 사주고 생전 처음 입어보는 예쁜 옷도 사주던 애란 언니
가 이렇게 늙어서 할머니가 다 된 모습을 보니 참으로 세월이 무
상하다는 생각이 들었다. 이제부터라도 그 은혜를 갚으며 살아야
겠다고 생각하니 주무르는 손에 힘이 간다.

"아유. 시원하다. 국화가 커서 이렇게 내 다리를 주물러 줄줄 누가 알았겠니. 넌 어려서부터 영리하고 똑똑했지!"

소희는 좁은데서 끼여 지내다가 큰 집으로 이사 간다는 것이 좋았는지 아침 일찍부터 부지런을 떤다. 아이들도 마찬가지여서 아침부터 수돗가에는 들뜬 아이들의 웃음소리로 시끌벅적 하다.

이 생각 저 생각으로 새벽에나 잠든 국화와 애란 언니가 눈을 뜨니 벌써 아침상을 차리고 있다. 깜짝 놀라 벌떡 일어나 누가 밥을 했느냐고 물으니 소희 이모가 했다며 아이들이 싱글싱글하다. 그것도 그럴 것이 15년을 식당에서 일하던 소희의 솜씨에 아이들이 반한 것이다. 밥상에는 온갖 종류의 반찬들이 뽐내고 있었다. 야채, 생선, 고기, 찌개까지 없는 게 없었다. 바쁘게 돌아다니는 국화를 생각해서 소희가 영식이를 데리고 미리 장을 봐 놓았다가 아침 일찍부터 솜씨를 발휘한 것이다.

이제 소희는 아이들과 함께 있으면서 옛날의 명랑했던 옛날의 모습을 찾아가고 있었다. 더구나 자신처럼 어려운 아이들이 아닌가? 아니 부모 얼굴도 모르고 갓난 아이 때부터 버려져 고아원에서 자란 아이들이니 자기 보다 더 불쌍한 아이들이다. 그런 아이들과 어울리면서 아기를 잃어버린 슬픔을 극복하고 있었다.

아이들은 이사 갈 집을 가보더니 놀라서 입을 다물 줄을 몰랐다. 초심 언니는 "아. 뎄다 크다."를 연발하며 이방 저 방을 휘젓고 다녔다.

구두닦이 영식은 믿어지지 않는다는 듯 "어머니 정말 여기가 우리가 살 집인가요?"하며 좋아했다. 모두가 좋아하고 기뻐하니 국화의 마음이 흐뭇하고 뿌듯하다.

"애란 언니 잠시만 아이들과 함께 계세요. 복덕방에 다녀올게요."

초심 언니는 자기도 간다고 따라 나선다. 옛날부터 어디를 가든지 따라 다니려고 했던 초심이라 데리고 가는 것이 맘이 편해 함께 복덕방으로 갔다.

복덕방에는 미리 연락을 해서 집 주인도 와 있었다. 서류를 넘겨받고 잔금을 치루니 집주인은 자기가 급한 사정이 있어 할 수 없이 집을 헐값에 팔았다며 잘 사시라고 악수를 하고 갔다. 복덕방 할아버지는 정말로 싸게 손에 쥔 것이라며 복비를 톡톡히 내라고 설레발이다.

"복비는 정해져 있는 게 아닌가요."

"물론 그거야 그렇지. 하지만 헐값에 사도록 해 주었으니 알아서 해줘."

"할아버지 우리 국화가 큰집을 사거든요."

초심 언니가 하는 말에 할아버지는 씩 웃으며 누구냐고 묻는다.

"우리 이모예요."

"나이는 먹을 만큼 먹었는데 어린아이 같네 그려."

할아버지는 국화가 준 봉투를 열어 금액을 확인해 보더니 만족한 웃음을 지으며 역시 얼굴에 돈 복이 흐르는 사람이 다르다고 추켜세운다. 국화는 무슨 일이든지 넉넉하게 보답한다. 자기도 은혜를 받아 이만큼 살게 되었으니 다른 사람에게도 아끼지 않고 베푸는 것이 습관이 되었다.

"애란 언니 이제 볼일을 다 보았으니 이 집은 우리 것이 되었어요. 이 집에서 우리 아이들을 잘 키우며 희망 안고 살아가요."

"얘들아 내일 이사하기로 하자. 이제는 나도 너희들과 같이 영원히 살 것이니까 우리 함께 잘 지내보자."

"왜! 부자 이모도 우리랑 같이 산다고요?"

영식이도 해진이도 윤순이도 국화가 함께 산다는 말을 듣고는 함성을 지르며 기뻐한다. 기특한 아이들. 지금까지 자기네들이 어떻게든 집안을 꾸려가야 한다는 생각에 온갖 구박과 고통 속에서도 묵묵히 자기가 벌은 돈을 모두 애란 언니에게 내놓는 착한 아이들이다. 애란 언니가 점점 늙고 몸이 안 좋아져서 걱정이 산더미처럼 쌓여가던 차에 국화가 나타나자 눈물이 나도록 감사하는 아이들이다.

짐을 싸기 위해 서둘러 살던 집으로 돌아오는 버스 안에서 아이들은 신나는 마음을 주체 할 수가 없어 노래를 불러대다 운전사 아저씨에게 조용히 하라고 욕을 먹었지만 누구도 그 마음을 빼앗을 수가 없었다. "킥킥" "큭큭" 서로 찌르며 장난치는 모습은 영락없는 아이들이다.

국화는 저녁에 아이들에게 자기 짐들을 가져오라고 하고는 검사를 했다. 아이들은 무슨 일인가 궁금해 하면서도 파랑, 빨강,

노랑 보자기에 자기 옷들과 간단한 소지품들을 싸서 가지고 왔다. 국화는 각자 자기 것을 펼쳐보라고 하고는 다시 싸게 하고 해진이만 남기고 다 내보냈다.

"해진아 애들이 기분이 나쁠까봐 내가 직접 뒤져보지는 않았지만 옷들이 전부 낡아서 쓸 만한 것이 하나도 없으니 전부 버리고 새로 사야겠다. 니가 전부 버리라고 해줄래?"

"이모 아직 입을 수 있는 것도 많아요. 꿰매 입으면 되는데."

"아니야 이모 말대로 전부 버리고 가게끔 해."

영식과 윤순은 궁금해서 바깥에 기다리고 있다가 해진이 나오자 한쪽으로 데려가 속닥거린다.

"국화 이모가 뭐라셔. 우리가 너무 더럽다고 하지?"

"아니 우리들 속옷부터 전부 다시 다 사준다고 모두 버리고 가라고 하셔."

"그럴까. 그럼 다 버리고 가면 되지."

"안돼. 오빠. 쓸 만한 걸 버릴 수는 없어 무조건 국화 이모 도움만 받을 수는 없잖아."

"그래 내가 생각이 짧았다. 아이들에게는 내가 쓸 만한 거는 챙겨 가도록 말할게."

영식은 해진의 말에 순순히 동의 하고는 아이들에게 갔다.

다음날 아침밥을 먹으며 이사는 내일 가야겠다고 국화가 말한다.

"달력을 보니 내일이 손 없는 날이네요. 이왕이면 좋은 날 가요."

"그래 그러자 국화가 마음 쓰는 것을 보니 내가 세상을 헛살았어."

"무슨 말씀이세요. 언니는 정말 훌륭한 일을 하셨어요. 오갈 데 없는 아이들을 데려다 보살펴주어서 아이들이 이렇게 착하게 컸잖아요."

"나도 세상 헛살았어."

초심 언니의 말에 모두는 깔깔대고 웃느라 눈물이 나올 정도였다.

"해진아 오늘 이모와 쇼핑 가자."

"저는 오늘 식당에 나가봐야 하는데요. 어제도 쉬었는데 오늘도 안 나가면 그만두라고 할 거예요."

"식당일은 그만둬. 니가 언니 노릇을 해야 하잖아."

"아니요. 이제부터 열심히 돈 벌어서 이모 은혜를 갚아야지요."

영식이도 구두통을 들고 씩씩하게 나간다. 윤순이도 나가자 애란 언니가 "아이들이 열심히 살려는 의지가 있어서 내가 그나마 버틸 수가 있었단다."

"이게 다 언니가 잘 보살펴줘서 그런 거지요."

"난 아직도 널 만나서 이렇게 이사까지 가게 된 것이 꿈만 같다. 며칠 전만 해도 앞이 깜깜하고 하늘이 무너지는 것 같이 암담했었는데. 지금도 꿈만 같아."

"꿈이 아니에요. 애란 언니. 오늘은 많이 바쁘게 돌아다녀야겠어요. 시장도 가야하고 가구점에도 가서 가구를 골라 배달 시켜야 해요."

애란과 초심, 소희, 국화 네 사람은 시장에 들러 아이들 옷을 골고루 사고 가구점에서 가구도 맞추었다. 국화는 아이들 수에 맞추어 책상을 샀다. 다른 사람들은 책상을 많이 사는 것을 보고 무슨 일인가 했지만 국화가 생각이 있어서 그런 것이라고 여겼다. 마지막으로 그릇, 이불 까지 전부 사서 새집으로 배달을 시키고 나니 모두 파김치가 되었지만 물건 사는 재미에 얼굴에는 웃음 가득이다. 특히 사는 것을 좋아하는 초심 언니는 말 그대로 방방 뜨면서 돌아다닌다.

이사 가는 날 식구들을 태우기 위해 차를 대절하려고 전화를 했지만 김씨 아저씨가 회사를 그만 두었다는 소리에 포기하고 다른 택시를 타고 가기로 했다. 그동안 궂은 일 좋은 일을 잘 맡아 해주던 아저씨가 없다고 생각하니 허전한 마음이 드는 국화다.

새집에 도착한 물건들이 정리 되는 것을 보다가 국화가 애란에게 말한다.

"애란 언니 언니가 오늘 여기서 주무세요. 이사 오기 전에 누가 하루 밤을 먼저 자야한다는 전설이 있는데요. 다리도 아프시니 초심 언니와 여기서 주무세요."

"아니, 내가 가서 정리해야만 하는 것들이 많으니까. 집주인인 니가 자라."

"그럼 같이 가요. 여기는 미래의 주인들인 영식이와 해진, 윤순이가 자라고 하죠. 가기 전에 복덕방 할아버지에게 동네 사람들에게 떡을 돌리려면 얼마나 해야 하는지 물어봐야겠어요."

국화는 복덕방 할아버지가 일러준 떡집에다가 떡을 시키고 애란이 살던 집으로 돌아왔다.

애란의 집에는 햇님이라는 아가씨가 와 있었다.

"햇님아 너 어디에 있었길래. 연락도 없었어. 니가 떠난 후에 내가 얼마나 걱정 했는데."

"어머니 죄송해요. 돈을 벌면 동생들도 학교에 보내고 초심이모 먹을 것도 많이 사가지고 오려고 했는데 돈이 벌리지 않아서 못 왔어요. 이 집에서 나가셔야 된다는 소식을 듣고 걱정이 되어 잠깐 들렀어요."

"햇님아 잘 왔다. 국화 이모에게 인사해라. 엄마 동생이야."

"햇님이라고? 잘 왔다. 정말 예쁘게 생겼네. 이제부터 어디 가지 말고 함께 살자."

"여기서 나가셔야 한다면서요."

"걱정하지 않아도 돼. 우리는 내일 좋은 집으로 이사 간단다. 너도 빨리 짐 싸는 것 좀 도와라."

잠시 후에 짐을 싸기 위해 일찍 돌아온 아이들은 햇님을 보자 서로 부둥켜안고 반가워서 어쩔 줄 몰라 한다.

"국화야 햇님이가 왔으니 여기는 큰 아이들에게 맡기고 국화가 작은 아이들만 데리고 먼저 가있어라."

애란 언니의 말에 국화는 아침에 짐차를 보내겠다고 말하고 작은 애들만 데리고 새집으로 왔다.

방 5개 중에 세 개는 아이들 방으로 하고 한 개는 애란 언니와 초심 언니 나머지 한 개는 소희와 자신이 쓰기로 하고 모든 배치를 끝냈다. 아무것도 없는 넓은 마당에는 국화꽃으로 가득 채우기로 했다.

국화를 사랑하면서도 말도 못하고 무엇이든지 국화가 원하는 것은 다 해주던 인철을 생각한다. 무슨 일이 있어도 인철을 치료하여 이곳에서 같이 살기로 결심한다. 인철이 오기 전에 인철과 함께 국화꽃 정원을 꾸민 것처럼 여기도 국화꽃으로 가득하게 해야겠다고 마음을 먹었다.

아이들은 아침이 되었지만 처음 입어보는 잠옷이 마음에 들었는지 벗으려고 하지 않는다. 초심 언니까지 벗지 않으려고 해서 국화가 예쁜 옷들을 펼쳐 놓고 꼬셔서 초심 언니부터 갈아입게 하고 나머지 아이들은 초심 언니가 입히도록 했다.

아침 준비를 마쳐놓고 기다리고 있으니 애란 언니와 큰 아이들이 짐차를 타고 도착했다. 사실 짐이라야 얼마 안 되고 사람만 가득이다.

큰 대문을 열어주는 초심 언니를 따라 나온 아이들을 보고 영식과 해진이와 윤순이는 깜짝 놀란다.

"너희들은 누구냐?" 아이들은 깔깔대며 예쁜 옷을 자랑한다.

이 집에 처음 와본 햇님은 어리둥절해서 두리번거린다.

해진이가 여기가 우리가 살 집이라고 하자 깜짝 놀라며 주인이 누구냐고 묻는다. "국화 이모 집이야. 우리랑 같이 살 거야."

"와, 되게 부자인가봐."

'국화'라고 쓰인 문패가 달린 큰 문을 지나가니 방마다 이름이 쓰여 있고 옷이며 물건들도 나란히 잘 정리되어 있다.

영식이 방에는 영식이와 어린 남자애들 둘이 쓰고, 해진이 방에
는 해진과 여자애들 둘이 쓰고 윤순과 햇님이 같이 쓰도록 했다.
방마다 책상이 둘씩 놓여있다.

이미 모든 것을 정리해 놓은 상태라 각자 방에 들어가 간단히
정리를 하고 동네를 다니며 떡을 나누어 주었다. 마을 어른들이
큰집에 대가족이 이사를 왔다는 소식에 들렀다 가신다.

한 아주머니가 국화에게 모두 누구 자식이냐고 물어 애란 언니
를 가리키며 "우리 언니의 자식들입니다. 저희는 동생들이고요."라고 대
답하자 애란 언니의 눈가가 촉촉해진다.

국화는 저녁에 아이들을 모두 모아 놓고 앞으로 어떻게 살 것
인지 물어보았다.

"엊그제 온 햇님이 부터 물어보자. 나이도 제일 많은 것 같으니 앞으로
어떻게 살거니?"

햇님이는 딱 잘라 말한다.

"제 걱정은 마세요. 며칠 있다가 다시 돈 벌러 갈 거예요. 어머니도 보
고 싶고 집도 걱정되어 왔는데 이렇게 모두 잘 계시니 안심해도 되겠어요."

"저도 더 열심히 구두닦이를 해서 은혜에 보답하겠습니다."

영식은 씩씩하게 말한다. 해진이도 내일부터는 다시 식당에 나
갈 것이라고 한다.

"이모 말 잘 들어. 내가 지금부터 하는 이야기대로 하지 않을 사람은 여
기서 살 수가 없다. 너희들이 그동안 얼마나 많은 사람들에게 천덕꾸러기

취급당하며 살아 온 것 이모는 잘 알고 있어. 내가 너희들처럼 어릴 때부터 이리저리 끌려 다니다가 어린시절 너희들 엄마를 만나 잠시 보살핌을 받았지만 다시 양부모를 잘못 만나서 식모살이로부터 안 해 본 게 없을 정도로 고생하며 살아왔기 때문이야. 하지만 너희들이 아무리 열심히 노력 한다고 해서 나아실 것은 하나도 없어. 힘만 들 뿐이야. 햇님이도 열심히 살았지만 아무것도 없잖아.

지금부터 너희들은 오직 공부만 하게 될 거야. 열심히 공부해서 훌륭한 사람이 되는 것이 엄마의 꿈이고 이모의 꿈이야. 엄마와 이모를 고맙게 생각한다면, 은혜를 갚겠다면 열심히 공부하면 돼. 오직 그것만 바랄 뿐이다. 찬성하는 사람은 박수를 쳐라."

아이들은 눈물을 흘리며 박수를 쳤다. 애란 언니의 눈에도 하염없이 눈물이 흘렀다.

국화는 아이들을 공부 가르치기 위해 모든 것을 다했다. 아이들도 잘 따라주었다.

마당에는 농작물을 키워서 시장에 내다 팔고 꽃씨를 받아서 예쁜 봉지에 넣어서 팔기도 했다. 할머니와 살던 산에는 나무를 심어 키운 뒤에 농원에 통째로 팔았다.

국화는 힘들어도 하루하루가 행복하다. 아이들이 잘 커주는 것이 오직 희망이었다.

햇님이는 처음에는 버티다가 국화의 눈물어린 설득에 공부를 시작하여 검정고시로 대학에 들어가 졸업을 하였다. 영식이는 본래 머리가 명석한 아이여서 실력이 뛰어났다. 우수한 대학을 수석으로 들어갔다. 해진과 윤순이는 고등학교에 다니고 있다. 어린 동생들도 언니 오빠가 하는 것을 보고 잘 따라서 열심히 공부한다.

세월은 가만히 있지 못하고 흐르고 또 흐른다. 국화의 나이 이제 60이 되었다. 이제 애란 언니도 팔순을 앞두고 있다.

아이들은 이제 국화를 어머니라고 부른다. 모두가 성장하여 이제 자기 갈 길을 가서 일가를 이루었다.

소희가 이제는 옛이야기가 되어버린 주방장 이야기를 꺼낸다.

"국화야. 세월이 참 많이 흘렀다. 횟집의 그 사람들은 어떻게 지낼까? 언젠가 그쪽을 지나다가 보니 횟집이 없어지고 다른 식당이 들어왔더라고 식당에 들어가 슬쩍 소식을 물어보니 부모들은 다 죽고 횟집을 물려받은 주방장은 부인하고 이혼하고 남자 아이 하나 데리고 어디론가 떠났데. 그렇게 나에게 모질게 하더니 하늘이 가만 두지 않았나봐."

"소희야 오늘은 나하고 인철 도련님에게 같이 가자."

**인철이 있는 정신병원은 경치가 좋은 산허리에 있다.**

"내가 지금까지 살아온 것은 사실 인철 도련님 덕분이야. 학교도 보내주고 돈도 주어서 땅도 사고 오늘 까지 잘 살 수 있었어."

"그런데 왜 그렇게 오랫동안 정신병원에 있는 거야?"

"못된 첩하고 첩의 아들이 인철 도련님을 해치려고 오랜 시간 술과 약을 먹여 폐인을 만들어 놓고 재산을 가로채는 바람에 도련님이 정신이 온전치 않아."

"세상에 거기도 나쁜 사람들이네."

"세상에는 나쁜 사람들이 너무 많아. 잘 먹고 잘 살려고 다른 사람을 해치는 짐승같은 사람들. 그런데 그 죄 값으로 벌 받았잖아. 내가 가지고 있던 땅을 첩의 아들이 사서 합작회사를 지었는데 망했다네. 땅도 가격이 폭락해서 사는 사람도 없고. 부동산 아저씨가 말 한대로 되었나봐. 그 아저씨 나에게 고마운 분이야. 그 덕에 땅을 팔아 큰 집도 사서 애들을 키울 수 있었으니."

입원실에 들어가니 인철이 무엇인가 먹고 있다가 국화를 맞는다. 이젠 기억만 없을 뿐 병은 다 나아서 얼굴이 많이 좋아졌다.

"도련님 잘 있었어요?"

인철은 눈물을 흘리는 국화 얼굴을 가만히 쓰다듬으며 말한다.

"울지 마요. 나 하나도 안 아프니까 울지 마요."

인철은 기억은 없지만 가끔씩 찾아와서 울고 가는 국화를 보며 안 되었는지 오히려 자기가 위로를 한다.

소희는 그 모습을 보더니 면회를 마치고 밖으로 나가면서 국화에게 말한다.

"국화야 도련님이라는 분 아픈 것은 다 나은 것 같으니까. 기억을 찾을 수 있게 한번 새로운 것으로 시도를 해보자. 매일 그날이 그날이면 변화가 없어 기억이 돌아오겠어?"

"맞아. 내가 왜 그 생각을 못 했을까? 며칠 동안이라도 밖에 모시고 나와서 지내다 보면 혹시 기억나는 게 있을지 몰라."

국화는 영식에게 전화하여 병원으로 오게 했다. 얼마 전에 국화가 고시 합격한 기념으로 영식에게 사준 하얀 승용차를 가지고 영식이 병원으로 왔다.

"어머니 무슨 일이세요? 이곳에는 무슨 일로?"

이제는 아이들이 모두 국화에게 어머니라고 하였다. 이모라고 하기에는 너무나 큰 은혜를 입어 어머니라고 하기로 의견일치를 본 것이다. 국화는 그 동안 영식이나 누구에게도 인철의 이야기를 하지 않았기 때문에 영식은 영문을 몰라 했지만 어머니가 평소에 확실한 일만 하시던 분이라 더 이상 묻지 않고 어머니의 말을 기다렸다.

"영식아 자세한 것은 나중에 말하기로 하고 좀 멀어도 우리 별장으로 좀 가자."

산 아래 하얀 집. 언젠가 인철의 기억이 돌아오면 함께 살기 위해 할머니가 살던 집을 허물고 지은 하얀 집.

그곳에 도착하여 인철과 함께 내린 후에 국화는 이곳에 며칠 머무를 테니 돌아가라고 하며 애란 언니에게 아무 말도 하지 말라고 한다.

"어머니가 걱정 하실 텐데요."

"그냥 별장에서 잠시 쉬었다 오신다고 하면 돼. 며칠 있다가 내가 전화하면 다시 오너라."

소희도 걱정하지 말라고 거들자 영식은 할 수 없이 서울로 돌아갔다.

국화는 인철을 할머니 무덤으로 데리고 가서 절하게 한다.

"도련님. 할머니 산소예요. 이곳에서 도련님이 쓰러져 죽을 뻔 했는데 할머니가 살려 주신 거 기억나세요. 우리가 여기서 함께 보낸 일들 하나도 생각이 안 나세요?"

인철은 다만 "하얀 할머니. 하얀 할머니." 하며 웃을 뿐이다.

국화는 인철의 팔짱을 끼고 산길을 내려오면서 인철에게 "이 길 생각나세요? 하얀 눈이 내려서 눈이 쌓여 도련님과 제가 죽을 뻔 했잖아요."

"국화야 여기에 산짐승이 있었어?"

소희는 놀란 듯이 물었다. 국화와 함께 잠시 동안 여기에서 같이 살면서 몰랐던 일을 국화가 말해주자 살짝 눈을 치켜뜨며 말했다.

"그래. 그때는 말해주면 니가 겁먹을까봐 말 안했지."

"아이고 지금 생각해도 떨리네. 야, 우리 토스트나 해 먹자."

"도련님이 좋아하실지 모르겠다. 그러지 뭐."

하지만 국화가 걱정한 것이 무색하게 인철은 토스트를 맛있게 먹었다.

애란 언니는 국화가 오지 않아 걱정이다.

"걱정하지 마세요. 소희 이모님과 별장에 계시는데 무슨 일이 있겠어요. 내일도 연락이 안 오면 제가 가서 모셔 올게요."

영식은 함께 간 남자 분이 누군지 궁금하였지만 국화가 말해주기를 꺼려하는 것 같아서 마음 속에 묻어둔다.

국화에게 연락을 받은 영식이가 국화와 인철을 병원에 데려다 주고 돌아왔다. 인철은 떠나는 국화의 손을 잡고 가지 말라고 한다.

"도련님 빨리 기억을 되찾아야 같이 살 수가 있어요. 제발 기억 좀 해보세요."

"국화야 저렇게 가지 말라고 하는데 차라리 우리 퇴원시켜서 하얀 집에서 함께 살자. 이제 애들도 다 컸는데 이쯤에서 우리도 편하게 살자. 도련님과 같이 사는 것이 네 소원이잖아"

국화는 돌아오는 내내 가지 말라고 붙잡는 인철의 모습이 생각나 마음이 편치 않았다. 그런 일이 없었는데 하얀 집에 갔다 오더니 뭔가 생각이 나는 것이 있는지 붙잡는 인철이 신경이 쓰인다."

"소희야 내 마음이 왜 이렇게 불안하니?"

"가지 말라고 붙잡는 것을 뿌리치고 와서 그런 거 아닐까? 그렇게 불안하면 내일 또 오면 되잖아. 아예 퇴원 시켜서 같이 살아도 되고."

햇님은 좋은 남자를 만나 결혼 하였다. 해진은 초등학교 선생님이 되어 인천으로 떠났다. 영식은 고시에 합격하여 판사가 될 준비 중에 있다. 나머지 아이들도 모두가 예의 바르게 잘 자라주어 국화는 흐뭇했다. 자기 길을 스스로 알아서 잘 헤쳐 나가는 아이들이 너무나 고마웠다.

인철의 기억이 돌아오지 않는 것만 빼고는 모든 것이 국화가 원하는 대로 되었다. 애란 언니가 갑자기 국화에게 의정부 고동골 꽃다리에 한 번 가고 싶다고 하였다. 국화가 초심 언니, 봉이와 함께 소꿉놀이 하던 곳. 국화는 벌떡 일어나 내일이라도 가보자고 한다.

하지만 아침 일찍 서울로 시집간 윤순이 부부가 오는 바람에 그 계획은 무기한 연기가 되었다. 아이들은 짝을 잘 만나 행복한 결혼 생활을 하고 있다. 국화가 부모보다 너 가르치는데 열심을 낸 결과다. 성공의 길로 바르게 인도해준 국화에게 아이들은 성공한 삶으로 보답을 한 것이다.

유치원 교사로 있는 막내 옥주가 쉬는 날에 국화는 소희와 함께 옥주가 운전하는 차로 인철이 있는 병원으로 갔다. 모처럼 나들이를 가는 줄 알았던 옥주는 정신병원으로 데리고 가자 의아한 눈초리다.

"어머니 여기는 요양원인데 여기 친구가 계세요?"

"옥주야. 그냥 엄마를 따라가면 돼."

다른 사람이 인철에 대해 묻는 것을 싫어한다는 것을 잘 아는 소희가 대신 대꾸를 해준다.

인철은 오늘도 무엇인가 오물거리고 있다.

"도련님. 이제 이곳에 있지 말고 저와 함께 집으로 가요."

국화가 인철을 데리고 퇴원 수속을 밟는 사이에 옥주는 궁금해서 참을 수가 없다는 듯이 소희에게 묻는다.

"소희 이모 저분이 누구세요?"

"그러지 않아도 며칠 있으면 저 분이 누구신지 알게 될 거야."

애란 언니는 국화가 인철을 데리고 오자 짐작이 간다는 듯이 반갑게 맞았다.

"국화 네가 항상 이야기 하던 도련님이구나."

"네 언니. 언니 팔순 잔치 때 모두에게 소개할 게요."

인철은 국화와 함께 지내며 얼굴이 많이 밝아졌다. 국화꽃이 가득 피어있는 정원에서 하루 종일 떠날 줄을 몰랐다. 병원 안에만 있을 때는 하얗던 얼굴이 보기 좋은 갈색으로 변하면서 건강해 보였다.

애란 언니의 팔순 잔치는 별도의 장소를 빌리지 않고 국화의 집 마당에서 온 동네 사람들을 초대하여 열렸다. 마을 사람들이 무명가수의 노래와 밴드 소리에 맞추어 즐겁게 춤을 추며 놀았다. 일곱 명의 가슴으로 낳은 자식들이 모두 사회에서 성공하여 손님들이 끊이지 않았다.

아침부터 시작한 잔치는 저녁 때 까지 손님들로 왁자지껄 하였다. 신문기자도 어떻게 알았는지 일곱 명의 고아들을 훌륭하게 키웠다고 취재를 하였다. 애란 언니는 기자들에게 "기자 양반 난 한 일이 없어. 모두 다 내 동생인 저 국화가 했다우." 하며 공을 국화에게 돌렸다. 그러자 기자는 국화의 사진을 찍었다. 인철과 함께 앉아 있던 국화는 사진 찍는 기자를 보고 인철이 얼굴을 가리며 놀라자, 국화는 왜 사진을 찍느냐고 기자에게 따졌다.

"죄송합니다. 무례하였다면 용서해 주십시오. 저는 풋내기 기자인데 좋은 취재가 될 수 있도록 도와주십시오."

"취재할 것이 뭐가 있습니까. 저는 아는 것도 없으니 맛있는 거 많이 잡수시면서 즐겁게 놀다 가시오."

국화는 자신의 이야기를 하는 것을 반기지 않는다. 특히 인철이 이렇게 된 것을 알리고 싶지 않아 인철을 보호하느라 예민해서 인철에 대한 이야기는 가족들 간에도 잘 하지 않는다.

날이 어둑어둑해지자 사람들이 하나 둘씩 돌아가기 시작한다. 모두가 마당 가득 피어있는 국화꽃을 보고 감탄한다. 한사람이 술김에 국화 꽃 한 송이만 꺾어 가면 안 되느냐고 하자 인철이 대뜸 "절대 꺾지 마세요. 아파요."라고 한다.

국화는 사람들의 말에 반응하는 인철을 보고 희망을 갖는다. 신문기자도 오늘 좋은 취재 많이 하였다며 애란 언니에게 큰 절을 하고 돌아갔다.

마지막으로 자식들이 모두 나와서 '어머님의 은혜'를 눈물을 흘리며 열창한다.

막내 옥주가 키워주시고 바르게 인생 살도록 가르치신 두 어머니, 아니 두 할머니의 은혜는 평생 잊지 않겠다고 감사인사를 하였다. 옥주 말이 끝나자 큰 아들 영식이 국화와 애란에게 앞으로 자기들이 매달 용돈을 드리겠다고 하며 통장을 하나씩 건네준다.

국화는 모두에게 감사하고 오늘은 너무 늦었으니 내일 아침에 모이면 꼭 하고 싶은 말이 있다며 애란과 함께 들어간다.

두 어머님이 방으로 들어가자 남아 있는 자식들은 이야기꽃을 피운다. 해진은 윤순에게 "우리가 어릴 때 너는 길거리에서 껌을 팔고 난 식당에서 일할 때. 겨울에 언 손을 녹여가며 돌아다녀도 입에 풀칠하기도 힘들었는데 국화 이모가 마치 천사처럼 나타나 우리를 구원해 준거 기억나니? 정말 잊을 수가 없는 것은 새집에 이사해서 내 옷장에 걸려있는 노랑나비가 그려진 잠옷을 볼 때였어. 난 그때 텔레비전에서 잠옷 입은 아이들을 보고 평생 소원이 잠옷 한번 입어보는 거였거든. 그런데 내 앞에 노란 잠옷이 '짠' 하고 걸려있으니 그때 내 기분이 어땠겠냐? 지금 생각해도 전기가 주르르 흘러."하고 옛 추억을 말하자 너도 나도 시작한 이야기가 밤새도록 하고도 아침까지 계속 되었다.

큰 마루에서 잠을 못자서 퀭한 눈으로 아침밥을 먹고 나자 국화는 인철을 소개했다.

"여기 앉아 계신 분은 어느 부잣집 도련님이었다. 난 이 도련님 집에 병든 어머님 병 수발을 위해 들어갔단다. 그 사연은 몇 날 며칠을 해도 끝이 없으니 결론만 이야기 하겠다. 이 도련님은 나를 사랑한 도련님이다. 나도 도련님을 사랑했지만 우리는 신분상 사랑의 열매를 맺지 못하고 사연 많은 세월을 살았단다. 내가 너희들과 함께 살 수 있었던 것도 사실은 도련님께서 주신 돈으로 땅에 투자한 것이 성공하여 부자가 되었고 부자가 되어 모든 것을 너희에게 투자하여 이렇게 훌륭한 사람들이 되었구나. 사실 영식이와 함께 갔던 하얀 집 주변의 모든 산도 전부 우리 땅이란다. 이제 너희들이 모두 성공했으니 이 집은 고아원으로 꾸며 너희들이 힘을 합쳐 운영해 주었으면 좋겠다. 우리에게 준 통장을 고아원 운영비로 사용했으면 좋겠다. 우리는 여기를 전부 너희에게 맡기고 하얀 집으로 가서 살 것이다. 마지막으로 나는 이 도련님과 간소하게라도 머리를 올리고 떳떳하게 아내로 살고 싶다. 도련님이 병으로 기억을 잊어버렸는데 설사 기억이 안돌아오더라도 이 세상 끝 날 때까지 함께 살 것이다. 그것이 내 평생 가슴에 간직한 소원을 푸는 것이야."

"국화야 정말 너는 멋진 아가씨야. 축하해."

"환갑이 다 되었는데 무슨 아가씨! 소희 너도 시집 보내줄까?"

"어머니는 마음이 고우시니 모습도 고우세요. 이제부터는 저희들 걱정은 마시고 행복하게 사세요."

남자인 영식이가 대표로 축하의 인사를 드린다. 해진은 마음 속으로 어머니의 결혼식을 멋지게 해드려야겠다 생각하고 형제들과 계획을 세웠다. 이 국화꽃 정원에서 화려하고 아름다운 결혼식을 하고 신혼여행은 하얀 집으로 가는 것으로 의견이 모아졌다.

며칠 후에 비밀리에 결혼작전이 펼쳐졌다. 큰 버스를 대절하여 결혼식에 필요한 것들을 모두 가지고 왔다. 웨딩드레스도 준비하고 장식도 꾸미고 온 형제들이 정원을 결혼식장으로 꾸미는 동안 해진은 국화의 방에 들어가 맛사지를 해드린다는 핑계로 국화를 눕혀놓고 화장까지 예쁘게 시켜드리고 영식은 인철을 멋진 신랑으로 만들었다. 모든 준비를 마치고 드디어 국화에게 웨딩드레스를 입혀드리는 순간이 왔다. 그때서야 국화는 이 모든 일이 무엇

때문인 줄 알았다. 자기가 인철과 결혼하겠다고 했지만 어찌해야 할지 망설이는 동안 자식들이 일을 낸 것이다. 감사했다. 너무나 고마웠다. 인철로 인해 시커멓게 탄 가슴이 하얗게 색칠 되어지는 기분이었다.

초심은 자기도 화장도 하고 웨딩드레스를 입혀달라고 떼를 썼다. 결국 신부화장을 시켜주는 것으로 간신히 합의를 보고 기분을 풀어주었다.

웨딩드레스를 입은 국화의 눈에서는 기쁨의 눈물이 하염없이 흘러내렸다.

"어머니 오늘 만큼은 기쁨의 눈물이든 슬픔의 눈물이든 흘리시면 안돼요. 화장이 지워져요."

해진이 국화에게 다가와 눈물을 닦아주며 웃음을 준다.

드디어 유 기자의 사회로 결혼식이 시작되었다.

"이 세상에서 제일 멋진 신랑 오인철 입장이요."

인철은 영식의 손을 잡고 영식이 이끄는 대로 환하게 웃으며 따라간다.

"곧 이어 세상에서 가장 아름다운 신부의 입장이 있겠으니 박수로 축하해주시기 바랍니다."

국화는 화장이 지워지는 것도 모르는 채 눈물에 젖어 인철에게 다가간다. 40년을 기다려온 결혼식인데 왜 이렇게 눈물이 나는지, 국화 자신도 어찌할 수 없는 감격에 겨워 흘리는 눈물이었다.

인철은 아름다운 드레스를 입은 국화가 황홀한 듯 그저 얼굴 가득 웃음을 지으며 하객들의 열화와 같은 성원과 독촉에 국화에게 멋진 키스를 했다.

그렇게 결혼식이 끝나고 하얀 집으로 신혼여행을 떠났다.

하얀 집에는 언제 꾸며 놓았는지 화려한 신방이 꾸며져 있다.

"국화야 너는 세상을 헛되지 않게 살았어. 이제는 오직 너와 인철 도련님만을 위해 행복하게 살기 바래."

"소희야 고마워. 네가 아니었으면 많이 외롭고 쓸쓸했을 거야. 고맙다."

"국화야 이곳에서 우리 마지막 가는 순간 까지 행복하게 살자."

"그래요. 애란 언니 앞마당에 정자를 지어 오고 가는 사람들에게 쉼터가 되게 만들고 싶어요. 이 집 주변을 공원처럼 꾸며 누구나 이곳에서 편안히 쉬었다 갈 수 있도록 할 거예요. 우리를 구해준 할머니의 은혜를 갚기 위해서라도 나는 이곳에 파라다이스를 만들고 인철 도련님과 함께 꽃과 나무를 가꾸며 살고 싶어요. 우리가 죽으면 이곳을 기증해서 우리의 뜻이 계속해서 이어지게 할래요."

국화는 인철과 그렇게 첫날밤을 보내고 나서 소희와 애란 언니까지 모두 모여 살게 된 것이 정말 행복했다. 인철도 기억이 돌아오진 않았지만 국화가 지난 일들을 이야기해주면 국화 손을 잡고 따뜻한 미소를 보내주면서 아련한 추억에 잠기곤 했다. 알콜 중독이 치료되고 가벼운 운동으로 몸이 좋아지면서 국화의 손을 잡고 산에 올라가는 것을 좋아했다. 국화는 비로소 인철과 부부로 사는 실감이 났다. 평생 꿈꿔온 사랑이 이루어지자 국화의 마음 속에 하나 남아있는 동생에 대한 그리움이 새록새록 피어올랐다.

국화의 정원은 많은 사람들이 들렀다가는 명소가 되었다. 특히 수많은 국화가 피어 있는 꽃밭에서 연인들이 사진을 찍는 장소로 유명해졌다.

어느날 국화의 정원에 들렀다가 간 사람에게서 양 엄마의 소식 을 듣게 되었는데 그 일로 국화는 밤에 잠을 자려면 힘이 들었다. 완전히 잊었다 생각했는데 가족 친지 하나도 없이 나라에서 보내 준 요양원에서 죽을 날만 기다리고 있다는 소식에 마음이 편치 않 은 국화다.

결국 국화는 양 엄마를 찾아가 보기로 결심하였다. 정씨였던 어린 자기를 권씨로 만들어 호적에 입적해준 사람인데 모른척하 는 것이 죄스러웠다.

양 엄마는 몰라보게 변한 모습으로 침대에 누워 있었다. 어렸 을 때는 그렇게 무서웠었는데 아무 힘도 없고 한없이 쪼그라들어 쪼그만해진 90살 먹은 노인이 되어있었다. 그런데 국화는 특별 한 느낌이 나질 않았다. 불쌍하다는 생각도, 고소하다는 생각도 나지 않고 그저 허무하다는 생각이 날 뿐이었다. 그렇게 1년에 한 두 번 찾아 가기를 몇 년 하고 났을 때 간병인으로부터 돌아가셨 으니 시신을 찾아다가 장사 지내라는 연락이 왔다. 국화만 호적 에 올라있으니 남긴 것은 오직 쪼그라든 육신 뿐이지만 국화의 책

임이 된 것이다.

도박에 빠져 모든 것을 다 빼앗기고 사랑도 우정도 없이 짐승처럼 물어뜯고 살다가 외롭게 죽어간 양 엄마의 시신을 벽제에서 화장을 하여 집 근처 산 나무 밑에 묻었다. 양 엄마가 남긴 것은 뼛가루와 관절에 끼워놓았던 쇳조각 네 개가 다였고 남아있는 사람이라곤 간병인과 양 엄마를 따라 김포에 가서 사귄 어린 시절의 내 친구, 이렇게 셋뿐이었다.

어린 시절에 국화는 오직 동생과 단 둘이었다. 모진 고생을 둘이서 감당해야 했다. 그나마 동생도 빼앗기고 혼자가 되었지만 이제 국화는 대가족을 이루었다. 한 달에 한 번 정원에서 열리는 가족 모임에는 국화가 배 아파 낳은 아이들은 하나도 없지만 가슴으로 낳은 자식과 친구들이 그 넓은 정원을 가득 채웠다. 그들을 바라보는 국화의 얼굴에는 세상을 다 가진 것 같은 미소가 가득했다. 그러나 국화 가슴 한편에 동생에 대한 그리움은 어쩔 수가 없었다.

'봉이야! 보고 싶다.'